3,50 R.
4.29

JULIE LARSEN

Sommerzauber am Fjord

ROMAN

W0296346

HarperCollins

Diese Arbeit wurde gefördert im Rahmen des Stipendienprogramms
der VG Wort in NEUSTART KULTUR
der Beauftragten der Bundesregierung für Kultur und Medien.

VG WORT

NEU START KULTUR

Die Beauftragte der Bundesregierung für Kultur und Medien

1. Auflage 2022
Originalausgabe
© 2022 by HarperCollins in der
Verlagsgruppe HarperCollins Deutschland GmbH, Hamburg
Umschlaggestaltung von Zero Werbeagentur, München
Umschlagabbildung von penphoto, tufo, jack photo/Shutterstock
Gesetzt aus der Stempel Garamond
von GGP Media GmbH, Pößneck
Druck und Bindung von CPI books GmbH, Leck
Printed in Germany
ISBN 978-3-7499-0352-8
www.harpercollins.de

Klimaneutral
Druckprodukt
ClimatePartner.com/15109-2009-1001

MIX
Papier
FSC FSC® C083411

Prolog

Wie alles begann …
Trondheim, 25 Jahre zuvor

Auf dem Heimweg von der Schule begann es zu schneien. Sanders Mantel war zu kurz, die Stiefel löchrig, sodass binnen Minuten bei jedem Schritt Eiswasser in seine Zehen biss. Seit seine Mor vor vier Jahren gestorben war, kümmerte sich niemand mehr so recht um seine Klamotten. Er war zehn Jahre alt, und Vater behauptete, er wüchse schlimmer als Unkraut. Die Hände in die Taschen vergraben zog er die Schultern zu den Ohren. Es half nichts. Eine Schneeflocke traf ihn direkt im Auge. Er blinzelte in die grauweiße Feuchtigkeit. Auf Anhieb fielen ihm mehr als ein Dutzend Wörter für Schnee ein, und *Blåstøde* war der schlimmste von allen: Es war die Art Schnee, die voller Wasserpfützen war und widerlich an der Haut klebte. Es war die Art von Schnee, die dann fiel, wenn sein Magen beinah unaufhaltsam knurrte, weil Far mal wieder zu wenig Geld dagelassen hatte, wenn er sich im Dezember, kurz nach Weihnachten, auf den Weg zu den Lofoten machte. Am sechsten Januar, am Tag der Heiligen Drei Könige, kletterte die Sonne dort oben, ganz im Norden Norwegens, zum ersten Mal wieder über den Horizont. Das war auch der Tag, an dem der Kabeljau seine Reise von der Berentsee zu den Laichplätzen antrat und die Fischer ihm folgten. »Skrei« hatten die Wikinger diese Fische genannt – reisende Fische –, und wer den Skrei zu Geld machen wollte, der musste ihm folgen. So hatten es schon ihre Vorfahren gemacht: Sanders Vater, sein Großvater, sein Urgroßvater und Ururgroßvater, immer weiter und weiter in die Vergangenheit, bis hin zu den Herren des Nordens, die das Land, aus dem er stammte, so lange beherrscht hatten.

Far hatte auch aus Sander einen Fischer machen wollen. Keine vier Jahre alt war er gewesen, als Vater ihm zeigen wollte, wie man einem Kabeljau in den Rachen griff, ihm die Zunge herausschnitt und den glitschigen Fischleib anschließend auf einen stählernen Dolch spießte, damit er im Wind trocknen konnte. Doch Sander wollte kein Fischer werden – das Gefühl der glibberigen Fischinnereien an seinen Händen hatte ihm den Magen umgedreht, und er hatte sich auf Fars Stiefeln erbrochen. Ein paarmal hatte sein Vater danach noch probiert, ihn zu bekehren. Die Fischerei war das Einzige, was Far wirklich interessierte. Darüber konnte er stundenlang reden, und Sander erinnerte sich an eine Zeit, als er Far sogar gerne dabei zugehört hatte.

Erneut knurrte sein Magen. Aus einem Café wenige Meter vor ihm stieg der verlockende Duft nach Zimtkringeln auf. Er spielte mit den Münzen in der Manteltasche – es waren nicht mehr viele. Nicht genug, um sich eine von den Köstlichkeiten zu gönnen. Trotzdem konnte er es sich nicht verkneifen und trat an das Fenster des Cafés. Sofort beschlug das Glas von seinem Atem. Er wischte mit dem Ärmel seines Pullovers, der unter dem Mantel hervorragte, ein kreisrundes Guckloch an der Scheibe frei. An kleinen Tischen saßen Menschen vor dampfenden Kaffeebechern und Kuchentellern und entflohen der Märzkälte. Kerzen spendeten warmes Licht, in der Theke türmten sich die Köstlichkeiten. Zimtkringel und *Skoleboller* – Hefeschnecken mit Vanillecremefüllung. In einem ganzen Backblech mit *Kvaefjordkake* fehlten nur ein paar Stücke. Selbst durch das Fensterglas wirkte die Baiserhaube auf goldgelben Biskuit herrlich knusprig. Außerdem gab es Mandelkuchen und gefüllte Pfannkuchen, Sahnewaffelhörnchen und Beerenmuffins … Eine Woge Sehnsucht überrollte ihn. Ein Meer an Empfindungen, dem er nichts entgegensetzen konnte. Im Sommer, wenn die meisten Läden in der Øvre Bakklandet auch Straßenauslagen hatten, war es einfacher, ab und zu etwas mitgehen zu lassen. Natürlich wusste Sander, dass Stehlen verboten war, aber selbst im Sommer, wenn Far zu Hause war, ließ er sich so gut wie nie dazu überreden, Sander ein paar zusätzliche Kronen für Süßigkeiten zu überlassen. Lieber deckte er sich bei Steinar Larsen mit Gebranntem ein und ertränkte seinen Kummer über die Zeit, die sich nicht anhalten ließ, auf dem Grund einer Flasche.

Seufzend zog Sander weiter. Er sollte nach Hause gehen. Wenn sein Vater auf Fahrt war, passte ihre alte Nachbarin, Jorunn Fredriksen, auf ihn auf. Meistens sah das so aus, dass sie zweimal am Tag bei ihm vorbeikam, einmal am Morgen, um sicherzugehen, dass Sander aufstand und sich für die Schule fertig machte, und einmal am Abend, wenn sie ihm einen Teller mit lauwarmen Resten von ihrem eigenen Abendessen auf den Tisch stellte und ihn daran erinnerte, rechtzeitig ins Bett zu gehen. Den Rest des Tages war Sander in der Schule oder sich selbst überlassen, und das war auch gut so. In seinem Alter war sein Vater bereits zur See gefahren und hatte für sich selbst gesorgt – ein Umstand, den er Sander niemals vergessen ließ. Sein Sohn war eine Enttäuschung, eine Schande für ihren Namen. Ein Sonderling, der sich lieber in Schulbüchern verkroch, statt mit den anderen Jungs im Viertel zu rangeln, im Winter Schlittenfahren und im Sommer Angeln zu gehen. Stattdessen streifte Sander Tag für Tag allein durch Bakklandet. Hier, zwischen den alten Häusern, mit Blick auf den Dom auf der anderen Uferseite des Flusses, gab es tausend Schätze für ihn zu entdecken: Läden mit alten Büchern und Karten, solche mit Kleidung für die feinen Leute, die auf den Kreuzfahrtschiffen nach Trondheim kamen. Restaurants, deren Speisen so exotisch klangen wie Stopps auf einer Reise um die Welt. Jeden Tag entdeckte er etwas Neues, jeden Tag verlor er sich ein bisschen mehr in den Abenteuern, die es nur in seinem Kopf gab.

Ein leises Klingeln riss ihn aus den Gedanken. Aus einer Tür direkt neben ihm trat eine Mutter mit ihrer Tochter an der Hand. Mit der Schulter hielt sie die Tür auf. »Auf Wiedersehen«, sagte sie hinein ins Ladeninnere. »Er wird begeistert sein, nicht wahr, Linnea?« Bevor das kleine Mädchen an ihrer Seite antworten konnte, sprach sie weiter. »Es ist immer so schwer, für Männer Geschenke zu finden. Ich hätte schon viel früher bei dir vorbeischauen sollen, Kjersti! Da ist der Laden seit Jahren da, und ich bin immer daran vorbeigegangen …«

Eine tiefe Frauenstimme antwortete, doch über das Pfeifen des Windes, der den Blåstøde durch die Gassen trieb, konnte Sander die Worte nicht verstehen. Das Mädchen zuppelte am Ärmel der Mutter. Sander trat näher, sein Körper genoss die Wärme, die aus dem Ladeninneren ins Freie floss.

»Na gut, ich muss los.« Lachend hob die Frau die Schultern, dann löste sie die Hand aus dem Griff des Mädchens und legte ihr stattdessen den Arm um die Schultern. Quietschend schloss sich das Türblatt. In der allerletzten Sekunde schlüpfte Sander in das Geschäft. Er hatte keine Ahnung, warum er das tat. Vielleicht, weil es ihm genauso ging wie der Frau. Zigmal war er an dem Haus an der Ecke Øvre Bakklandet und Brubakken vorbeigekommen, aber nie hatte der Laden denselben Reiz auf ihn ausgeübt wie die anderen Geschäfte im Viertel. Seine Fenster waren blind vor Staub, die Auslagen voll mit irgendwelchen seltsamen Dingen, ein ausgestopfter Hecht oder ein Stück Klippfisch, das laut Infozettel aus dem Jahr 1846 stammte.

Die Tür fiel hinter Sander ins Schloss, und so lieblich das helle Geläut des Glockenspiels war, Sanders Herz brachte es dazu, einen Schlag auszusetzen. Der Laden wirkte bei geschlossener Tür noch dusterer, die zahllosen Regale schienen regelrecht auf ihn zuzukriechen. Es roch nach Staub und Alter, überall lag etwas herum, und zwischen den Regalen duckten sich Schatten. Einen kleinen Schritt nach dem anderen kämpfte er sich weiter ins Herz des Ladens vor. So viele Dinge standen hier, dass er gar nicht wusste, wo er zuerst hinsehen sollte. Da waren alte Bücher und Zeitschriften, mit Flüssigkeit gefüllte Glaszylinder, in denen seltsame Kreaturen schwammen. Einen zweiköpfigen Kraken sah er, dann etwas, das aussah wie ein Krokodilbaby, und ein Geschöpf, das nur aus Augen zu bestehen schien. Ein Schauder rieselte ihm übers Rückgrat, aber er ging weiter. Auf einem Tisch aus dunklem Holz standen silberne Kerzenleuchter in vielen verschiedenen Größen. Eine Ecke schien ausschließlich für Sitzmöbel reserviert zu sein: Stühle, Hocker, Sessel, Couchen, alle mit ausgeblichenen Stoffen bezogen, bei manchen stießen sogar schon die Springfedern aus der Sitzfläche. Wer hatte wohl schon auf diesen Stühlen gesessen, wer die abgewetzten Lehnen berührt? In seinen Fingern kribbelte es, so sehr drängte es ihn danach, einige der Ausstellungsstücke zu berühren.

Sein Blick fiel auf ein Gefäß aus einem silberartigen Material mit einem bauchigen Fuß und einem langen, schlanken Hals. Ein gewundener Griff war an dem Hals angebracht, aber er hatte keinen Ausguss, und die Form sprach nicht gerade dafür, dass es sich um einen Krug handelte. Es würde ja kaum Flüssigkeit hineinpassen. Fasziniert streckte er die Hand aus, berührte den kugeligen Fuß. Er hatte Dellen und Erhebungen, hauchdünne Plättchen bildeten den Rahmen für die Kugeln, die in sie eingefasst waren. Ein bisschen erinnerte das Muster an geöffnete Blüten, aber nicht ganz. Unten am Hals klebten Aufkleber – oder nein, das waren Plaketten, die Schrift halb abgeschabt und schlecht lesbar. *Guarniee Pewter*, stand dort, *Slo Metall, Norway*.

»Suchst du etwas Bestimmtes?« Er zuckte zusammen. Die Frau war hinter ihm so lautlos aufgetaucht wie ein Geist.

Sie hielt eine brennende Zigarette im Mund, der Rauch stieg in gewundenen Kringeln in die Höhe und verbarg ihr Gesicht.

»N...nein, ich ...« Er biss sich auf die Unterlippe. Er hasste es, wie hoch seine Stimme klang, wie unsicher. *Eine Mädchenstimme*, beschwerte sich sein Vater immer. Sander sollte rennen, fliehen. Sicher würde die böse Frau mit der Zigarette im Mund ihn aus dem Laden jagen. Es wäre nicht das erste Mal. Fast alle in Bakklandet wussten, dass Sander niemals etwas kaufte, sondern meistens nur Ärger machte.

»Wofür ist das?« Die Frage brach aus ihm heraus, ehe er sie herunterschlucken konnte. »Dieses Gefäß. Ich dachte zuerst, es ist eine Kaffeekanne, aber das wäre ja dumm, denn in die Kugel da unten passt ja kaum etwas rein. Dann dachte ich, vielleicht eine Gießkanne, aber das ergibt genauso wenig Sinn. Und überhaupt, ist das Silber? Silber ist für eine Gießkanne doch viel zu teuer, oder? Niemand würde Blumen mit einer silbernen Gießkanne gießen. Höchstens vielleicht der König und die Königin.«

»Hört, hört! Knirps Neunmalklug hat den Weg in meinen Laden gefunden. Du interessierst dich für Antiquitäten?«

»Eigentlich nicht.« Er schob seine Finger zurück in die Manteltaschen. Es war ein Fehler, hierhergekommen zu sein. Die Frau machte ihm Angst. Der Krake in dem Glas machte ihm Angst. Die Dunkelheit im Laden machte ihm Angst, und dass die Frau sich über ihn lustig machte auch. So gut es ging versteckte er sich in seinem Mantelkragen und wollte sich daranmachen, Fersengeld zu geben, als die Stimme der Frau ihn aufhielt.

»Es ist eine Vase«, rief sie ihm nach. »Und sie ist nicht aus Silber, sondern aus Zinn. Wusstest du, dass Menschen seit fast zweitausend Jahren Gebrauchsgegenstände aus Zinn fertigen? Wie alt meinst du, ist diese Vase?«

Was interessierte es ihn, wie alt die blöde Vase war? Aber etwas an der Art, wie sie ihm die Frage stellte, packte ihn, und er wollte die richtige Antwort wissen.

»Keine Ahnung. Tausend Jahre?«

Die Frau lachte. Ein rauchiges, tiefes Lachen. »Nicht ganz, Bürschchen. Aber so gut achtzig Jahre hat sie auf dem Buckel. Soll ich dir zeigen, woran man das erkennt?«

»Ist doch egal! Warum sollte man das wissen müssen?«

»Weil jedes dieser Stücke hier …« Sie nahm die Zigarette aus dem Mundwinkel und deutete mit dem glühenden Ende in den Laden hinein. »… eine Geschichte erzählt. Magst du Geschichten?«

Er schüttelte trotzig den Kopf. Geschichten waren Schall und Rauch. Geschichten über die gute, alte Zeit nutzte sein Vater, um Sander ein schlechtes Gewissen zu machen, weil er Angeln hasste und von Klippfischeintopf Durst bekam.

Sein Gegenüber hob die Augenbrauen. »So? Das ist ja spannend. Und warum nicht, wenn ich fragen darf?«

»Weil Geschichten nicht wahr sind. Ich bin schon zehn, ich will keine Märchen hören.«

»Oh, aber da liegst du falsch. Nicht alle Geschichten sind Märchen. Deshalb sammle ich. Menschen können lügen, aber Antiquitäten tun das nie. Sie erzählen dir ganz ohne Worte etwas über ihre Besitzer, über die Welt, in der sie gebraucht wurden. Nimm diese Zinnvase.« Sie nahm die Vase vom Tisch, drehte und wendete sie in ihren Händen.

»Siehst du die Dellen im Boden? Und diese Kratzer auf dem Henkel?«

Sander reckte den Hals, er wollte sehen, was sie ihm beschrieb. Dinge, die Geschichten erzählten, ohne Worte. Die Idee war so absurd und so aufregend zugleich. Den Geschichten auf den Grund zu gehen, müsste sein wie bei einem Detektivspiel. Schließlich nickte er. Er erkannte die kleinen Fehler an der Vase, die ihm zuvor nicht aufgefallen waren. »Und was ist damit?«

Die Frau lachte. »Das will ich dir gerne erklären. Aber erst mache ich uns einen Kakao, was meinst du?«

»Ehrlich?« Sein Mund verformte sich zu einem ungläubigen Grinsen.

»Ehrlich. Und ich heiße übrigens Kjersti. Komm nur mit.« Die Vase fest in der Hand bahnte sie sich einen Weg durch das Labyrinth im Laden. »Hinten habe ich eine Küche und ein kleines Bad. Da mache ich uns was Feines, und du kannst dir davor die Hände waschen. Willst du auch einen Zimtkringel? Ich habe eben welche geholt.«

Zimtkringel? Er konnte sein Glück kaum fassen. Gerade noch hatte er sich die Nase plattgedrückt und davon geträumt, wie es wäre, sich eines der Gebäcke zu stibitzen, und jetzt sollte er eines geschenkt bekommen? Trotzdem zögerte er kurz. Begannen so nicht immer die fürchterlichsten Geschichten in den Nachrichten? Ein dummes Kind, das auf den falschen Erwachsenen hörte? Aber er wollte wirklich wissen, was es mit dieser Zinnvase auf sich hatte, er wollte noch ein wenig länger in dem Laden Schutz vor dem Schneeregen vor der Tür suchen, und am allermeisten wollte er den Kakao und die Zimtkringel.

Damals wusste er noch nicht, dass dieser Tag den Lauf seines ganzen Lebens bestimmen würde. Dass in diesem Moment eine Leidenschaft geboren wurde, die ihn nie mehr loslassen würde.

Er wollte einfach nur einen Kakao.

Und bekam ein neues Leben.

1

Trondheim, heute

Aus voller Kehle schmetterte Frida den Text des alten Rockabilly-Klassikers von Wanda Jackson: *Let's have a party, uuuuh, let's have a Party …* Mit den Fingern trommelte sie den Rhythmus aufs Lenkrad. Frischer Sommerwind wehte durch die geöffneten Fenster ihres VW-Busses. Die Stoßdämpfer waren nicht mehr die besten, sodass sie jede Unebenheit in der Fahrbahn im ganzen Körper spürte. Ommel, das kleine Pummeleinhorn, das vom Rückspiegel baumelte, tanzte munter an seinem Faden. Frida nahm sich ein Beispiel an ihm und tanzte mit, so gut es eben ging, während sie durch die engen Straßen der Trondheimer Altstadt navigierte. Oh, Wanda Jackson hatte recht. Das hier würde eine Party werden. Eine ganz umwerfende Party! Frida hatte ihr Ziel noch nicht einmal erreicht, und schon liebte sie alles an diesem neuen Abenteuer. Da war zuerst einmal das Wetter. Als sie Kjerstis Nachricht auf Instagram erhalten hatte, war Frida gerade in Italien gewesen. Dort war es toll, keine Frage. Im Land von Dolce Vita, Pizza und Pasta hatte sie jede Menge Inspiration für ihr Instagramprofil gefunden. Verwunschene Innenhöfe, enge Gassen, uralte Gemäuer, das alles war umwerfend. Aber diese Hitze! Schon beim Aufstehen hatte ihr der Schweiß im Nacken geklebt und ihr die Freude an der strahlenden Sonne verdorben. Hier in Norwegen schien die Sonne auch. Wann immer Frida zwischen den bunten Häuserzeilen einen Blick auf die Nidelva erhaschte, glitzerten Silberpfützen auf der Oberfläche des Flusses, und das wolkenlose Türkis des Himmels bildete einen märchenhaft schönen Kontrast zu den bunten Farben der Holzhäuser. Aber es war nicht heiß, sondern warm. Die Luft roch nach Freiheit, Weite und Abenteuer statt nach Hitze und verbrannter Erde.

Dabei war es nicht nur die Aussicht auf einen endlosen norwegischen Sommer, die sie nach ihren Reisen zurück in die Heimat gelockt hatte. Kjerstis Angebot war eine echte Chance. Womöglich die Chance, auf die Frida ein Leben lang gewartet, nach der sie in zahlreichen Ländern gesucht, die sie aber nirgends gefunden hatte.

Der Song wechselte, und die Eröffnungsnoten von P!nks »Get the Party Started« füllte die Fahrerkabine.

Wenn Fremde Frida zum ersten Mal trafen, dachten sie meist, sie lebte entweder in Wolkenkuckucksheim oder in der Vergangenheit. Dabei stimmte das kein bisschen. Sie mochte einfach, was sie mochte: Kleider aus den 1950ern, Sonnenbrillen aus den 1970ern, Musik aus der Rockabilly-Ära ebenso wie Dance-Tunes aus dem neuen Jahrtausend. Sie liebte Pink und Rosa und Lila ebenso wie Blau und Schwarz und Grün. Sie hatte die Wellen auf Hawaii gesurft und die auf den Lofoten, und selbst wenn ihr jemand eine Pistole auf die Brust setzen würde, könnte sie sich nicht entscheiden, welches der beiden Extreme ihr besser gefiel. Von all den Orten auf der Welt, die sie besucht hatte, hatte sie etwas mitgenommen. Materielle Sachen, sicher, aber noch viel mehr. Eindrücke, die sie in ihrer Kunst verarbeitete, wenn sie alten Dingen neues Leben einhauchte und die Ergebnisse auf ihrem Instagram-Profil präsentierte.

»In einhundert Metern haben Sie das Ziel erreicht«, unterbrach die Navigations-App P!nks Gesang. »Bitte beachten Sie, dass sich das Ziel in einem zufahrtsbeschränkten Bereich befindet.«

Wie aufs Stichwort passierte Frida ein Durchfahrt-verboten-Schild am Straßenrand.

»Jaja«, antworte sie dem Navi. »Aber hast du gesehen, was da unter dem Schild stand? ›Lieferverkehr und Anlieger frei‹. Ich habe ein Anliegen und ich liefere etwas. Alles paletti.«

Beleidigt schwieg das Navi. Frida drosselte das Tempo. Sie steuerte direkt auf eine Kreuzung zu. Bunt bepflanzte Blumenkästen begrenzten einen öffentlichen Parkplatz zu ihrer rechten Seite, doch wie es aussah, waren alle Stellplätze belegt. Je tiefer sie sich in das Altstadtviertel von Trondheim vorkämpfte, desto enger wurden die Straßen. Hier, im Herzen von Bakklandet, war die gepflasterte Fahrbahn so schmal, dass kaum zwei Autos aneinander vorbei passten. Einige der Geschäfte im Viertel hatten Stühle und Tische im Freien aufgestellt, was die Situation noch verkomplizierte. Fußgänger schlenderten die Wege entlang und begutachteten die Schaufenster und Auslagen, brachten mit ihren bunten

Funktionsklamotten Leben und Gegenwart zwischen die jahrhundertealten Holzhäuser. Ein roter Briefkasten an einer grünen Hauswand fing ihren Blick ein, ein rostrotes Fahrrad, das vor einem Antiquariat lehnte. Eine Schiefertafel vor einem weiteren Laden versprach in geschwungenen Lettern das beste Craft-Bier Norwegens. Zwei junge Frauen begutachteten ein paar Sommerkleider im Angebot, die eine Boutique vor ihrem Eingang auf einer Kleiderstange ausstellte.

Laut dem Fähnchen auf ihrer App befand sich Fridas Ziel direkt gegenüber. Es musste das eierschalenfarbene Eckhaus mit den falunroten Dachziegeln und Fenstereinfassungen sein. Eine Markise krönte die Eingangstür, die sich genau in der Ecke von zwei Straßen befand, war jedoch nicht ausgefahren. Drei Holzbänke auf der rechten Seite des Hauses luden Passanten zum Verweilen im Schatten eines Lindenbaums ein. Das sah herrlich idyllisch aus, warf allerdings die Frage in den Raum, wo zum Teufel Frida parken sollte. Zwar waren die meisten Dinge aus ihrer Sammlung recht handlich und außerdem in Kisten verpackt, aber die Vorstellung, das Zeug kilometerweit von einem offiziellen Parkplatz bis zum Laden zu schleppen, missfiel ihr trotzdem.

Im Schritttempo ließ sie den Bus weiter nach vorne kriechen. Da! Oh, Kjersti war ein Schatz! Offensichtlich hatte sie das Parkplatzproblem schon im Vorhinein bedacht, denn auf der linken Seite des Hauses waren Halteverbotsschilder aufgestellt, mit der Bitte, die Ladezone vor dem Geschäft aufgrund eines Umzugs freizuhalten. Um sicherzugehen, überprüfte Frida das angegebene Datum und die Uhrzeit. Perfekt! Sie war nur eine gute Stunde zu spät.

Erleichtert ließ sie den Bus an die ausgewiesene Stelle am Straßenrand rollen, schaltete den Motor und ihre Musik aus und lehnte sich im Sitz zurück. Einen Augenblick lang schloss sie die Augen. Endlich angekommen! In aller Frühe war sie heute Morgen von Oslo aus losgefahren, und die über sechs Stunden Fahrt machten sich doch langsam in ihren Knochen bemerkbar.

Das Klingeln ihres Handys zerstörte ihre Entspannung. Seufzend griff sie nach dem Gerät auf dem Beifahrersitz. Sie musste nicht mal auf das Display gucken, um zu ahnen, wer nach ihr verlangte. Kurz spielte sie mit dem Gedanken, den Anruf auf die Mailbox laufen zu lassen, aber Thea hatte es nicht umsonst mit ihren nicht einmal dreißig Jahren in den Vorstand der Firma geschafft. Zielstrebigkeit war ihr zweiter Vorname. Wenn Fridas Schwester sich etwas in den Kopf gesetzt hatte, war es klüger, direkt zu kapitulieren. Früher oder später würde sie ohnehin bekommen, was sie wollte.

»Hey Schwesterherz. Ja, ich bin gut angekommen. Nein, ich habe den Bus nicht über einen Abhang in den Fjord gejagt. Ja, ich bin ein bisschen erschöpft von der Fahrt. Nein, ich hatte noch keine Gelegenheit, mir den Laden anzuschauen, aber ja, ich bin immer noch der Meinung, dass es zu hundert Prozent eine gute Idee ist, diesen Schritt zu wagen und unter die seriösen Geschäftsfrauen zu gehen. Sonst noch was?«

»Sag mir bitte wenigstens, dass dieser Laden tatsächlich existiert.«

Frida seufzte und richtete sich im Sitz auf, dann angelte sie sich ihre E-Zigarette vom Beifahrersitz. Wenn sie sich schon mit einer Standpauke von Thea abfinden musste, verdiente sie sich wenigstens diesen kleinen Genuss. Weil ihr Hintern vom langen Sitzen wehtat, rutschte sie außerdem unruhig auf dem Fahrersitz herum. Am bequemsten war die Position, wenn sie die Beine aus dem offenen Fenster baumeln ließ und sich quer über den Fahrersitz fläzte.

Sie nahm einen tiefen Zug Dampf in die Lungen, dann wendete sie sich wieder an Thea. »Willst du jetzt schon wieder loslegen und mir noch einmal erzählen, für wie unverantwortlich du mich hältst, weil ich die Chance des Jahrhunderts am Schopf gepackt habe und drauf und dran bin, meinen Traum zu verwirklichen?«

»Seit wann genau ist es noch einmal dein Traum, einen Laden zu eröffnen? Erinnere mich bitte dran. Das letzte Mal, als wir darüber gesprochen hatten, wolltest du nämlich Modedesign studieren. Bist du nicht deshalb nach Italien gegangen? Und was ist aus deinem Plan geworden, Surfschulbetreiberin zu werden, und gab es nicht auch mal eine Phase, während der du ernsthaft eine Karriere als Musicaldarstellerin in Betracht gezogen hast? Immer je nachdem, welcher Kerl dir gerade den Kopf verdreht hat?«

»Oh, entschuldige vielmals! Es kann eben nicht jeder vom Moment seiner Geburt an wissen, was er mit seinem Leben anfangen möchte.« Sie nahm einen weiteren Zug aus dem Verdampfer, aber nicht einmal der süße Popcorngeschmack vertrieb die pochenden Kopfschmerzen, die Theas Moralpredigten jedes Mal bei ihr hervorriefen. Frida liebte ihre Schwester, wirklich. Egal, wie sehr sie meckerte, wenn es drauf ankam, hielt Thea ihr vor ihren Eltern immer die Stange und verteidigte Fridas Selbstfindungsabenteuer. Frida wünschte nur, ihre Schwester würde das auch einmal ihr selbst gegenüber tun. Zur Abwechslung wäre es nämlich echt nett, von irgendwem in ihrer Familie nicht als Loserin abgestempelt zu werden. Sollte dieser Tag jemals kommen, heute war es noch nicht so weit.

Theatralisch seufzte Thea in den Hörer. »Es ist kein Kapitalverbrechen, sich Sorgen zu machen, wenn die kleine Schwester plant, eine Geschäftsbeziehung mit einer Person einzugehen, die sie nur unter dem Namen *Katzenoma1940* kennt.«

»Das stimmt überhaupt nicht! Auf dem Mietvertrag, den sie mir geschickt hat, steht auch ihr richtiger Name: Sie heißt Kjersti Haraldsen.«

»Und hast du Papas Rechtsabteilung überprüfen lassen, was sonst noch so alles in diesem sogenannten Vertrag steht? Bist du dir sicher, dass das alles Hand und Fuß hat? Dass es keine juristischen Fallstricke gibt oder wichtige Aspekte, die ausgeklammert sind? Hast du überhaupt schon eine Wohnung in Trondheim?«

»Ich kann im Bus schlafen, bis ich was finde.«

»Siehst du? Genau das meine ich!« Jetzt seufzte Thea nicht mehr, jetzt klang sie, als läge sie auf einem Zahnarztstuhl und Doktor Frankenstein persönlich war im Begriff, bei ihr eine Wurzelbehandlung vorzunehmen. »Sag mir, dass du wenigstens den Vertrag von Fachleuten hast überprüfen lassen.«

Statt einen weiteren Zug aus dem Verdampfer zu nehmen, biss sie auf dem Mundstück herum. »Du kennst die Antwort darauf, Thea«, gab sie schließlich grummelnd zu. Aus dem Augenwinkel nahm sie eine Bewegung vor dem Bus wahr. Da hatte sich irgend so ein Typ aufgebaut und wedelte hektisch mit den Armen. Ein seltsamer Kauz war das. Er trug ein bis zum letzten Knopf geschlossenes schwarz-weiß-kariertes Hemd unter einem schwarzen Strickpullunder und dazu eine komische burgunderrote Seidenfliege. Sein Gesicht wurde von einer riesigen dunklen Hornbrille und einem derart finsteren Blick dominiert, als litte der arme Kerl seit Tagen an Verstopfung. Grinsend winkte Frida zurück. Wenn sie eines auf ihren Reisen gelernt hatte, dann, dass Freundlichkeit eine universelle Sprache war – wenn auch eine, die Mister Hornbrille offensichtlich nicht fließend verstand. Er ließ die Arme sinken, kniff die Lippen zu einem schmalen Strich zusammen und schüttelte entnervt den Kopf. Mit in die Hüfte gestemmten Händen stürmte er auf Fridas geöffnetes Fahrerfenster zu. Nun denn, hier kam ihr Not-Aus für das Gespräch mit Thea.

»Sorry, Sis«, beeilte sie sich ins Telefon zu sagen, ehe Thea erneut Fahrt aufnehmen konnte. »Ich muss Schluss machen. Da ist ein armer Kerl, der dringend eine Toilette sucht. Ich muss ihm helfen. Mach's …«

»Frida, du kannst nicht jedem unangenehmen Gespräch aus dem Weg …«

»Hab dich auch lieb! Bis baaahald!« Noch während sie ihre Verabschiedung singsangte, machte sie sich daran, ihre Glieder zu sortieren. Sie öffnete die Fahrertür, immer noch grinsend und fest entschlossen, dem wütenden Typen mit einer Überdosis Freundlichkeit den Tag zu retten. Leider hatte sie die Rechnung ohne ihn gemacht.

Was in Dreiteufelsnamen machte dieser abscheulich kitschige rosa VW-Bus vor *seinem* Geschäft? Sander wollte seinen Augen nicht trauen. Er hatte alles bis ins letzte Detail organisiert und akribisch in einer Excel-Liste festgehalten, damit er auch ja nichts vergaß. Beim Ordnungsamt hatte er eine temporäre Durchfahrtserlaubnis für die verkehrsberuhigte Zone der Altstadt beantragt. Ausdrucke der Genehmigungen waren bereits vor Tagen an das Umzugsunternehmen verschickt worden. Außerdem hatte er sich beim Straßenverkehrsamt erkundigt, wie er eine zweckgebundene Parkerlaubnis in der Ladezone direkt vor dem Geschäft erwirken und in die Tat umsetzen konnte. Die Frau im Amt war unglaublich hilfsbereit gewesen und hatte ihm alle nötigen Formulare noch am selben Tag per E-Mail zugeschickt. Wie verabredet waren vor zwei Tagen die Halteverbotsschilder am Straßenrand aufgetaucht, damit Anwohner sich schon einmal mit dem Gedanken anfreunden konnten, am Tag seines offiziellen Einzugs in den *Laden der schillernden Schätze* anderswo zu parken. Zugegeben, der Name war in etwa genauso kitschig wie dieser fürchterliche VW-Bus, aber Kjersti hing an ihm, und deshalb hatte Sander ihr versprochen, ihn zu behalten, wenn er endlich seinen großen Traum verwirklichte und ein eigenes Antiquitätengeschäft eröffnete. Persönlich hätte ihm ein unaufdringliches *Pettersen Antik* erheblich besser gefallen, aber sei's drum. An solchen Kleinigkeiten wollte er sich nicht aufreiben. Immerhin hatte bisher alles andere einwandfrei funktioniert. Mehrfach am heutigen Tag hatte er sich vergewissert, dass nicht irgendein Idiot das Halteverbot ignorieren und die Straße vor dem Hauseingang doch zuparken würde. Die ganze Aufregung war ihm auf den Magen geschlagen, und er hatte dringend eine Tasse Pfefferminztee gebraucht. Und kaum war er eine halbe Stunde weg, schon passierte *das hier*!

Es war ja nicht nur der Bus in dieser himmelschreiend aufdringlichen Lackierung in Schweinchenrosa und Weiß, auf die irgendein minderbemittelter Künstler auch noch jede Menge Margaritenblüten gemalt hatte. Ein widerlich süßlicher Gestank trieb in weißen Dampfschwaden aus dem geöffneten Fahrerfenster, und die Fahrerin hatte offenbar nicht einmal vor, hier am Straßenrand ordentlich zu parken, sondern dachte, die Øvre Bakklandet sei ein Campingplatz. Sie hatte es sich augenscheinlich bequem gemacht. Schwarze, halb geschnürte Doc-Martens-Stiefel baumelten an Frauenbeinen aus dem Fenster.

Er baute sich vor der Windschutzscheibe des Gefährts auf und versuchte mit Winken die Aufmerksamkeit der Fahrerin auf sich zu ziehen. Vergeblich. Weil die Sonne sich in der Scheibe spiegelte, konnte er nicht genau erkennen, was in der Fahrerkabine vor sich ging, aber müsste er einen Tipp abgeben, würde er schätzen, dass die Verrückte telefonierte. Sie musste verschwinden, koste es, was es wolle! Jeden Augenblick würde sein Umzugswagen eintreffen, und der brauchte Platz.

Endlich reagierte sie. Und was passierte? Sie guckte nicht etwa schuldbewusst und beeilte sich, den für *einen Umzug ausgewiesenen* Parkplatz frei zu machen. Nein! Sie winkte zurück!

Sander hatte genug. Er stürmte um den Wagen. Nun schien es auch ihr zu dämmern. Sie zog die Beine zurück ins Wageninnere, kletterte ihm entgegen ins Freie, immer noch mit diesem übertrieben sonnigen Grinsen auf dem Gesicht.

»Hey!« Ihr Gruß klang freundlich. Zu freundlich für seinen Geschmack.

»Hier ist parken verboten! Kannst du nicht lesen? Auf den Schildern steht klipp und klar, dass heute hier absolutes Halteverbot gilt. Wegen eines Umzugs.«

»Ja, klar – mein Umzug. Ich bin die neue Mieterin in diesem wunderschönen Etablissement direkt zu unserer Rechten.«

»Du bist ... was?« Es dauerte eine Sekunde, bis der Sinn ihrer Worte in seinem Hirn ankam. Als es so weit war, konnte er nicht anders, als zu lachen. »Das ist absurd. Der *Laden der schillernden Schätze* wird ein Antiquitätengeschäft. *Mein* Antiquitätengeschäft. Wenn du also endlich so liebenswürdig wärst, dieses Gefährt umzuparken? Jeden Augenblick muss mein Umzugswagen eintreffen, dann brauche ich den Platz. Das hier ist nicht Hippietown. Ich habe Dokumente, die beweisen, dass dies hier *meine* Ladezone ist. Vor *meinem* Geschäft.« Es war zum Mäusemelken. Jede Minute nun würde ein ganzer Lkw mit allerfeinsten Sitzmöbeln, Kommoden, Aufsatzschränken, Spiegeln, Gemälden, Uhren und Lampen aus dem 18. und frühen 19. Jahrhundert eintreffen, und Sander sah sich gezwungen, seine Aufmerksamkeit einer Irren zu widmen. Daran, dass sein Gegenüber nicht ganz klar ticken konnte, bestand kein Zweifel. Die Sachlage war eindeutig. Zuerst einmal war da dieser VW-Bus. Dann die blauen Haare. Jawohl, die Frau, die behauptete, sie sei die neue Mieterin seines Ladens, hatte blaue Haare. Sie waren auf der Stirn zu einer Tolle frisiert und am Oberkopf mit einem Haarband zurückgehalten. Zu den DocMartens, die er zuvor aus dem Fenster hatte baumeln sehen, trug sie einen cremeweißen Pullover, der über und über mit bunten Lollis bedruckt war, und einen schwingenden schwarzen Spitzenrock. Nur ihre Augen sprachen trotz dickem Eyeliner und Unmengen Wimperntusche für sich. In einer ganz außergewöhnlichen Farbe – nicht ganz blau, nicht ganz grün und nicht ganz grau – funkelten sie ihn von Sekunde zu Sekunde irritierter an. Wie würde er diese Farbe beschreiben, wenn er sie auf einem Gemälde oder Möbelstück sehen würde? Seegrün? Türkis? Aquamarin? Der Fjord glitzerte an sonnigen Sommertagen an flachen Stellen über rundgewaschenen Uferkieseln manchmal in dieser Nuance oder das Gefieder junger Krickenten … Verärgert über sich selbst, verwarf er die Frage. Es spielte keine Rolle, welche Farbe ihre Augen hatten! Warum machte er sich überhaupt Gedanken darüber? Momentan gab es nun wirklich Wichtigeres zu klären. Außerdem kam sie ihm mit dem Sprechen zuvor.

»Hast du gerade *Hippie* gesagt?« Spätestens jetzt verschwand das Lächeln auf ihrem Gesicht. Sie schnaubte verärgert. »Du willst dich mit Kunsthandel beschäftigen und kennst nicht einmal den Unterschied zwischen Rockabilly und der Hippie-Ära? Das kann ja was werden.«

Ein unerwarteter Stich Scham fuhr ihm durch die Eingeweide. Sein Magen rebellierte. Stress machte das mit ihm. Schon als Kind war ihm schlecht geworden, wenn eine Situation ihn überforderte. Knapp dreißig Jahre hatte er seither Zeit gehabt, um zu lernen, damit umzugehen. Mittlerweile wusste er, dass Angriff mitunter die beste Verteidigung war.

Er rückte seine Brille auf der Nase zurecht und konterte: »Mein Fachgebiet ist die Gustavianische Epoche sowie der skandinavische Rokoko. Die zweifelhaften modischen Auswüchse des zwanzigsten Jahrhunderts interessieren mich kein bisschen.«

Die Hydraulik eines Kleinlasters schnaubte, als dieser in die Bremsen ging, um von der Brubakken in die Øvre Bakklandet einzubiegen. In dem sonst so beschaulichen Viertel war das Geräusch ungewohnt genug, um augenblicklich Sanders Aufmerksamkeit auf sich zu ziehen und ihn daran zu erinnern, worum es hier ging. Nicht um Modeepochen oder seine Expertise, sondern um die Ladezone, die er vor Wochen beim Ordnungsamt beantragt hatte und die diese Frau ihm nun wegnehmen wollte, weil sie behauptete, sie sei die neue Mieterin von Kjerstis Laden. Zum Glück bog der Transporter in eine Querstraße ab. Das bedeutete allerdings nicht, dass Sander Zeit zu verlieren hatte. Schon der nächste Wagen könnte seiner sein.

»Weißt du was? Ich sollte die Polizei rufen. Oder das Ordnungsamt, weil ein Falschparker meine Ladezone blockiert und außerdem vorhat, meinen Laden zu besetzen.«

»*Meinen* Laden. Ergo *meine* Ladezone. Ich habe einen Mietvertrag. Muss ich den wirklich holen, oder …«

Entnervt warf er die Hände in die Luft. »Ich war nicht fertig. Die Höflichkeit gebietet, Menschen ausreden zu lassen.«

Sie tippte mit dem Fuß auf dem Boden. »Bitteschön, dann rede weiter. Ich bin ganz Ohr.«

»Was ich im Begriff war zu sagen: Ich *sollte* die Polizei oder das Ordnungsamt rufen. Aber als Zeichen meiner Kooperationsbereitschaft und meines guten Willens werde ich das nicht tun. Stattdessen werde ich die Vermieterin anrufen. Ich bin sicher, hier liegt ein Missverständnis vor und Kjersti kann das im Nu klären.«

Darauf hatte Hippie- – oh, Verzeihung – Rockabilly-Lady nichts mehr zu erwidern. Schmollend zuckte sie mit den Schultern.

So einfach gab sie sich geschlagen? Sander kämpfte gegen einen irrationalen Anflug von … Enttäuschung? Nein, Enttäuschung konnte das, was er empfand, keinesfalls sein. Eher Verwunderung. Er kämpfte gegen einen irrationalen Anflug von Verwunderung an und besann sich auf das, was er ursprünglich hatte sagen wollen. »Es wäre nur angebracht, wenn auch du deinen Willen, eine gütliche Lösung unseres Konflikts herbeizuführen, demonstrieren würdest, indem du deinen Bus zwischenzeitlich anderswo abstellen könntest. Direkt gegenüber ist ein öffentlicher Parkplatz. Wie wäre es damit?«

»Da waren alle Plätze belegt.«

Er kniff die Augen zusammen. Trotz Brille hatte er mitunter Schwierigkeiten beim Weitsehen. Dennoch war er sich ziemlich sicher, dass das zwischen dem BMW mit deutschem Kennzeichen und dem Hyundai-Hybrid-SUV unter dem Lindenbaum ein freier Stellplatz war. Er deutete in die entsprechende Richtung. »Jetzt nicht mehr. Wenn du dich beeilst, klaut ihn dir auch niemand, bis du dort bist.«

Für die Dauer eines Herzschlags schien sie zu überlegen, ob sie nachgeben sollte, dann rollte sie die Augen und öffnete die Fahrertür, um hinters Lenkrad zu klettern. »Bin gleich wieder da«, informierte sie ihn. »Glaub ja nicht, dass das hier schon zu Ende ist.«

Nein, so naiv war er nicht. Er seufzte und suchte in der Hosentasche nach seinem Handy. Noch während er sich von seiner Nemesis und ihrem rosa Blumendrachen abwandte, wählte er Kjerstis Nummer.

2

Okay, zugegeben, kurz war Frida tatsächlich ins Schwitzen gekommen. Als dieser Oberspießer sich vor ihr aufgebaut und irgendwelches wahnsinnig wichtiges Zeug von Genehmigungen und Ämtern und Polizei gefaselt hatte, da war ihr Theas Stimme im Ohr geklungen, die sie daran erinnert hatte, dass es womöglich nicht der cleverste Schachzug gewesen war, ihre gesamte Zukunft auf eine Online-Konversation mit einer Person zu setzen, die sie bisher hauptsächlich über Instagram kannte.

Jetzt, wenige Minuten später, wusste sie wieder, warum sie es gemacht hatte. Kjersti Haraldsen oder, wie sie sie kennengelernt hatte, *Katzenoma1940* war eine wahre Erscheinung. Da eine gebrochene Hüfte sie momentan daran hinderte, ihre Wohnung zu verlassen, hatte sie Frida und Mister Parkerlaubnis zu sich gebeten.

Kjersti bewohnte die gesamte obere Etage desselben Hauses, in dem Frida ihren Laden eröffnen wollte. Mit der Aura einer Königin thronte die alte Dame auf einem weiß lackierten, teilweise vergoldeten Sofa. Lose Kissen aus glänzend rotem Seidenbrokat stützten ihre zierliche Gestalt. Greifenfiguren trugen die Armlehnen des Möbels und wirkten, als wollten sie Kjersti beschützen. Drei ihrer sieben Katzen – elegante Tiere mit schneeweißem Langhaarfell und schwarzen Gesichtern – räkelten sich neben ihr auf dem fraglos kostbaren Sitzmöbel. Die anderen vier hatten Position zu Kjerstis Füßen bezogen und begutachteten die Eindringlinge skeptisch. Licht aus einem opulenten Kristalllüster malte tanzende Funken aus Gold auf alle Oberflächen im Raum. Ihre Krankheit sah man Kjersti nicht an. Nur ein Rollstuhl auf der einen und ein Rollator auf der anderen Seite des Sofas deuteten darauf hin, wie eingeschränkt sie durch ihren Unfall tatsächlich war. Zwar war sie dünn wie ein Lufthauch – auf ihrem Brustbein zeichneten sich die Knochen ab, und ihre Arme waren lang und sehnig –, aber sie beherrschte ihre Zerbrechlichkeit auf dieselbe etherisch-elegante Weise, wie eine Ballerina es tat. Ihr weißgraues Haar fiel in langen Wellen bis zur Taille. Das Muster der silbergrauen Seidentapete an der Wand hatte beinah die exakt selbe Farbe wie das hauchzarte Trägerkleid, das sie trug. Zweifellos, das war die Grande Dame, die Frida seit Jahren auf Instagram verehrte, wo sie sich mit Bildern von sich und ihren Katzen eine enorme Abonnentenzahl erworben hatte. Nicht ganz so viele wie Frida mit ihrem Do-it-Yourself-Dekoprofil, aber rund dreißigtausend waren es trotzdem. Wie oft schon hatte Frida sich insgeheim gewünscht, irgendwann einmal auf dieselbe unantastbare Weise zu altern wie ihr Vorbild? Sie bewunderte die Eleganz von Kjersti, ihren individuellen Stil. So waren sie ins Gespräch gekommen. Nach einer Weile hatten sie festgestellt, wie sehr sie den Austausch untereinander beide genossen, und waren Freundinnen geworden, obwohl sie sich noch nie im echten Leben begegnet waren. Seit einigen Jahren war Kjersti die womöglich einzige Person, die Frida bei jedem Abenteuer immer den Rücken gestärkt und sie ermuntert hatte, weiter nach sich selbst zu suchen. So sehr, dass sie ihr vor ein paar Wochen, als nach ihrem Unfall klar geworden war, dass sie ihren Laden endgültig auflösen musste, angeboten hatte, ihre Nachfolgerin zu werden. Von einem Spießer in Wollpullunder und Bundfaltenhose war damals mit keinem Wort die Rede gewesen.

»Seht: Natürlich hatte ich vorgehabt, euch darüber in Kenntnis zu setzen, dass die Umbauarbeiten noch nicht ganz abgeschlossen sind. Ich hatte seit Langem vor, das Geschäft zweizuteilen, der Eckaufbau bietet sich dafür ja geradezu an. Ihr müsstet euch nur die Eingangstür teilen. Aber ihr könnt euch gar nicht ausmalen, wie schwierig es ist, verlässliche Handwerker zu finden. Mal sagen sie das eine, dann das andere, und schon war die Zeit um, und ich habe vergessen, eure Mietverträge anzupassen.« Sie seufzte theatralisch. »Ihr wisst ja, das Alter. Die Vergesslichkeit ist fürchterlich.«

Frida glaubte Kjersti kein Wort. Okay, das mit den Handwerkern entsprach womöglich der Wahrheit. Dass Kjersti Frida und den Halteverbotmann mit hundertprozentiger Absicht hatte auflaufen lassen, verriet allerdings das amüsierte Funkeln in den Augen der alten Dame.

»Du willst mir weismachen, dass ich mir einen Laden mit dieser … dieser … Verrückten teilen soll? Tante Kjersti, das kann nicht dein Ernst sein!«

»Ich bevorzuge den Ausdruck ›speziell‹ statt ›verrückt‹. Aber ja, ich denke, genau das will deine Tante sagen.«

»Nenntante. Sie ist nicht wirklich …« Er stockte mitten im Satz. Sein Atem ging auf einmal keuchend und abgehackt.

Kjersti verzog mitleidig das Gesicht. »Die Katzen, mein Lieber? Frida, sei so gut und geh in die Küche. In der Schüssel auf dem alten Bauernschrank muss noch einer von Sanders Inhalatoren liegen. Und du, Junge, setz dich und komm erst mal zu Atem. Langsam ein und aus. Du weißt, dass es deiner Allergie nicht guttut, wenn du dich aufregst.«

Frida ließ sich nicht lange bitten. Bisher hatte Sander, wie der Parkplatzterrorist offenbar hieß, nicht unbedingt Sympathiepunkte bei ihr gesammelt, ersticken sollte er aber dennoch nicht.

Obwohl sie die Wohnung nicht kannte, fand sie die Küche problemlos. Wie das Wohnzimmer bestach auch dieser Raum durch seine erlesene Einrichtung. Die Möbel hier waren weniger duster, Küchentisch und Stühle weiß lasiert und rustikal. Blau-weiße Teller reihten sich in einem Wandregal aneinander, die passenden Henkelbecher in einer Vitrine. Weiße Spitzengardinen filterten das Nachmittagslicht. Ein Strauß Trockenblumen stand in der Mitte des Esstischs in einer Vase, die Frida als eines ihrer Werkstücke erkannte. Für das Gefäß hatte sie einen Henkeltontopf, den sie einmal im Müll gefunden hatte, mit wolfsgrauer Kreidefarbe überstrichen und dann mit einem Vogelmotiv verziert. Mit Transferfolie war es ganz einfach gewesen, die beiden auf einem Zweig sitzenden Blaukehlchen auf die Unterlage zu bekommen. Normalerweise waren die Bügelbilder für Textilien gedacht, aber auch auf der Vase machte sich das Motiv gut. Ein bisschen verspielt, ein bisschen ländlich, genau passend zu den Trockenblumen. Ein Lächeln breitete sich auf ihrem Gesicht aus. Kjersti liebte Eleganz, doch sie war sich nicht zu schade, ihrem Heim mit ein wenig Kitsch Gemütlichkeit zu verleihen. Womöglich war sie aus diesem Grund blind für das, was Frida und Sander vom ersten Augenblick an gespürt hatten: Sie beide unter einem Dach? Das konnte nur schiefgehen.

Sie schnappte sich den Inhalator und rannte zurück ins Wohnzimmer. Sander hatte auf einem der Stühle gegenüber des Sofas Platz genommen. Die Unterarme auf die Oberschenkel gestützt, den Kopf zwischen den Schultern hängend, rang er nach Atem. Dankbar griff er nach dem Inhalator und nahm zwei tiefe Sprühstöße voll.

Kjersti, auf deren Schoß es sich eine der Katzen gemütlich gemacht hatte, folgte dem ganzen Spektakel mit besorgtem Blick. »Jetzt besser?«, fragte sie.

Sander nickte. Tatsächlich ging sein Atem wieder gleichmäßiger. Dafür zierten jetzt rote Flecken seine Wangen und den Hals.

An Frida gerichtet meinte Kjersti: »Setz dich doch zu uns, Liebes. Schenkst du uns allen eine Tasse Tee ein? Baldrian, das ist gut für die Nerven. Ich kann mich so schlecht bewegen mit der Hüfte.«

Frida war kein großer Teefan, und auch Sander lehnte ab.

»Kjersti, ehrlich, ich habe keine Zeit! Jeden Augenblick kommt unten eine Wagenladung voller Antiquitäten an. Ich muss dort sein, um sicherzugehen, dass die Möbelpacker vorsichtig mit den Stücken umgehen. Und ich verstehe immer noch nicht …« Wieder unterbrach er sich, schüttelte den Kopf. »Wie genau hast du dir das vorgestellt mit dem geteilten Laden? Was macht diese … Frida? Du heißt Frida, ja?«

Frida nickte. »Ja, aber meine Fans kennen mich als *finest-fairy*, falls dir das besser gefällt.«

»Fans?« Die roten Flecken auf seinen Wangen intensivierten sich. Ein hörbares Magengurgeln echote durch den Raum.

»Na ja, Abonnenten, Follower, nenn sie, wie du willst.«

»Frida ist Insta-Künstlerin«, sprang Kjersti ihr zu Hilfe. »Sie sammelt Altes aus aller Welt und verwandelt es in Kunst und Deko. Hochzeitsdekorationen aus weggeworfenen Kleiderbügeln, Dekolaternen aus Marmeladengläsern, Obstschalen aus Muscheln. Du solltest ihre Fotos sehen. Einfach wunderschön!«

»Und wofür genau braucht eine ... *Insta-Künstlerin* ein Ladengeschäft?« Er betonte das Wort, als würde es ihm körperlich Übelkeit bereiten. Gemessen an dem Theater, das sein Magen veranstaltete, war das nicht einmal so weit hergeholt. Ihre vorherige Ablehnung vergessen, füllte sie nun doch zwei Tassen mit Tee aus der Silberkanne. Eine schob sie ihm wortlos zu.

»Um meine Sachen zu verkaufen. Wozu sonst? Bisher biete ich meine Artikel nur über einen Etsy-Shop an, aber ich denke, ich bin bereit für den nächsten Schritt.«

»Sie macht Kunst aus Müll?« Wieder beschleunigte sich sein Atem. Diesmal hatte es wohl nichts mit einer Allergie zu tun. »Und die soll sie jetzt in meinem Antiquitätengeschäft anbieten? Unter meinen Sammlerstücken befinden sich einige der am schwersten zu findenden Raritäten der ...«

»Wenn etwas so schwer zu finden ist, sollte es vielleicht lieber versteckt bleiben. Schon mal daran gedacht?« Sie erhob ihre Stimme, um Sanders erneuten Sermon zu unterbrechen.

Sein ganzer Körper begann zu beben, und es fehlte nicht viel, bis er explodieren würde wie ein Schnellkochtopf unter zu viel Druck, da war sie sich sicher.

Kjersti verhinderte das Schlimmste. »Meine Dame, mein Herr, bitte! Ich gebe zu, auf den ersten Blick mag es wie ein Wagnis aussehen, eure Sammlungen unter einem Dach zu vereinen. Wie ihr die Ladenfläche aufteilt, bleibt euch natürlich ganz selbst überlassen. Aber ich möchte euch eines zu Bedenken geben.« Sie machte eine kunstvolle Pause, nahm einen Schluck von ihrem Tee. Lichterfunken tanzten auf ihren Armreifen und brachen sich in den Diamanten an ihren Ohrringen zu einem facettenreichen Farbenspiel. Weder Frida noch Sander wagten zu sprechen. Eine Königin unterbrach man nicht. Nur ein leises Miauen füllte die Stille, bis Kjersti fortfuhr. »Nach Jahrzehnten im Geschäft kann ich euch eines mit Gewissheit sagen: Menschen kommen in den Laden der schillernden Schätze und sind sich sicher, zu wissen, was sie suchen. Doch nicht selten verlieben sie sich dann in etwas ganz anderes. Von allen Menschen auf der Welt solltest du das am besten wissen, Sander. Ich kann mich an einen Jungen erinnern, der nur einen Platz zum Aufwärmen suchte und meinen Laden mit einer Berufung verließ. Mein Rat lautet: Lasst euch auf das Abenteuer ein. Frida, ich hatte dich nicht als jemanden eingeschätzt, der einem Wagnis aus dem Weg geht. Was ist mit euch los, ihr beiden?«

Beide starrten sie wortlos an, bis ein Telefon klingelte. Sander brach in Hektik aus und fummelte sein Handy hervor. Er nahm das Gespräch an und kommentierte die Informationen des Gesprächspartners mit knappen Worten. Schließlich stand er auf, strich sich Hose und Pullunder glatt, rückte seine Brille auf der Nase zurecht und meinte: »Das war die Spedition. Der Lkw ist da.« Ohne Frida eines weiteren Blickes zu würdigen, verließ er Kjerstis Wohnung.

Unsicher blickte Frida zu der Älteren. Die nickte ihr aufmunternd zu. »Nur zu, geh schon. Sicher hast du auch viel zu tun. Es wartet eine Geschäftseröffnung auf dich.«

3

Eine ausgewiesene Spezialspedition beauftragt zu haben, stellte sich als reinster Segen heraus. Sanders Sorgen, das Transportunternehmen würde seine Schätze nicht mit derselben Sorgfalt behandeln, die er ihnen zuteilwerden ließ, erwiesen sich als unbegründet. Seine Anwesenheit behinderte die beiden Möbelpacker eher, als zu helfen. In Vorbereitung auf den Umzug hatte Sander sämtliche Ausstellungsstücke genaustens katalogisiert und beschriftet. In einem maßstabsgetreuen Plan, den er gemeinsam mit der Parkerlaubnis an das Umzugsunternehmen geschickt hatte, hatte er akribisch verzeichnet, welche der größeren Möbelstücke wo abgestellt werden sollten. Die Spiegel waren in Decken eingewickelt und sollten im hinteren Bereich des Ladens an die Wand gelehnt werden, bis Sander entscheiden konnte, wo er sie aufhängte. Porzellan und Glaswaren, dick verpackt in Zeitungspapier und Luftpolsterfolie, warteten in Umzugskartons darauf, ausgepackt und auf eine Weise dekoriert zu werden, die Kundschaft in den Laden lockte. Doch ehe Sander das angehen konnte, musste erst einmal alles andere an Ort und Stelle stehen.

Er fühlte sich linkisch und pedantisch, wie er mit dem Ausdruck seiner Inventarliste zwischen den Möbelpackern herumsprang und immer wieder kontrollierte, ob es all seine Schätze von dem Lager in Oslo nach Trondheim geschafft hatten. Vor allem, wenn er sich mit Frida verglich, die natürlich selbst Hand anlegte und Karton für Karton ihres Inventars vom Parkplatz in den Laden der schillernden Schätze schleppte. Noch war es ihm nicht gelungen, einen Blick auf das zu werfen, was sie plante zu verkaufen. Allein die ungezwungene Leichtigkeit, mit der sie sich ihrer Aufgabe widmete, ging ihm auf die Nerven. Mit Kopfhörern in den Ohren tänzelte sie sich durch den Tag. Permanent pfiff sie vor sich hin. Mal erledigte sie hier ein paar Handgriffe, mal dort. Ständig unterbrach sie sich selbst in dem, was sie machte, fing an anderer Stelle an, machte dort weiter. Selbst wenn sie Kisten schleppte, wiegte sie bei jedem Schritt die Hüfte, als wäre das ganze Leben ein einziger großer Spaß. Womöglich entsprach das bei Menschen wie ihr sogar der Wahrheit. Ihr Rock schwang munter um die Beine. Hübsch waren diese Beine ja, das musste er zugeben. Wie alles an ihr waren sie kurvig und drall und auf eine Weise beinah unanständig sexy, die ihn noch mehr irritierte als ihr Gesang.

Sogar Sanders Möbelpacker ließen sich von Fridas guter Laune anstecken. Ihm begegneten sie mit ernster Miene, wann immer sie aber an der Ladentür oder einer anderen Engstelle Frida begegneten, überließen sie ihr lächelnd den Vortritt. Das warf ein ganz tolles Licht auf ihre künftige Zusammenarbeit. Sander sah es vor sich: Frida, der es mit ihrer überfröhlichen, gewinnenden Art gelingen würde, Gefrierschränke an Eisbären zu verkaufen und ihm damit die wenigen Kunden abspenstig zu machen, die seine Raritäten zu schätzen wussten. Nur gut, dass er nicht auf Laufkundschaft angewiesen war. Seine Kundenkartei hatte er sich über Jahre hinweg aufgebaut, und profilierten Sammlern war es egal, von wo aus er mit ihnen in Kontakt stand oder mit wem er sich ein Ladengeschäft teilte.

Und doch: Was hatte sich Kjersti dabei gedacht, ihn mit dieser Frida zu strafen? Er hatte ihr vertraut! Kjersti war für ihn so was wie die Mutter, die er nie gekannt hatte. Niemand auf der ganzen Welt kannte ihn so gut wie seine Mentorin, und ausgerechnet sie fiel ihm in den Rücken? Sie wusste doch, wie schwer er sich damit tat, Vertrauen zu fassen und Freunde zu finden. Deshalb hatte er seinen Master und später den Dr. phil. in Restaurierung, Kunst und Denkmalpflege gemacht. Als Restaurator hatte er sich in irgendeiner düsteren Werkstatt gesehen, zwischen antiken Möbeln, Holzleim und Blattgold, fernab von den Tücken sozialen Miteinanders. Die Vergangenheit mit ihrem Geruch nach Staub und Lösungsmitteln war sein sicherer Ort. Nur dort fühlte er sich wirklich wohl.

Natürlich hatte er im Laufe der Jahre auch Bekanntschaften gemacht – Sammler wie er, mit denen er während seiner Zeit als Angestellter eines namhaften Stockholmer Auktionshauses Kontakte geknüpft hatte. Doch immer war die Arbeit an erster Stelle gekommen, die Liebe zu alten Dingen und das gemeinsame Interesse, die Vergangenheit auch für künftige Generationen zu bewahren. Selbst bei Linn war das so gewesen. Ein ziehender Schmerz fuhr ihm in die Körpermitte, als er ihren Namen dachte. Wie unfähig er war, mehr zu sein als der Gelehrte mit einem

Faible für alte Dinge, hatte seine Zeit mit Linn allzu deutlich gemacht.

Er musste weg hier, wenigstens für ein paar Minuten. Weg von Fridas notorisch guter Laune, ein wenig an die frische Luft und einmal durchatmen. Rekapitulieren, was im Laufe des Vormittags geschehen war und was das nun für ihn bedeutete.

Er verabschiedete sich bei den Möbelpackern und versicherte ihnen, bald zurück zu sein. Für den Fall, dass sie seine Hilfe benötigten, schrieb er seine Handynummer auf einen gelben Klebezettel und befestigte diesen an der Eingangstür.

Vom Laden aus zog es ihn direkt an den Fluss. Wie ein Band aus flüssigem Lapislazuli zog sich die Nidelva durch die Stadt. Ein paar Kajakfahrer waren unterwegs, malten mit ihren Booten bunte Tupfen auf das Wasser. Möwen kreisten kreischend über den Dächern der alten Docks. Auf hohen Stelzen standen die Häuser, für die Trondheim berühmt war, am Ufer. Heute waren die meisten der Gebäude in Wohnhäuser umgewandelt worden. Wo früher Kaufleute aus aller Herren Länder ihre Waren gelöscht und den hiesigen Händlern zum Kauf feilgeboten hatten, lebten jetzt Juppies und Künstler. Er selbst hatte überlegt, sich dort eine Wohnung anzumieten, hatte sich dann jedoch für ein Häuschen etwas weiter hangaufwärts entschieden. Das hatte eine riesige Garage, die er sich als Werkstatt eingerichtet hatte. Außerdem lag es gerade noch nah genug, um zu Fuß zur Arbeit zu gehen, doch abseits der Touristenmassen, die vor allem im Sommer Trondheim überfluteten. Er liebte die Atmosphäre am Fluss, aber er brauchte auch seine Ruhe. Zu viel Betriebsamkeit machte ihn nervös.

Den Kopf in den Nacken gelegt, schloss er die Augen, atmete tief ein. Das vertraute Aroma von Bakklandet flutete seine Sinne. Nur hier mischte sich die Frische des nahen Fjords auf diese ganz besondere Weise mit den Aromen aus den zahlreichen Cafés, Spezialitätenläden und Blumengeschäften des Viertels. Es war ein Geruch, den er immer und überall wiedererkennen würde. Mehr noch als die vertrauten Kopfsteinpflastergassen und Häuser der Altstadt bedeutete dieses Aroma Zuhause für ihn. Zwölf Jahre lang war er weg gewesen. In Dresden und Oslo zum Studium, später für die Arbeit in Kopenhagen und Stockholm. Ein Teil von ihm hatte sich immer hierhin zurückgesehnt, nach Trondheim, wo nicht nur er aufgewachsen war, sondern schon sein Vater, sein Großvater und Urgroßvater vor ihm. Es hatte länger gedauert als gedacht, genug Startkapital anzusparen und eine Sammlung aufzubauen, die sich lohnte in einem eigenen Geschäft auszustellen. Seine Sammlung war zwar noch nicht perfekt, aber die Trennung von Linn hatte ihm schließlich den letzten Schubs gegeben, diesen Schritt zu gehen. Gerade rechtzeitig, um Kjersti nach ihrem Unfall abzulösen. Als sie ihn vor ein paar Wochen gefragt hatte, ob er endlich ihre Nachfolge antreten und den *Laden der schillernden Schätze* von ihr übernehmen wollte, hatte er nicht lange gehadert. Damals hatte es sich angefühlt wie Schicksal.

Kjersti. Er schüttelte den Kopf. Noch immer begriff er nicht, was sie sich dabei gedacht haben konnte, ihn mit Frida zu schlagen. Aber so war es allzu oft bei seiner Nenntante. Sie setzte sich die seltsamsten Dinge in den Kopf, folgte ihren verschlungenen Gedankengängen, und den Menschen in ihrem Umfeld blieb nur die Möglichkeit, mitzukommen oder sie zu verlassen. Kjerstis Sohn Kai hatte die zweite Option gewählt, lange bevor Sander in Kjerstis Leben gestolpert war. Für ihn käme das niemals in Frage. Zu viel verdankte er ihr.

Das hieß dann aber wohl: Augen zu und durch. Irgendwie müsste er sich mit Frida arrangieren, und am besten fing er mit einem Friedensangebot an.

Er erhob sich von seinem Platz auf der Bank und huschte zwischen zwei Häusern hindurch zurück auf die Øvre Bakklandet. Ingrid, der *Det Lille Kaffekompaniet* – die kleine Kaffekompanie – gehörte, sah ihn kommen und winkte ihm freundlich zu.

»Hey, Sander! Das ist ja eine Überraschung, dich hier zu sehen. Bist du zu Besuch in der Stadt?«

Er rückte sich die Brille auf der Nase zurecht und erwiderte ihr Lächeln. »Nein. Diesmal bleibe ich.«

»Wirklich?« Ingrid strahlte. »Dann übernimmst du endlich Kjerstis Laden? Das hat sie sich immer gewünscht, vor allem wenn jetzt nach ihrem Unfall …« Sie stockte abrupt, und die plötzlich aufziehenden Gewitterwolken auf ihrer Miene brachten Sanders Magen prompt dazu, sich wieder zusammenzuziehen. Ingrid und Kjersti kannten einander schon immer. Dass Ingrid gut zwanzig Jahre jünger war als Sanders Nenntante hatte die beiden Frauen nie davon abgehalten, Freundinnen zu sein. Ingrid wusste sehr genau, dass Sander für Kjersti einem verlorenen Sohn gleichkam. Wenn Ingrid nun gezielt etwas vor Sander verschwieg, konnte das nichts Gutes bedeuten.

»Wie auch immer.« In einer fahrigen Geste wischte Ingrid mit der Hand durch die Luft. Zwar lachte sie wieder, doch ihr Lachen hatte die Strahlkraft verloren. »Wie sagt man so schön? Seine Familie kann man sich nicht aussuchen. Wer wüsste das besser als du, hm?« Versonnen schüttelte sie den Kopf. »Gott, ich kann mich erinnern, was für ein verlotterter kleiner Bengel du warst, als Kjersti dich unter ihre Fittiche genommen hat. Jeder kannte dich. *Vor dem musst du dich in Acht nehmen*, haben wir immer gesagt, *der klaut schlimmer als eine Elster. Gibt nur einen Weg für den, und das ist ins Kittchen.* Aber Kjersti hat sich davon nicht abhalten lassen. Die hat schon damals was in dir gesehen, das niemand sonst erkennen konnte. Und jetzt schau dir an, was aus dir geworden ist.« Ihrer eigenen Aufforderung folgend musterte sie ihn von oben bis unten. Nur mit Mühe gelang es ihm, den Drang niederzukämpfen, sich unter ihrer Begutachtung zu winden wie ein Aal.

»Bist ein echter Gelehrter geworden, und nicht nur das. Kommst genau wieder dann zurück nach Hause, wenn Kjersti dich am dringendsten braucht. Also wenn du jetzt Zimtkringel willst, musst du keine mehr mitgehen lassen, hörst du? Die gehen aufs Haus. Das ist das Mindeste, was ich beitragen kann, als Dank, dass du jetzt alles in die Hand nimmst und dafür sorgst, dass es sich zum Guten wendet.« Verschwörerisch zwinkerte sie ihm zu. Sander konnte ihr kaum folgen. Wovon sprach sie? Dass er den *Laden der schillernden Schätze* übernahm? Sicher, das Geschäft war eine Institution in der Øvre Bakklandet, dennoch schien ihm Ingrids Überschwang übertrieben. Dass er früher oder später in Kjerstis Fußstapfen treten wollte, war ein offenes Geheimnis. Zumindest hatte er das geglaubt, bis Frida sich plötzlich eingemischt hatte. Warum also Ingrids Erleichterung?

Er wusste nicht, was er erwidern sollte, deshalb versuchte er es mit einem simplen »Danke«.

Ingrid wischte es mit einem Schulterzucken beiseite. »Weißt du was? Einen Kaffee spendiere ich dir gleich dazu, wenn du willst. Wir rösten den hier im Haus, deshalb sind unsere Bohnen die besten in der ganzen Stadt. Und die mahlen wir dann für jede Tasse frisch.«

Gehorsam folgte er Ingrid ins Innere der *Kaffekompaniet*. Hier drinnen sah immer noch alles aus wie früher: dunkle, holzvertäfelte Wände, die die Aufmerksamkeit auf die gläserne Kuchenvitrine lenkten, und goldglänzende Etageren mit Keksen und Kleingebäck. Zwar hatte eine elektrische Kaffeemühle die alte mit der Handkurbel abgelöst, doch als Blickfang stand der antike Vorgänger hinter der Theke. Der Duft nach Zucker, frisch gemahlenem Kaffee und Gewürzen trieb ihm augenblicklich das Wasser im Mund zusammen. Von früheren Besuchen in der Stadt wusste er, dass das Sortiment seit einigen Jahren auch eine umfassende Auswahl an Gebäcken enthielt, die sogar sein nervöser Magen vertrug. Wie schon als Junge waren nach wie vor die Zimtkringel sein Favorit, dick mit glänzend weißem Zuckerguss bestrichen und so saftig und samtig am Gaumen, wie es die Köstlichkeiten seit seiner Kindheit nur hier bei Ingrid gab.

»Oh nein, ich zahle natürlich! Aber ich nehme wirklich gerne etwas mit.« Er musterte die Auslage. Ob Frida sich mit einfachen Zimtkringeln zufriedengeben würde? So wie sie aussah, bevorzugte sie sicher die pastelligen Macarons oder kunstvoll drapierten Tartelettes, wie es sie ein paar Läden weiter bei der französischen Patisserie gab. Aber sei's drum. Das hier war sein Friedensangebot, und wenn sie sich dafür zu gut war, sagte das mehr über sie aus als über ihn.

»Zwei von den glutenfreien Zimtkringeln und vier von den normalen«, bat er Ingrid. »Zum Mitnehmen, bitte. Und vier Becher to Go von der milden Röstung. Milch extra.« Als jemand, der selbst mit einem sensiblen Magen zu tun hatte, achtete er immer darauf, Essensgewohnheiten von anderen zu respektieren, und was wusste er schon von Fridas Ernährungsvorlieben? Die Kaffeemaschine ratterte und zischte und fauchte, während Ingrid seine Bestellung zubereitete. Als sie fertig war, wehrte sie sein Geld zunächst noch ab, gab sich am Ende jedoch geschlagen. Gut so. Das hier hatte nämlich mit seinem Stolz zu tun. Denn ja, er erinnerte sich an die Zeit, von der sie zuvor gesprochen hatte. Ingrid hatte recht – niemand, der ihn heute kennenlernte, würde in ihm den Jungen von damals sehen können. Dafür hatte er hart gearbeitet. Im Gegensatz zu Frida, der alles ganz leicht zu fallen schien, ohne dass sie sich an Regeln halten musste, und seien sie so banal wie ein schnödes Parkverbot, hatte er sich komplett neu erfinden müssen. Er hatte sich seinen breiten Akzent abgewöhnt und achtete immer auf sein Aussehen. Er hatte als Jahrgangsbester die Schule abgeschlossen und schon damals Deutsch gelernt, weil er erfahren hatte, dass das Studium zum Restaurator in Dresden den international besten Ruf besaß. Tag und Nacht hatte er für Klausuren, Examen und Stipendien gebüffelt. Kjersti hatte in ihm die Liebe für alte Dinge geweckt, aber erklommen hatte er den Weg vom Bodensatz der Gesellschaft an die akademische Spitze allein. Ein eigener Laden, sein eigenes Reich, das er mit seinen Schätzen füllen und in dem er seine Liebe für

Altes pflegen und weitergeben konnte, sollte die Belohnung für all diese harte Arbeit sein. Auf gar keinen Fall würde er sich das von einer verrückten VW-Bus-Fahrerin mit zweifelhaftem Musikgeschmack und blauen Haaren verderben lassen.

4

Frida blinzelte und schlug die die Augen auf. Sonnenlicht kitzelte ihre Nase. Sonne? Wie spät war es denn? Oder besser gesagt: Wie früh? Ein Blick auf das Handydisplay bestätigte ihre schlimmsten Befürchtungen: Nicht einmal fünf Uhr am Morgen. Zu dieser Zeit würde sie sich normalerweise die Decke noch einmal bis zur Nase ziehen und der Welt den Rücken zudrehen. Aber nun – das frühe Aufstehen zahlte sie als Preis dafür, dass sie sich nicht frühzeitig um eine Unterkunft gekümmert hatte. Zwar hatte ihr VW-Bus Gardinen vor den Fenstern, für schlaffreundliche Dunkelheit sorgte das allerdings nicht.

Grummelig vom Schlafmangel und immer noch ein wenig verwirrt von den Ereignissen des Vortags wurde ihr prompt ein zweiter Fallstrick an dem Plan, die ersten Tage im Bus zu nächtigen, bewusst. Ihr fehlte ein Bad. Sicher, sie konnte das WC im Laden benutzen. In dem winzigen Raum gab es auch ein Waschbecken, aber um ihre Lebensgeister am Morgen richtig in Schwung zu bringen, wäre eine Dusche wirklich am besten.

Sie rappelte sich auf und zog den Vorhang vor dem Bulli-Fenster ein Stück zur Seite. Die Straße, auf die sie blickte, lag in vollkommener Stille. Kein einziger Passant weit und breit. Zwischen zwei Häusern erhaschte sie einen Blick auf den Fluss, und selbst die Nidelva schien so früh am Morgen langsamer zu fließen. In einem perfekten Spiegelbild warf der Fluss die Umrisse der Häuser auf der anderen Uferseite zurück. Nur eine träge dahindümpelnde Entenmutter mit ihren Jungen störte die Illusion auf dem Wasser.

Nun denn, raus aus den Federn! Sie erhob sich von der Matratze, öffnete die Hecktür des Busses und schälte sich ins Freie. Die Luft war frisch und schmeckte nach dem Salz des nahen Fjordes. Die Kälte des Asphalts biss ihr in die nackten Fußsohlen. Sie streckte sich, hob die Arme hoch über den Kopf, tat, als würde sie Äpfel von einem Baum pflücken. Wie von selbst fiel sie in ihre morgendliche Yoga-Routine. Ob auf einem Parkplatz mitten in der Altstadt von Trondheim oder in einer Bucht direkt am Meer, jeder Tag begann besser mit dem Sonnengruß. Wenn man nicht regelmäßig etwas für sich machte, rächten sich die Gelenke und Muskeln schnell für Nächte im VW-Bus.

Sie fand die Bergpose, atmete tief in den Bauch, spürte, wie der Druck ihres Körpergewichts sich auf den Füßen verteilte. Die Großzehballen, die Kleinzehballen, die Fersen. Ihre Hüfte war gerade ausgerichtet, der Rücken gestreckt, die Brust leicht angehoben. Mit der Einatmung ging es weiter in die gestreckte Bergpose, in die Vorbeuge, den Sprinter und den herabschauenden Hund. Ihr Kreislauf kam in Gang. Sie spürte das pulsierende Leben in den Adern. Zuversicht breitete sich in ihrem ganzen Körper aus. Weiter ging es in den Liegestütz, den heraufschauenden Hund, zurück in den herabschauenden Hund.

Womöglich würde ja doch alles gar nicht so fürchterlich werden mit Sander. Gestern Nachmittag, als er mit Zimtkringeln und Kaffee im Laden aufgetaucht war, schien er gar nicht mehr so übel. Zwar waren die Zimtkringel sicher nicht vegan gewesen, aber was zählte, war die Geste. Es kam nicht oft vor, dass jemand Milch extra servierte und ihr so von vorneherein die Wahl gab, ihre Ernährungsentscheidungen selbst zu treffen. Da hatte sie für die Zimtkringel auch mal eine Ausnahme machen können. Und wie sich das gelohnt hatte! Die Kuchenteilchen waren wirklich allererste Sahne gewesen. Würzig und hefig, nicht zu süß, aber herrlich fluffig auf der Zunge. Köstlich genug, um dem Schweigen zwischen ihnen die Feindseligkeit zu nehmen. Den Rest des Nachmittags und Abends hatte jeder auf einer Seite des Ladens weitergearbeitet, ohne den anderen weiter mit spitzen Bemerkungen zu traktieren.

Mit dem letzten Einatmen fand sie zurück in die Bergpose und beendete ihre Routine. Heute würde ein guter Tag werden. Während sie durch den Morgengruß geschwommen war, hatte sie die Hecktür des Busses offen gelassen. Der Schlafmief im Inneren war weitergezogen. Sie putzte sich mit Wasser aus einer bereitgestellten Plastikflasche die Zähne, nahm ihre Medikamente, warf sich in die Klamotten für den Tag und machte sich auf den kurzen Arbeitsweg vom Parkplatz einmal über die Straße in den Laden der schillernden Schätze.

Die Fronttür war abgesperrt. Das hieß wohl, Sander war noch nicht auf den Beinen, und sie hatte die ersten Stunden für sich allein.

Knarzend schwang die Tür auf. Die Bodendielen gaben unter ihren Schritten leicht nach. So war das in diesen alten Holzhäusern: Alles lebte, alles stand in Verbindung mit den Menschen, die diese Häuser betraten. Zuerst fiel ihr Blick nach rechts, dorthin, wo sie gestern ihre Waren geschleppt und provisorisch ausgepackt hatte. Ein Lächeln zupfte an ihren Mundwinkeln. Sollte Sander von ihren Kunstwerken halten, was er wollte, sie war stolz auf ihre Werke! Das alte Aufsatzschränkchen zum Beispiel, das sie auf dem Sperrmüll gefunden hatte. Einst war es ein fürchterlich hässliches Teil in dunkel lackiertem Braun gewesen, doch unter ihrer Hand hatte es eine weiße Kreidelackierung und goldschimmernde Zierelemente bekommen. Sie hatte die Regalböden in der Vitrine entfernt und ein LED-Licht im Inneren angebracht, das nun ein Plastik-Skelett-Brautpaar beschien. Das Endergebnis war skurril und witzig und würde eine tolle Halloween-Deko abgeben.

Eine Kommode kam romantischer daher. Frida hatte das Originalmöbel abgebeizt und dann mit Brauntönen, *Mud-Puddle* und *Chocolate*, verblendet. Die Türen hatte sie in Serviettentechnik mit einem viktorianischen Rosenmuster verziert. So, wie die Kommode jetzt dastand, konnte sie jedes Mädchenzimmer in einen Prinzessinnentraum verwandeln. Zwischen den Möbeln standen Körbe mit zu Dekokugeln umgestaltetem Weihnachtsschmuck, mit Pailletten verzierte Teelichtöfen, aus altem Geschirr gestaltete Kuchen-Etageren und jede Menge Motto-Kerzen. Selbst sie erstaunte es immer wieder, wie wandelbar Dinge waren. Mit etwas Mühe und Kreativität konnte man ganz einfach aus etwas Altem, Hässlichen etwas Neues erschaffen. Beim besten Willen konnte sie nicht verstehen, was Sander an ihren Waren so sehr verabscheute.

Ihr Blick schweifte weiter in seinen Bereich des Ladens. So toll waren seine Ausstellungsstücke nämlich auch nicht! Möbel, die schon von Weitem unbequem aussahen, altes Glas- und Silberzeug, dazu jede Menge alter Ölschinken. Vielleicht sprang der Funke bei solchen Dingen ja erst über, wenn man sie genauer in Augenschein nahm. Einen Schritt nach dem anderen drang sie tiefer in Sanders Welt ein. Neben diversen Holztönen fand sie sehr viel Silber, Bronze und Glas. Ein Kästchen fiel ihr ins Auge, in dem ein Geschmeide ausgestellt war. Das war ganz hübsch, wenn auch ein bisschen abstrakt für ihren Geschmack. An einer silbernen Halskette hing ein grün schimmernder Anhänger. Die Form erinnerte an ein Kleeblatt oder ein Wikingerkreuz, und die Oberfläche schimmerte in zahlreichen Schattierungen. Sie trat näher heran. Da war eine Struktur in die Oberfläche eingearbeitet, winzige Kreise und Striche, und wenn man genau hinsah, erkannte man, dass sich in das Grün zahlreiche andere Farbnuancen mischten, Flecken von Braun und Gold und Gelb. Wie bei einer Schlangenhaut oder so ähnlich.

Ruckartig zog sie den Kopf zurück. Auf einmal fühlte sie sich beobachtet. Sie sah sich um, aber da war niemand. Woher kam dann bitte dieses Gefühl des Beobachtetwerdens? Ihr Blick fiel auf ein Gemälde. Sander hatte es noch nicht aufgehängt, von der Ablagefläche eines ziemlich monströsen Schrankmöbels aus blickte es auf Frida herab. Sie ließ von der Kette ab und näherte sich dem Bild. Es war relativ klein, vielleicht dreißig mal vierzig Zentimeter, und zeigte einen jungen Mann mit freiem Oberkörper und wuscheligen kupferfarbenen Haaren. Er hatte die Arme vor der Brust verschränkt. Im Hintergrund hingen ein paar Mäntel an einem Türhaken. Der Mann sah nicht direkt zum Betrachter, sondern richtete den Blick konzentriert zur Seite. Es wirkte, als würde er sich leicht nach hinten lehnen, und die Art, wie er die Arme abweisend verschränkte, sowie der angestrengte Zug um seinen Mund verliehen ihm einen Hauch Trotz. Frida grinste. Oh, sie wusste nur zu gut, wie der Junge sich fühlte. Dieser Gesichtsausdruck, mit leicht gerunzelter Stirn und subtiler Abwehr in den Augen sah ihr oft genug aus dem Spiegel entgegen. Vorzugsweise dann, wenn sie sich mal wieder anhören durfte, mit sechsundzwanzig Jahren sei es nun wirklich höchste Zeit, sich für einen Karriereweg zu entscheiden.

»Ein Constantin Hansen.«

Frida schreckte zusammen. Sie presste sich eine Hand auf die Brust und fuhr herum. »Himmelherrgott, hast du mich erschreckt! Hast du dich absichtlich angeschlichen, um mir einen Herzinfarkt zu bescheren und mich so loszuwerden?«

»Mach dich nicht lächerlich.« Sanders Stimme, gerade noch ruhig und erstaunlich volltönig, bekam wieder diesen gepressten Unterton. Das war ihr schon gestern aufgefallen. Immer wieder gelang es ihm, Dinge auf eine Weise zu sagen, die mit jeder Silbe Abneigung transportierte. »Du sahst nur so aus, als würdest du dich für das Gemälde interessieren.«

»Ich …« Energisch verschränkte sie die Arme vor der Brust. Auf keinen Fall wollte sie, dass er dachte, seine Ausstellungsstücke würden sie faszinieren. »Keine Ahnung. Das alte Zeug ist nichts für mich. Wer hängt sich bitteschön einen

Halbnackten ins Wohnzimmer?« Sie erwartete eine neuerliche Belehrung von ihm. Darüber, wie wahnsinnig kostbar das Gemälde sei oder dass eine wie sie, die ihr Geld zum Großteil damit verdiente, Fotos und Videos von sich und ihrem Krempel auf Instagram zu veröffentlichen, ohnehin kein Auge für echten Wert besäße, doch Sander überraschte sie. Von der Scheitelspitze bis zur Schuhsohle wanderte sein Blick ihren Körper entlang, und etwas wie Erstaunen spielte um seine Mundwinkel.

»Was siehst du, wenn du das Bild anschaust?« Also wenn er sich nicht gerade hinter seiner schicken akademischen Ausdrucksweise versteckte, hatte er eine echt angenehme Stimme. Klar und rein. Eine Stimme, die dafür gemacht war, Liebeslieder zu singen. Himmel! Sie schüttelte über sich selber den Kopf. Wo war das denn bitte hergekommen? Eine Stimme, die dafür gemacht war, Liebeslieder zu singen? Dass sie nicht lachte.

Sie machte einen weiteren Schritt nach hinten. Instinktiv lehnte sie den Oberkörper ein wenig zurück. »Ich sehe ein dreckiges Zimmer mit zerschlissenen Kleidern an einem Haken und einen Typen mit Hühnerbrust. Dazu jede Menge Staub und Risse im Öl.«

Sander schnaubte leise. »Ich bitte dich, da ist kein bisschen Staub. Ich hab die Leinwand eigenhändig restauriert. Und die wenigen Risse im Öl sind Absicht. Sie unterstreichen das Alter des Gemäldes. Also: zweiter Versuch. Was siehst du?«

Er wollte es also wirklich wissen? Bitteschön, das konnte er haben. »Ich sehe einen jungen Menschen, dem viel zu oft gesagt wurde, was er tun soll. Jetzt will er es einfach nicht mehr hören. Vielleicht weiß er selbst noch gar nicht so genau, was er mit seinem Leben anstellen will, aber immerhin weiß er, was er nicht machen will, und das ist auch schon etwas. Die ewigen Belehrungen gehen ihm gehörig auf die Nerven. ›Redet ihr nur‹, scheint er zu denken. ›Ich werde euch allen noch beweisen, dass ich recht habe und ihr nicht. Ich bin etwas wert, auch wenn ich anders bin als ihr.‹«

Frida biss sich auf die Zunge. So viel hatte sie nicht sagen wollen, aber kaum hatte sie einmal angefangen, hatte sie sich nicht mehr stoppen können.

Plötzlich kribbelte ihre Haut. Noch immer lag Sanders Aufmerksamkeit auf ihr. Normalerweise überbrückte sie solche Momente mit einem flotten Spruch oder brach in hektische Geschäftigkeit aus, aber ihr Instinkt sagte ihr, dass sie damit nur noch viel mehr von sich preisgeben würde.

Halb erstaunt, halb fragend hob Sander eine Augenbraue. »Du kennst Constantin Hansen?«

»Was?« Ein ungläubiges Lachen kam aus ihrer Kehle. »Wie kommst du darauf? Ich habe den Namen noch nie gehört.«

»Carl Christian Constantin Hansen wurde 1804 in Rom geboren und war ein dänischer Hofmaler. Spannend ist unter anderem seine Verbindung zu dem Komponisten Wolfgang Amadeus Mozart: Constantin war der Neffe von Mozarts Witwe.« Als würde nun er Gefahr laufen, sich davontragen zu lassen, wischte Sander mit der Hand kurz durch die Luft. »Wie auch immer: 1817 begann Hansen in Kopenhagen ein Architekturstudium, das er jedoch 1821 abbrach, um sich der Malerei zu widmen. Kurz darauf entstand dieses Bild. Es heißt *Study of a young man*.« Er machte eine kurze Pause und sah Frida genau in die Augen. Seine eigenen musterten sie hinter den Brillengläsern so intensiv, als würde er in sie hinein, bis auf den Grund ihrer Seele blicken wollen. »Wir werden es nie mit Sicherheit erfahren, aber es ist gut möglich, dass du recht hast und er in diesem Bild seine Erfahrungen aus dieser Zeit verarbeitet hat. Mit Sicherheit ist seine Entscheidung, das Studium abzubrechen, nicht nur auf Gegenliebe gestoßen.«

»Echt, ich hatte recht?« Sie löste die Arme vor ihrer Brust und grinste. »Das ist ja cool!« Mit ausgestrecktem Zeigefinger hob sie die rechte Hand. Auf einmal war da dieser Drang. Sie wollte das Bild berühren, dem Menschen hinter dem Gemälde nah sein. Sanders Erläuterungen hatten zwischen dem jungen Mann auf dem Bild und ihr eine Verbindung geschaffen. Die Art, wie er von dem Maler erzählt hatte, hatte aus einem Stück Leinwand mit alten Ölfarben darauf etwas Lebendiges gemacht.

Seine Stimme holte sie aus der Betrachtung. »Was macht dich so trotzig, Frida? Hättest du auch etwas studieren sollen, was dir nicht zugesagt hat?«

»Wie bitte?« Sie trat so heftig von dem Bild zurück, dass sie dabei um ein Haar ein Tischchen umgestoßen hätte, das hinter ihr stand. »Wie kommst du darauf? Ich bin absolut glücklich mit meiner Berufswahl. Vielen Dank auch!«

»Deiner … Berufswahl?«

»Influencerin! Falls du nicht weißt, was das ist, schlag es nach. Soweit ich weiß, findet sich das Wort mittlerweile sogar im Wörterbuch.«

»Aber du erkennst dich in ihm wieder. In dem Mann von Hansens Studie.«

»Tu ich nicht.«

Wieder verschränkte sie die Arme vor der Brust, und da ging es ihr auf: Ihre Körperhaltung, ihre Körpersprache glich der des Mannes auf dem Bild beinah eins zu eins. Verdammt!

Sie schnaubte, zwang sich mit größter Mühe, die Arme zu lösen und so nonchalant sie es fertig brachte mit den Schultern zu zucken. »Weißt du was, Sander? Deine kleine Geschichtsstunde hat echt Spaß gemacht. Aber jetzt muss ich zurück an die Arbeit. Ich weiß ja nicht, wie es dir geht, aber ich habe jede Menge zu tun, bis wir offiziell eröffnen.« Ehe er etwas erwidern konnte, machte sie auf dem Absatz kehrt und zog sich in ihren Teil des Ladens zurück. Sein antwortendes Seufzen echote noch eine ganze Weile in ihren Ohren.

Den Rest des Vormittags verbrachten Sander und Frida in mürrischem Schweigen. Es gab viel zu tun. Nachdem Sander alle Möbel an ihren endgültigen Platz gerückt hatte, ging es an die Feinarbeit. Bilder mussten aufgehängt, Gläser poliert, Schmuck so präsentiert werden, dass er Kunden sofort ins Auge fiel. Frida arbeitete auf ihrer Seite. Sie drapierte und dekorierte und verschönerte. Alles in ihrem Bereich funkelte, glitzerte und blinkte. Kein Ausstellungsstück ohne Lichterkette, lautete offenbar ihre Devise, und während sie ihre Girlanden aufhängte, tänzelte und tippelte sie die ganze Zeit. Niemals schien sie stillzustehen. Wenigstens war sie auf Kopfhörer umgestiegen, nachdem ihre laute Musik Sander um ein Haar den letzten Nerv geraubt hatte. Wie konnte ein Mensch nur derart … lebendig sein? Einen kleinen Augenblick lang, als sie so versunken in die Betrachtung des Hansen-Bildes gewesen war, hatte er geglaubt … Ja, was eigentlich? Dass doch mehr hinter ihrer grellen Fassade steckte? Dass sich unter all den lauten Farben und übertriebenem Getue ein verletzlicher Kern befand, einer, der in der Lage war, wahre Schönheit zu erkennen und tiefe Emotionen zu empfinden? Einer der Gründe, warum er seine Arbeit so liebte, war, dass sie ihm ermöglichte, den wahren Kern der Dinge zu ergründen. Sie konnte anstrengend sein und sehr, sehr viel Geduld erfordern, aber am Ende gelang es ihm immer wieder, den wahren Wert aus Stücken herauszukitzeln, die aufgrund äußerlicher Mängel oder oberflächlicher Schäden Gefahr gelaufen wären, unterschätzt zu werden.

Die Eingangstür knarzte. Jemand betrat den Laden. Sander war gerade im Begriff, die Einzelteile eines umfangreichen Besteck-Sets zu begutachten. Das hundertfünfzigteilige Konvolut stammte aus den frühen dreißiger Jahren des letzten Jahrhunderts. Jedes Element der Sammlung war gestempelt und markiert. Leider waren vor allem die Löffel stark angelaufen.

»Juhuuu, ich bin's!«, ertönte eine Frauenstimme vom Eingangsbereich des Geschäfts aus. »Ich wollte nur mal gucken, wie es meinen neuen Nachbarn so geht.«

»Bin gleich da!«, rief Sander über seine Schulter. Er wollte nur schnell den Besteckkasten in die Küche bringen. Wenn er später mit Asche hantierte, wäre es ratsam, fließendes Wasser parat zu haben, um den Dreck sofort wieder beseitigen zu können.

»Kein Problem, ich schau mich schon einmal um.«

Durch eine enge Tür und einen schmalen Gang erreichte Sander den hinteren Ladenbereich. Hier gab es ein kleines

Büro, ein Personalbad, eine Abstellkammer und natürlich die Küche. Der Gang war vor allem deshalb so schmal, weil jemand – sprich: seine Mitmieterin – ihn mit zig Umzugskartons vollgestellt hatte. Die Kistentürme schluckten fast jedes Licht in dem Flur. Da grenzte es an ein Wunder, dass er die Personalküche erreichte, ohne zu stolpern und sich das Genick zu brechen.

Er stellte den Besteckkasten auf den wackeligen Küchentisch. Die Kücheneinrichtung hatten sie von Kjersti geerbt. Sobald im vorderen Ladenbereich alles fertig war, würde er sich daran machen müssen, auch den Personalbereich auszumisten. Die angelaufenen Löffel löste er aus ihren Halterungen und legte sie neben das Waschbecken. Bevor er sich ans Silberputzen machte, wollte er aber erst einmal sehen, wer sie schon vor Ladenöffnung besuchen gekommen war.

Wie sich herausstellte, wurde seine Anwesenheit gar nicht benötigt, denn Frida hatte sich ihrer Besucherin bereits angenommen. Mit der Fremden im Schlepptau flatterte Frida von Ausstellungsstück zu Ausstellungsstück. Sie plapperte in einem fort.

Sander räusperte sich. »Kann ich irgendwie helfen? Wir haben eigentlich geschlossen.«

Die Fremde drehte sich zu ihm um. Sie hatte einen blonden Lockenkopf, ein rundes Gesicht und einen sehr, sehr großen Mund, der sich jetzt zu einem breiten Lächeln verzog. »Ich weiß. Aber wie ich Frida schon sagte: Unter Nachbarn sagt man sich doch hallo, oder nicht? Ich bin Marit Oftedal.« Mit ausgestreckter Hand kam sie auf ihn zu. »Mir gehört der Blumenladen die Straße runter, *La Belle Flør*. Ich habe gestern den Lieferwagen gesehen und wollte wissen, was jetzt mit dem Laden passiert. Ich muss sagen, es sieht großartig aus hier drinnen.«

Sander schüttelte die ihm dargebotene Hand. »Danke. Schön, dich kennenzulernen. Der Antik-Bereich ist dort drüben.« Er wies auf seine Seite der Ausstellungsfläche. »Da, wo die ›Schätze‹ im *Laden der schillernden Schätze* zu finden sind.«

Marit lachte, als hätte er einen Witz gemacht, und winkte ab. »Die schaue ich mir wann anders an. Ich muss gleich wieder weg, zu lange kann ich mein eigenes Geschäft nicht alleine lassen. Aber Frida?«

»Ja?« Frida ließ es sich nicht nehmen, ein triumphierendes Zwinkern in seine Richtung zu senden, ehe sie sich Marit zuwandte.

»Ich brauche unbedingt welche von diesen Gläserkerzen. Du hast gesagt, du gießt die selber? Die sind so niedlich, mit dem Glitzer und den hübschen Etiketten mit den frechen Sprüchen drauf. Die würden sich auch in meinem Laden wunderbar machen, und sei es nur als Deko.«

»Ich kann dir ein paar Exemplare nach deinen Wünschen gestalten, und du nimmst sie in Kommission. Was hältst du davon? Dann haben wir beide etwas davon. Kerzen und Blumen passen hervorragend zusammen. Warum sollten wir das nicht nutzen?«

Begeistert klatschte Marit in die Hände. »Das würdest du tun?«

»Klar, warum nicht? Sag mir nur, welche Sprüche auf die Etiketten sollen. Klassiker sind so Sachen wie: ›Lieblingsmensch‹, ›Caffe diem‹, oder ganz klassisch ›Dankeschön‹.

Ich kann aber auch den Namen deines Ladens draufdrucken oder etwas Provokanteres. So wie hier.« Sie griff nach einer ihrer Kerzen und hielt sie Marit zur Begutachtung hin.

Die nahm das Glas in die Hand, studierte das Etikett und prustete los. »›Badass Bitch‹? In Rosa und mit Glitzer?«

»Hey!« Spielerisch stupste Frida Marit in die Seite. »Glitzer macht alles besser! Auch das Leben einer Badass Bitch. Also: Mit wie vielen Kerzen sollen wir starten? Und was soll auf den Etiketten stehen?«

»Hm.« Marit trommelte mit zwei Fingern auf ihren Lippen herum. »Sagen wir zehn Kerzen für den Anfang. In Rosé und weiß. Und was die Sprüche angeht, lasse ich dir freie Hand. Was sagst du dazu?«

»Ich sage: Das klingt perfekt.« Als wären sie beste Freundinnen seit Lebenszeiten fielen sich die beiden Frauen um den Hals.

Sander kochte innerlich. Er zog sich in seinen Bereich des Ladens zurück und beschäftigte sich mit den Dingen, die er konnte, die ihm vertraut waren und mit denen er sich wohlfühlte. Er befestigte Preisetiketten an Ausstellungsstücken, erstellte Plaketten mit Infos zur Provenienz und nahm zwischendurch Telefonate von Kontakten aus Stockholm an, die erfahren hatten, dass er sich selbstständig gemacht hatte. Im Laufe des Tages schneiten immer mehr Ladenbesitzer aus der Øvre Bakklandet bei ihnen zur Tür herein, um sich vorzustellen und die neuen Nachbarn kennenzulernen. Julian Pedersen kam vorbei, dem die private Kleinstbrauerei ein paar Häuser weiter gehörte, in der er ausgefallene Craft-Biere verkaufte. Cecilie Mikalsen von der Damenmodenboutique brachte ihnen zum Mittagessen selbst gebackenes Brot mit

Salz, und selbst der alte Iver, dessen Laden für Angelbedarf genauso zum Inventar von Bakklandet gehörte wie der *Laden der schillernden Schätze*, stattete ihnen einen Besuch ab.

Sie hatten noch nicht einmal geöffnet, schon klingelte es unentwegt in Fridas Kasse. Jeder, der sie besuchen kam, kaufte irgendeine Kleinigkeit bei der Verrückten. Der rationale Teil seines Hirns sagte ihm, dass das kein Wunder war. Sie kauften, um ein Zeichen zu setzen und Solidarität zu beweisen. Dafür gab man keine größeren Geldsummen aus. Fridas Krimskrams war wertlos, das zeigte sich auch in den Preisen, die sie dafür aufrief. Aber natürlich suhlte sie sich in ihrem Erfolg und traktierte ihn bei jedem Verkauf mit einem selbstgefälligen Augenbrauenheben, und das nahm er ihr übel.

Kurz vor Feierabend platzte ihm der Kragen. Gerade schloss sich die Tür hinter ihrer letzten Besucherin. Wie zuvor Marit hatte auch Guro Thorisdottir von der Nähstube Duftkerzen bei Frida in Auftrag gegeben. Sander wartete das Klicken ab, mit dem die Tür ins Schloss fiel, dann legte er los. Mit in die Hüfte gestemmten Händen baute er sich vor ihr auf. »Wärst du bitte so freundlich und würdest mir erklären, was du da machst?«

Sie blinzelte einmal und tat, als müsste sie sich Speicheltropfen vom Gesicht wischen. Was absolut lächerlich war. Er mochte viele Fehler haben, aber eine feuchte Aussprache gehörte nicht dazu.

In einem sirupsüßen Tonfall antwortete sie schließlich: »Man nennt es Freundlichkeit.«

»Ich nicht.«

»Oh, das hätte ich mir denken können. Wenn du willst,

schau ich das Wort aber gerne für dich im Online-Wörterbuch nach. Offenbar weißt du nicht, was es bedeutet.«

»Ich weiß sehr wohl, was es bedeutet!«

»Ach? Dann entscheidest du dich ganz bewusst dafür, die Menschen, die voller Offenheit und Wohlwollen auf dich zugehen, zu verschrecken, indem du ihnen die kalte Schulter zeigst?«

»Ich verschrecke niemanden. Ich ruiniere nur nicht unser Geschäft schon vor Eröffnung!«

»Wie bitte?« Sie verzog das Gesicht zu einer ungläubigen Grimasse.

»Du hast mich sehr gut gehört! Aber ich wiederhole es gerne für dich: Du verhältst dich geschäftsschädigend! Oder wie würdest du es sonst bezeichnen, wenn du deine Waren in Kommission zu unserer Konkurrenz gibst? Wenn jetzt jemand diese Kerzen kaufen will, kommt er oder sie nicht mehr in den Laden der schillernden Schätze, sondern zu Guro oder Marit.«

»Dann gibst du also zu, dass die Dinge, die ich anbiete, eher Laufkundschaft anziehen als deine verstaubten Antiquitäten?«

»Ich gebe gar nichts zu. Ich ...« Ihm ging der Schwung aus. War es nicht genau das, was er getan hatte? Hatte er in seiner Wut nicht tatsächlich eingestanden, dass ihr Kitsch und Krempel einen gewissen ... Reiz haben konnte? Zumindest auf manche Menschen? Auf solche, die oberflächliche Schönheit suchten und nicht das Besondere? Für die der Schein wichtiger war als die Geschichte, die ein Stück lebendig werden ließ?

Frida wäre nicht Frida, wenn sie seine kleine Schwäche

ungenutzt gelassen hätte. »Wusste ich es doch! Du bist eifersüchtig, und nur deshalb veranstaltest du dieses Theater hier. Du bist neidisch, weil meine Sachen bei den anderen besser angekommen sind als deine.«

Sander schnaubte. »Auf so ein Spielchen lasse ich mich nicht ein.«

»Ach ja? Das sieht für mich ganz anders aus.«

»Dann solltest du dir eine Brille besorgen. Ich kenne den Wert meiner Sammlung. Ich bin nicht auf die oberflächliche Wertschätzung von Laien angewiesen.«

»Jaja, rede dir das nur ein. Ich habe Kerzen zu gießen. Bitte entschuldige mich.« Sie machte so zügig auf ihrem Absatz kehrt, dass ihr Rock dabei wehte.

5

Dieser aufgeblasene Elch! Frida stürmte in die Küche und stolperte in ihrer Eile über einen ihrer Kartons. Bisher hatte sie noch keine Idee, wo sie ihre Bastelutensilien verstauen sollte. Im Verkaufsraum hatten sie nichts zu suchen, und die Küche war zu klein, um sich dort eine Werkstatt einzurichten. Wo sie gegen die harte Ecke des Kartons gestoßen war, fuhr ein scharfer Schmerz in ihr Schienbein. Es gab ein ohrenbetäubendes Scheppern. Die ineinander verschränkten Klappen des Kartons sprangen auf, und der Inhalt der Box verteilte sich großflächig auf dem Boden.

»Au, au, au!« Mit der einen Hand hielt sie die schmerzende Stelle, hüpfte ein paarmal auf und ab, als könnte das den Schmerz aus ihrem Körper rütteln, dann fiel sie in die Hocke. Vor ihr verstreut lagen mehrere prall gefüllte Tüten Sojawachsflocken, Farbpigmente, in Zeitungspapier eingewickelte Gläser in verschiedenen Größen, Folien mit Klebepunkten, ein dicker Strang Dochte, Fläschchen mit Aromakonzentrat und was man eben sonst noch so zum Kerzengießen brauchte.

Sie türmte sich auf die Arme, was sie tragen konnte, schob die nun nur noch halb volle Kiste mit der Hacke des gesunden Beins notdürftig beiseite und humpelte weiter in die Küche. Zumindest hatte sie den richtigen Karton umgeworfen, sodass sie nicht mehr suchen musste.

»Alles nur wegen diesem Arsch!«, motzte sie leise vor sich hin. In den Unterschränken suchte sie nach einem passenden Topf, um ihr Wachs zu schmelzen. Tadaaa! Auf Kjersti war doch immer Verlass. Schon beim zweiten Anlauf fand sie den Schrank mit den Töpfen, und zu ihrem Glück befand sich sogar ein Milchtopf in der Sammlung. So konnte sie sich das Theater mit einem Wasserbad sparen. Das Ventil zum Befüllen des Zwischentanks fand sie auf Anhieb. Na also. Sobald sie nicht mehr unter permanenter Beobachtung des selbstgefälligen Miesepeters stand, der unglücklicherweise ihr Kompagnon war, klappte alles, was sie sich vornahm, wie am Schnürchen. Kein Grund zur Sorge.

Sie füllte den Topf etwa zu zwei Dritteln mit Sojawachsflocken, stellte ihn auf die Herdplatte und ging zurück in den Flur, um nach den passenden Gläsern zu suchen. Dabei fiel ihr ein, dass sie sich mit Marit und Guro gar nicht abgesprochen hatte, was die Größe der Kerzen anging. Ach, was solls. Sie würde einfach eine kleine Auswahl herstellen, dann konnten sich die beiden aussuchen, was ihnen am besten gefiel. Um an die Gläser zu kommen, musste sie die Kartons im Flur noch einmal umschichten, aber auch davon ließ sie sich nicht aus dem Konzept bringen. Frida Lunde befand sich auf der Gewinnerspur.

Bis sie in die Küche zurückkam, hatte sich das meiste Wachs aufgelöst. Die Gläser, für die sie sich entschieden hatte – fünf

Exemplare von bauchig bis eckig, von groß bis klein – reihte sie auf der Arbeitsplatte auf. Die nächsten Arbeitsschritte gingen ihr routiniert von der Hand. Sie schnitt Dochte in der passenden Länge ab, fixierte sie mit Klebepunkten an den Glasböden und brachte sie mit Dochthaltern in die richtige Position. Das war eine ziemliche Fummelarbeit, richtig schwierig würde es aber erst werden, wenn sie das flüssige Wachs an den Dochthaltern vorbei in die Gläser füllen musste. Bis dahin war jedoch noch ein wenig Zeit. Zuerst einmal musste sie sich für ein Aroma und eine Farbe entscheiden. Aus dem umgekippten Karton hatte sie die roten Farbpigmente gerettet. Wunderbar, daraus könnte sie ein schönes Rosé zaubern. Nach und nach ließ sie etwas von den farbigen Flocken in das flüssige Wachs rieseln. Erst da wurde ihr klar, dass sie die Auseinandersetzung mit Sander eventuell doch noch nicht ganz hinter sich gelassen hatte, denn ihre Hand zitterte, und ihr gerieten zu viele Flocken in die Wachsmischung.

»Fuck!« Sie musste nicht einmal eine Farbprobe machen, um zu sehen, dass sie es versaut hatte. Wenn diese Mischung erkaltete, würde das keinen dezenten Roséton ergeben, sondern ein intensives Rot. Denk nach, beschwor sie sich, denk nach. Auf dem Tisch neben dem Waschbecken lag jede Menge Besteck neben einem zerbeulten Gefäß mit Asche. Die Gabeln, Löffel, Messer und so weiter waren ziemlich angelaufen und sahen alles andere als appetitlich aus. Wahrscheinlich hatte Kjersti vorgehabt, sie gemeinsam mit der Asche zu entsorgen, ehe sie ihr Unfall mitten aus dem Leben gerissen hatte. Außerdem waren da Fridas Gläser, die Dochte, eine Schere und die Aromafläschchen. Hm. Eins nach dem anderen nahm sie die Fläschchen mit den ätherischen Ölen in die

Hand. Lavendel, Hanf, Sanddorn, Erdbeere. Na also, wer sagte es denn. Erdbeeraroma passte doch ganz hervorragend zu roten Kerzen. Sie träufelte einige Tropfen des ätherischen Öls in das geschmolzene Wachs. Dabei bemerkte sie, dass sich die Pigmente nicht gleichmäßig aufgelöst hatten. Kein Wunder. Am besten wurde das Ergebnis, wenn man beim Schmelzen des Wachses ständig rührte, aber sie war abgelenkt gewesen und hatte mal wieder versucht, zu viele Dinge gleichzeitig zu erledigen. Und zu allem Überfluss hatte sie auch noch vergessen, sich einen Kochlöffel bereitzulegen. Vor ihrem inneren Auge sah sie das enttäuschte Stirnrunzeln ihrer Mutter, in ihren Ohren hörte sie ihre übertrieben geduldige Stimme, die sagte: »Eins nach dem anderen, Frida. Konzentriere dich. Nicht zu schnell.« Konzentriere dich, mein Arsch. Als ob sie absichtlich einen Löffel vergessen hätte! Doch sei's drum, sie schaffte das auch so. Nur gut, dass Kjersti noch nicht dazu gekommen war, den Sperrmüll zu entsorgen. Frida musste unbedingt daran denken, der Katzenoma für ihre Weitsicht zu danken. Aus der dreckigen Besteckssammlung neben dem Waschbecken schnappte sie sich einen der größeren Suppenlöffel und rührte ausgiebig in der Wachsmasse. Hypnotisiert beobachtete sie, wie sich die roten Farbflecken erst in Schlieren auflösten und dann ganz zerflossen. Intensives Erdbeeraroma breitete sich in der Küche aus, füllte den kleinen Raum mit zuckriger Wohligkeit. Und als ob Kjersti Fridas Gedanken bereits im Voraus geahnt hätte, befand sich in der Besteckssammlung sogar ein Soßenlöffel. Der eignete sich ganz ausgezeichnet, um die heiße Wachsflüssigkeit in die bereitgestellten Gläser zu füllen.

So behutsam wie möglich machte sie sich an die Arbeit. Ausgerechnet bei einem der höheren Gläser löste sich beim Einfüllen der Klebepunkt des Dochts. Das passierte mitunter, wenn das Wachs zu heiß war, und konnte dazu führen, dass die Kerze, sobald sie ausgehärtet war, nicht gleichmäßig abbrannte. Doch auch für dieses Problem fand sich in Kjerstis Altbesteck eine Lösung: eine lange Fleischgabel. Gerade schmal genug, um in die Gläseröffnung zu passen. Jetzt musste sie nur noch das mit einem Metallplättchen versehene Ende des Dochts zu fassen bekommen und wieder an den Gläserboden pressen, bis das Wachs so hart war, dass der Docht auch von selbst hielt. Geduld gehörte bedauerlicherweise nicht zu Fridas Kernkompetenzen. Mit jeder verstreichenden Sekunde stieg ihr Stresslevel, und dann fing auch noch der Milchtopf an zu pfeifen, als wäre er ein Schnellkochtopf kurz vorm Explodieren. Was zur Hölle? So was hatte sie noch nie erlebt. Seit wann pfiffen Töpfe? Und wo war die dritte Hand, wenn man sie brauchte? Wenn sie jetzt die Fleischgabel losließ, würde garantiert wieder der Docht verrutschten, und die ganze Mühe war für nichts. Und als ob all das noch nicht genug wäre, tauchte in eben diesem Moment Sander im Türrahmen auf.

»Und du bist sicher, dass es sich um Originale aus der Zeit handelt?« Sander klemmte sich das Telefon zwischen Schulter und Ohr, um Svantes Versicherungen stichpunktartig mitschreiben zu können. Der Name »Svante« kam aus dem Altnordischen und bedeutete »heilig«. Was ziemlich ironisch war, denn der alte Antiquitätenjäger war das absolute Gegenteil von heilig. Svante bestritt sein Auskommen damit, durch abgelegene Gebiete in Polen, Siebenbürgen und den baltischen Staaten zu reisen, um in Scheunen und auf Dachböden nach ausrangierten Möbeln, Kunstwerken und Militärmemorabilia zu suchen. Sander hatte ihn schon mehrfach dabei erwischt, wie er wertlose alte Möbel so bearbeitet hatte, dass sie aussahen wie wertvolle, noch viel ältere. So waren sie überhaupt in näheren Kontakt gekommen. Anfangs hatte Sander geglaubt, Svante sei sich der Tragweite seiner Handlungen nicht bewusst, und er hatte ihm Tipps geben wollen, wie er versehentliche Fälschungen vermeiden konnte. Doch nach und nach fand er heraus, dass Svante sich sehr bewusst in dieser Grauzone zwischen Legalität und Rechtmäßigkeit bewegte. Eigentlich Grund genug für Sander, sich vollkommen von ihm zurückzuziehen – wären da nicht auch die echten Schätze gewesen, die Svante immer wieder auftrieb. Dinge, die nach dem Zweiten Weltkrieg aus Norwegen und Schweden verschleppt worden waren, um in ihrer neuen Heimat auf Jahrzehnte in Vergessenheit zu geraten. Erst vor ein paar Monaten hatte Sander einen wunderschönen alten Bauernschrank von Svante aufgekauft und restauriert, ehe er ihn für mehr als den fünffachen Preis weiterverkauft hatte. Das war eines der besten Geschäfte, die er je getätigt hatte, und seither waren er und Svante fast so etwas wie Freunde.

»Natürlich sind das Originale!« Der Ältere lachte in die Leitung. »Ich weiß doch, was für ein gutes Auge du hast. Im Leben nicht würde ich es wagen, dich hinters Licht zu führen. Und jetzt, wo du einen eigenen Laden hast, dachte ich, brauchst du bestimmt weitere Ware.«

»Das stimmt.« Sander nickte. »Du bringst hauptsächlich Kleinmöbel mit, sagst du?« Er sah sich in seinem Teil des Ladens um. Viel Platz war da nicht mehr, aber er müsste die Stücke ohnehin erst einmal restaurieren. Da er kein Auto besaß, hatte er bei seinem Einzug die Garage des Hauses, das er mietete, zu einer Werkstatt umfunktioniert. Seine Finger juckten, so sehr sehnte er sich danach, wenigstens für einige Stunden in absoluter Ruhe dort seiner Arbeit nachzugehen. Fachkundige Restauration von Möbeln war eine eigene Kunst. Stunden konnten mitunter vergehen, bis er genau das richtige Stück Holz gefunden hatte, um ein Furnier wiederherzustellen, bis er den richtigen Farbton für die Wiederherstellung einer Bemalung getroffen oder aus Modelliergips abgebrochene Verzierungen geformt hatte. Wenn das geschah, vergaß er gerne die Zeit. Dann kam es ihm vor, als würde durch seine Finger lebendige Geschichte rinnen.

»Ja, ich habe einige Kleinmöbel, vor allem aber auch jede Menge historisches Baumaterial. Für die Militaria interessierst du dich ja nicht.«

»Nein, das ist nicht mein Metier.«

»Aber Sander, du bist mein Freund, deshalb sage ich dir frühzeitig Bescheid. Es wird eine Auktion geben. Ich lade alle in Frage kommenden Einkäufer ein. Ich will das Zeug nämlich auf einen Schlag loswerden. Du musst also schnell sein.«

»Wann und wo, sagtest du, ist die Auktion?«

Ein ohrenbetäubendes Pfeifen ertönte aus dem hinteren Teil des Hauses. Der Ton war so grell, dass Sander fürchtete, jeden Augenblick würde sämtliches im Laden befindliche Kristall bersten. Seine Trommelfelle liefen bereits Gefahr, dem akustischen Mordanschlag zum Opfer zu fallen, und natürlich verstand er kein Wort mehr von Svantes Antwort.

»Svante? Hörst du mich?« Mit der Linken hielt er sich das freie Ohr zu, aber auch das half nur bedingt gegen den Lärm. »Ich kann dich nicht mehr hören. Hier stimmt was nicht. Ich rufe zurück, ja? Danke, dass du an mich gedacht hast.« Noch während er sprach, eilte er in den privaten Bereich des Erdgeschosses. Der Ton erinnerte ihn an einen dieser altmodischen Wasserkessel, aber hatte Frida nicht gesagt, sie wollte Kerzen gießen? Dazu brauchte man doch kein heißes Wasser. Es musste also irgendein Alarm sein. Wer weiß, was diese Verrückte nun wieder angestellt hatte. Womöglich stand in ein paar Minuten das gesamte Haus in Flammen und …

Er stolperte. Irgendein Idiot hatte eine von Fridas Kisten von der Wand abgerückt und mitten in den Weg gestellt. Dabei wusste ja nun wirklich jedes Kind, wie gefährlich es war, Fluchtwege zu blockieren.

In letzter Sekunde fing er sich. Sein rechter Fuß landete auf etwas Weichem, Nachgiebigen. Mit den Händen stützte er sich am Türrahmen ab. Um ein Haar rutschte ihm die Brille von der Nase.

»Was ist hier los? Brennt es?« Durchdringender Gestank verätzte seine Nebenhöhlen. Nicht verbrannt, sondern auf eine chemische Weise süß, die ihm augenblicklich Kopfschmerzen verursachte.

»Sander?« Frida blickte sich über die Schulter nach ihm um. Sie hantierte mit irgendwas auf der Arbeitsplatte. »Feuer? Wie kommst du darauf?« Eine kleine Falte grub sich in ihre Nasenwurzel. Beinah niedlich sah das aus. Allerdings musste sie fast schreien, um das frenetische Kreischen zu übertönen. »Wenn du schon mal da bist, könntest du den Topf von der Herdplatte nehmen?«

»Welchen ...« der Rest der Frage erstickte in einem Niesen. Seine Atemwege machten dicht. Er rieb sich die Augen, blinzelte – und erblickte das volle Ausmaß der Katastrophe.

Auf dem Herd stand ein Topf – offenbar Ursache des Kreischens –, in dem eine kleine Menge einer gallertartigen Flüssigkeit brodelte. Erkaltete Wachspfützen verunzierten die Arbeitsfläche. Drum herum verteilt lagen zahlreiche Teile seines Besteckkonvoluts – auch diese mit Wachs verklebt. Mit der Fleischgabel stocherte Frida in einem mit flüssigem Wachs gefüllten Marmeladenglas herum.

Unfähig, zu verarbeiten, was er sah, handelte er auf Autopilot und schob den Topf vom Herd. Wenigstens hörte so das fürchterliche Kreischen auf. In seinem Hirn purzelten die Eindrücke übereinander. Sein Besteck. Sein wunderschönes Peter-Hertz-Silberbesteck aus Kopenhagen, ruiniert von knallroten Wachsflecken! Dazu das Chaos in der Küche. Der chemische Gestank, und in was war er da nur im Flur hineingetreten?

»Danke.« Fridas Lächeln verhöhnte ihn. Hatte sie tatsächlich keine Ahnung, was sie da gerade anrichtete?

»Leg. Sofort. Das. Besteck. Weg.«

»Die Gabel?« Sie fuchtelte mit besagter Fleischgabel in der Luft herum. »Gleich, okay? Ich muss nur sichergehen, dass der Docht nicht noch einmal ...«

»Das ist meine Gabel!« Sander brüllte. Er war nicht der Typ, der leicht die Beherrschung verlor, aber diese Frau trieb es eindeutig zu bunt. Seine Stimme bebte, seine Finger zitterten vor Wut, sein ganzer Körper vibrierte. »Mein Besteck!«

»Jetzt nimm mal den Stock aus deinem Hintern. Die Sachen lagen beim Müll. Ich dachte, Kjersti sei nicht mehr dazu gekommen, sie wegzuwerfen.«

»Welche Irre würde auf die Idee kommen, ein markiertes und punziertes Silberbesteck mit einem Mindestfeingehalt von 826 zu 1000 Teilen wegzuwerfen?« Purer Horror färbte seine Stimme grell. »Jedes einzelne Stück trägt die Kennung des königlichen Hofjuweliers Peter Hertz!«

»Wenn die Teile so kostbar sind, frage ich mich, warum du sie auf den Müll gelegt hast?« Herausfordernd stemmte sie die Fäuste in die Hüften.

»Niemand hat irgendwas auf den Müll gelegt!«

»Hast du wohl! Da!« Sie deutete auf den Küchentisch. »Die Kiste mit den Ascheresten ist sogar noch da.«

»Du dachtest, die Asche wäre Abfall?«

»Was denn sonst? Und dass diese alten Teile Silber sein sollen, mag ich auch kaum glauben. Hast du die dir überhaupt mal angeschaut? Die sind kohlrabenschwarz!«

»Sie sind angelaufen! Deshalb die Asche. Sag mir nicht, du weißt nicht einmal, wie man Silber putzt.«

»Mit Salz, heißem Wasser und Alufolie. Ganz einfach.«

Er hatte genug. G-E-N-U-G. Er hatte es ja wirklich probiert, wieder und wieder. Aber ein weiser Mensch musste einsehen, wann die Zeit für Kapitulation gekommen war. Geschlagen warf er die Hände in die Luft und floh. Er musste mit Kjersti reden. Irgendeine Möglichkeit musste es geben, wie seine Nenntante ihn von Frida befreien konnte. Sollte er auch nur einen Tag länger mit ihr unter einem Dach verbringen müssen, würde es mehr Opfer geben als sein wunderbares Hertz-Konvolut. Menschliche Opfer. Entweder er würde an einem Herzinfarkt sterben oder einen Mord begehen. Die Chancen standen in etwa fifty-fity, welches der beiden Szenarien eher eintreten würde.

Auf halbem Weg die Treppe hinauf erkannte er die weißen Flocken, die sich in den Nähten seiner italienischen Lederloafer festgesetzt hatten – wahrscheinlich bei seinem Beinah-Unfall im Flur. Was auch immer es war, das Zeug schien hartnäckig zu sein. Jetzt waren seine Schuhe ruiniert, und auch daran war niemand anderes schuld als Frida Lunde.

6

Sander hasste Streits. Er hasste sie aus voller Seele, und er verabscheute Frida dafür, dass sie ihn ein ums andere Mal dazu brachte, aus der Haut zu fahren. Wer glaubte diese Person eigentlich zu sein? Wo sie auftauchte, brachte sie die Dinge in Unordnung, verbreitete Chaos und stiftete Unfrieden. Unter seinen Schritten bebte die Holztreppe in Kjerstis Wohnung. Seine Lunge brannte, so heftig rang er um Atem. Seinen Inhalator hatte er nicht griffbereit. Wie denn auch? In seiner Eile war er ohne einen Gedanken losgerannt.

»Kjersti!« Oben angekommen, riss er beherzt die Eingangstür zu Kjerstis Wohnung auf. »Wir müssen reden! So geht es nicht weiter. Ich kann mit dieser Frida nicht …«

Doch da hörte er, wie Kjersti im Wohnzimmer mit jemandem redete. Seine Ziehtante sprach leise, aber der scharfe Unterton sorgte dafür, dass er mitten im Schritt stockte.

»Das ist immer noch mein Haus, Kai! Du kannst mich nicht mir nichts dir nichts vor die Tür setzen.« Pause. »Ja, ja ich weiß, wie es mir geht. Glaub mir, im Gegensatz zu dir lebe ich jeden Tag mit diesem alten Körper. Aber wie stellst du dir das vor? Was soll mit den Katzen passieren, wenn du mich in ein Heim abschiebst?« Noch eine Pause. Kürzer diesmal. »Doch, abschieben! Genau darum geht es. Mein Lebtag lang habe ich gesagt: In diesem Haus bin ich geboren, hier werde ich sterben! Und jetzt willst du mich zwingen, irgendwo in ein Zimmer zu ziehen, wo nur alte Leute um mich herum sind. Wenn ich es nicht besser wüsste, würde ich meinen, du willst mich ins Grab bringen.«

Wie bitte? Sander taumelte einen Schritt zurück. Kjersti sollte ins Heim? Warum? Sie kam doch gut allein zurecht. Natürlich, der Unfall hatte sie ganz schön mitgenommen, aber so eine Hüfte heilte doch wieder, oder etwa nicht? Und jetzt war er auch da. Wenn es darum ging, schwere Einkaufstüten zu schleppen oder ein Auge auf sie zu haben, würde er sich sofort freiwillig melden melden.

Im Hintergrund ging das Telefonat weiter. »Nein!«, blaffte Kjersti in den Hörer. »Ich denke ganz sicher nicht darüber nach, denn da gibt es nichts zu bedenken.« Das Krachen, mit dem sie den Hörer auf ihr altmodisches Wählscheibentelefon knallte, vibrierte durch die gesamte Wohnung.

Danach war es für die Dauer eines Herzschlags ganz ruhig. Nichts an Kjersti rührte sich, sie wirkte wie zur Salzsäule erstarrt. Dann brandete ein Schaudern durch ihren zerbrechlichen Körper, und sie schlug sich die Hände vors Gesicht. Ein markerschütterndes Schluchzen entwand sich ihrer Kehle.

Sander räusperte sich. Er wusste, dass er nicht hätte lauschen sollen. Aber nun hatte er gehört, was er gehörte hatte, und es gab kein Zurück mehr. Nie in seinem ganzen Leben hatte er sich mehr gewünscht, einer dieser Menschen zu sein, denen es leichtfiel, Zuneigung zu zeigen. Mit ganzem Herzen wünschte er sich, auf Kjersti zugehen, sie in den Arm nehmen und ihr versichern zu können, dass alles gut werden würde. Für einen winzigen Augenblick sehnte er sich sogar Frida mit ihrem omnipräsenten Lächeln herbei. Frida, die jeden mit ihrer guten Laune in den Bann zog. Doch dann hob Kjersti den Kopf und erblickte ihn, und der Impuls erlosch.

»Sander.« Kjerstis Stimme zitterte, in ihren Augen glitzerten Tränen. »Brauchst du etwas von mir? Was führt dich her?«

»Kai möchte, dass du in ein Heim ziehst?« Er quetschte die Frage an dem Knoten in seiner Kehle vorbei. Sein Hals fühlte sich an, als hätte er zum Mittagessen Rasierklingen verspeist.

»Du hast mich belauscht?«

»Nein, ich …« Weiter kam er nicht. Kjersti verdiente es nicht, von ihm belogen zu werden. Sein ganzes Leben lang war sie sein Fels in der Brandung gewesen. Es konnte nicht sein, durfte nicht sein, dass ausgerechnet ihre Stärke bröckelte. Langsam näherte er sich ihr. Seine Knie fühlten sich an, als wären sie aus Gummi. Jeden Augenblick würden sie unter ihm nachgeben. Steifbeinig ließ er sich neben Kjersti auf der Sofakante nieder. Eine der Katzen fauchte, eine andere streckte ihm den gereckten Schwanz ins Gesicht. Seine Augen brannten. Ausnahmsweise konnte er nicht sagen, ob das wirklich von seiner Allergie kam.

»Aber … das hier ist dein Zuhause«, stammelte er nutzlos.

So gerne hätte er Kjersti trösten wollen, doch jetzt war sie es, die eine Hand hob, um ihm beruhigend über den Rücken zu streichen.

»Das ist es«, bestätigte sie mit ruhiger Stimme. »Und deshalb wehre ich mich mit Händen und Füßen gegen das Unvermeidliche. Aber sehen wir den Tatsachen ins Auge, mein Lieber. Die Ärzte waren sehr deutlich in ihrer Aussage, dass ich trotz OP nie wieder wirklich mobil sein werde, und dieses Haus ist alles andere als barrierefrei.«

Sein Blick fiel auf den Rollstuhl, der wie schon bei seinem letzten Besuch neben dem Sofa stand. »Aber bisher kommst du doch auch gut zurecht. Außerdem bin ich jetzt auch wieder vor Ort. Ich kann Einkäufe für dich erledigen und einspringen, wenn du mal zwei Hände mehr brauchst.«

Kjersti stieß ein freudloses Lachen aus. »Ach Sander, du bist so ein lieber Junge, aber du weißt nicht, was du da sagst. Willst du mir wirklich beim Waschen helfen? Mich ins Bett und ins Bad bringen?«

Hitze stieg ihm in die Wangen.

Kjerstis Lächeln wurde sanft. »Siehst du. Bisher hat mir Ingrid bei diesen Dingen geholfen. Aus purer Freundschaft. Aber eine Dauerlösung ist das nicht. Ich möchte sie als Freundin behalten, weißt du? Und zu viel Nähe hat noch keiner Freundschaft gutgetan.« Als würde sie irgendwas oder viel eher irgendwen brauchen, an dem sie sich festhalten konnte, hob sich Kjersti eine der Katzen auf den Schoß. In Gedanken versunken streichelte sie das Tier. Kurz darauf füllte ein tiefes Schnurren das ganze Wohnzimmer. »Wenn es nur um mich gehen würde, würde ich mich ja auch gar nicht so sträuben. Aber was soll mit meinen Lieblingen passieren? Die Wohnung ist ebenso ihr Zuhause wie meines.«

»Es muss doch irgendetwas geben, was wir tun können. Es gibt Pflegedienste. Man kann die Wohnung umbauen, damit du auch im Rollstuhl hier zurechtkommst. Haben Kai und du wirklich alle Alternativen betrachtet?« Sander weigerte sich, den Tatsachen ins Auge zu sehen. Womit Kjersti sich mehr oder weniger abgefunden zu haben schien, akzeptierte er schlicht nicht. Es gab immer einen Ausweg. Man musste ihn nur finden.

»Weißt du was? Ich hänge mich direkt ins Internet und mache mich an die Recherche. Darin bin ich gut. Das weißt du. Ich kenn mich mit Listen und Bestimmungen und Behördenkram aus. Sicher gibt es Moderniersierungskredite oder sonstige Darlehen, die du beantragen kannst. Frida und ich zahlen doch Miete, und …«

Mit einer erhobenen Hand stoppte Kjersti sein Geplapper. »Die Kosten sind immens, Sander. Ich habe immer alles in den Laden gesteckt. Allein ein Treppenlift würde meine kompletten Ersparnisse verschlingen. Und dann ist noch nicht die Duschwanne bodengleich gemacht, die Türrahmen sind nicht verbreitert und die Bodenschwellen nicht angeglichen. Ich lebe seit Wochen im Grunde nur noch in diesem einen Zimmer. Jedes Mal, wenn ich in die Küche oder das Bad will, muss ich den Rollator benutzen und befürchte, über eine der Türschwellen zu stürzen. Ich will nicht weg von hier, Sander, aber ich weiß wirklich nicht, wie es anders gehen soll.« Der Kampfgeist, der ihr während des Telefonats mit ihrem Sohn noch Kraft verliehen hatte, löste sich in einer Wolke purer Verzweiflung auf. Je vehementer Sander in diesem Moment versuchen würde, sie davon zu überzeugen, dass es eine Lösung gab, desto heftiger würde sie dagegen argumentieren.

So schwer es ihm fiel, das Klügste in diesem Augenblick war ein strategischer Rückzug. Kjersti sollte bloß nicht glauben, dass dies einer Kapitulation gleichkam. Im Leben nicht würde er zulassen, dass sie und ihre Stubentiger ihr Zuhause verloren. Er schuldete dieser Frau zu viel. Als er ein Kind gewesen war, ohne echtes Zuhause, ohne Geborgenheit, hatte sie ihn gelehrt, dass es in der Welt Liebe und immer einen Grund zu kämpfen gab. Nun war es an der Zeit, ihre Rollen zu vertauschen und ihr zurückzugeben, was sie ihm geschenkt hatte. Er wusste nur noch nicht, wie.

»In Ordnung. Ich verstehe, was du sagst. Kann ich dir denn jetzt mit irgendwas helfen? Wenn ich schon mal hier bin, kannst du mich auch benutzen.« Er bemühte sich um ein selbstironisches Grinsen, ahnte jedoch, dass er im besten Fall mit einer peinlichen Grimasse aufwarten konnte.

»Wenn du willst, kannst du den haarigen Divas das Trockenfutter auffüllen und mir einen Tee machen, mein Lieber.«

»Natürlich.« Sander sprang förmlich vom Sofa. Während er die Katzen fütterte und den Tee für Kjersti aufsetzte, dämmerte ihm, dass seine Tante ihn mehr um seinetwillen als um ihretwillen um den Gefallen gebeten hatte, denn selten hatte er Kjerstis tierische Mitbewohner derart uninteressiert an Fressen erlebt. Noch immer fühlte er sich wie in einem Nebel, die Tragweite dessen, was er gerade erfahren hatte, war zu gewaltig. Dass er Kjersti ursprünglich aus einem ganz anderen Grund aufgesucht hatte, hatte jede Bedeutung verloren.

Welcher Teufel hatte sie bloß geritten, die Kerzen für die anderen Ladenbesitzer in einer Hauruckaktion anfertigen zu wollen, wenn sie ohnehin aufgebracht und hibbelig war und sich zusätzlich unter ständiger Beobachtung des größten Spießers aller Zeiten befand? Jetzt war Wachs überall in der Küche. Nicht nur an dem anscheinend ach so wertvollen Besteck von *Mr. Pullunder of the Year*, sondern auf der Arbeitsplatte, unter ihren Fingernägeln, in den Haaren, in den Fugen der Fußbodenfliesen, in den Gläsern, auf den Gläsern, kurzum: ü-ber-all. Frida gab ihr Bestes, um der Verwüstung Herr zu werden, aber innerlich kochte sie. Der Streit mit Sander vibrierte durch ihre Knochen, und dann hörte sie ihn. Das war so eine Sache mit diesen alten Häusern. Sie bestanden komplett aus Holz, lebten. Durch Knarzen und Krachen, Knirschen und Ächzen traten sie mit ihren Bewohnern in Verbindung, und wenn sich jemand in ihnen bewegte, verkündeten sie das. Geheimnisse trugen sie weiter, mit ihren Vibrationen, dem Wispern in ihren Wänden und dem Flüstern des Holzes.

Frida spitzte die Ohren. Sie ertappte sich sogar dabei, wie sie die Luft anhielt, in Erwartung einer neuen Auseinandersetzung mit Sander. Ohne Scheiß! Sie hielt die Luft an! Als wäre sie eine unartige Schülerin, die zum Rapport beim Rektor einberufen worden war. Oh, sie erinnerte sich an ihre rebellische Phase, als Gott und die Welt versucht hatten, sie in eine Form zu pressen, die nicht zu ihr passte. In ihr hallte diese Zeit immer noch nach. Die ewigen Arztbesuche, die Ergotherapie, die missbilligenden Blicke und rügenden Worte und zahlreichen Medikamenteneinstellungen. Es hatte lang genug gedauert, bis sie Frieden mit sich geschlossen hatte. Sie war ihr eigener Mensch, zum Teufel noch mal! Diese Erkenntnis hatte sie sich hart erarbeitet. Die Erwartungen anderer waren deren Problem, nicht ihres. Wenn jemand sich an ihr störte, sollte diese Person ihr eben aus dem Weg gehen. Wenn sie ein Problem mit anderen hatte, dann zog sie weiter. So einfach war das.

Seine Schritte erreichten das Ende der Treppe, näherten sich der Küche, passierten sie und entfernten sich wieder.

In einem langen Zug atmete sie aus. Erleichterung durchflutete sie. Zuerst. Dicht gefolgt von … Enttäuschung? Sie legte den schmalen Spachtel beiseite, mit dem sie gerade die Wachsflecken von der Arbeitsfläche abkratzte, und heftete sich an Sanders Fersen. Er hatte bereits den ganzen Verkaufsraum durchquert. Erst an der Eingangstür holte sie ihn ein. Seine Rechte lag auf der Türklinke.

»Warte!«, verlangte sie, ein wenig außer Atem und mit rasendem Herzen, aber mit all der selbstgerechten Empörung in der Stimme, die ihr ihrer Meinung nach zustand. »Und? Hast du gepetzt? Hat Mama nicht so reagiert, wie du es dir erwünscht hast, und deshalb schleichst du dich jetzt davon?«

Sehr langsam drehte er sich zu ihr um. Seine Bewegungen wirkten schwerfällig, irgendwie … roboterhaft. Einen Augenblick lang hätte sie ihre beißenden Worte gern zurückgenommen. Sander sah fürchterlich aus, als wäre er in der kurzen Zeit bei Kjersti um Jahre gealtert.

Sein Seufzen klang, als wäre er der Titanensohn Atlas höchst persönlich. Okay, ein ziemlich schlanker, intellektueller Atlas mit Brille, Pullunder und Fliege, aber darum ging es hier nicht! Was sie meinte, war, Sander wirkte, als würde er die Last der ganzen Welt auf seinen Schultern tragen.

Er fuhr sich mit der Zunge über die Lippen. »Glaub es oder nicht, aber nicht alles dreht sich allein um dich.«

In ihrer Brust spürte sie ein schmerzvolles Ziehen. »Ist etwas mit Kjersti? Ist ihr etwas passiert?«

»So könnte man es sagen.«

»Und dann stehst du hier und willst dich aus dem Staub machen? Braucht sie Hilfe? Ist sie noch einmal gestürzt? Sollten wir einen Krankenwagen rufen?« Und dann, nachdem er nicht sofort antwortete: »Nun sag doch endlich etwas und lass dir nicht jedes Wort einzeln aus der Nase ziehen!«

Wieder seufzte er. Mit dem Zeigefinger massierte er sich die Nasenwurzel. Dabei verrutschte die Brille, und ein unerklärlicher Impuls verlangte von Frida, sie ihm geradezurücken. Und wenn sie gerade dabei war, könnte sie ihm auch gleich noch durch die Haare streichen und die ohnehin schon wuscheligen Kupfersträhnen ein bisschen mehr durcheinanderbringen.

Natürlich machte sie das nicht. Das wäre wirklich lächerlich. Aber sie wollte! Sie wollte wirklich, und das verärgerte sie vielleicht sogar noch mehr als sein Schweigen, mit dem er sie so offensichtlich ausschloss.

Endlich – endlich! – schüttelte er den Kopf. »So einfach ist das nicht.«

»Was ist es dann?« Abwartend tappte sie mit dem Fuß auf den Boden.

»Kai, ihr Sohn, will, dass sie ins Heim geht. Die Kosten, um ihre Wohnung altersgerecht umzubauen, sprengen ihre Ersparnisse.« Er stieß einen gequälten Laut aus. »Himmel, ich wusste nicht einmal, wie schlecht es ihr geht. Sie ist für mich die einzige Familie, die ich kenne, und ich weiß nicht einmal, dass sie nach der Hüftfraktur dauerhaft auf einen

Rollstuhl angewiesen sein wird. Was für Freund bin ich bitteschön? Was für ein Mensch ist dermaßen ignorant?«

Das fragte sich Frida auch, aber sie verkniff es sich, ihm lautstark zur Selbsteinsicht zu applaudieren. Die Sache war nämlich die: Auch sie hatte keine Ahnung davon gehabt, wie eingeschränkt Kjersti seit dem Unfall wirklich war. Immer wenn sie mit der Katzenoma korrespondiert hatte, hatte diese so stark, so unumstößlich gewirkt. Ja, jedes Mal, wenn sie Kjersti seit ihrer Ankunft in Trondheim besucht hatte, hatte die alte Dame sich im Wohnzimmer aufgehalten und kaum bewegt. Aber sie hatte dabei nicht krank ausgesehen. Eher wie eine Königin.

Sander hob eine Hand. »Nein, antworte auf diese Frage lieber nicht. Ich kann mir sehr gut vorstellen, was dir gerade auf der Zunge liegt. Ich will es nicht hören, Frida. Nichts, was du mir an den Kopf werfen könntest, ist mir nicht selbst schon bewusst, und für eine weitere Runde im Frida-Fightclub habe ich gerade wirklich keinen Nerv.«

Sie biss sich auf die Unterlippe. Ehe sie sich für eine Antwort entschieden hatte, war Sander verschwunden. Die Tür fiel hinter ihm ins Schloss.

7

Egal, wie sehr Frida sich auf ihre Arbeit konzentrierte, egal, welche Musik sie auflegte, um sich abzulenken, in ihrem Kopf hallte ein Echo von Sanders Worten wider. Allzu bereitwillig untermalte ihr Unterbewusstsein den Soundtrack mit Bildern von Sander, wie sie ihn zuletzt gesehen hatte. Geschlagen und in sich gekehrt, aber mit einem versteckten Kern von Stahl in der Haltung. Er plante nicht, zusammenzubrechen, gleichgültig, wie hart der Kampf auch werden würde.

Bis spät in die Nacht hinein putzte sie die Küche. Am längsten hielt sie sich mit dem Besteck auf. Sie googelte sogar, wie man antikem Silber am besten zu neuem Glanz verhalf, und konnte sich ein Zähneknirschen nicht verbeißen, als direkt der erste seriös wirkende Link auf die schonende Wirkung von Asche hinwies. Also setzte sie sich hin und polierte jedes einzelne Teil so lange mit Asche, bis nicht nur der Löffel, die Suppenkelle und die Fleischgabel, die sie benutzt hatte, wieder glänzten, sondern die gesamte hundertfünfzigteilige Sammlung.

Als sie den letzten Kuchenlöffel beiseitelegte, sah sie prüfend an sich herab. Nicht nur das Besteck und ihre Finger hatten von der Asche abbekommen, sie selbst sah aus wie Aschenputtel, bevor die gute Fee ihr aus Haselnüssen ein Ballkleid gezaubert hatte. Ein Bad rutschte auf ihrer Prioritätenliste an allererste Stelle. An zweite oder dritte dann ein Waschsalon. Noch hatte sie zwar genug frische Klamotten im Bus, aber ewig würde sie mit denen nicht auskommen.

Sie packte ihre restlichen Sachen zusammen, riegelte den Laden ab und setzte sich hinters Steuer ihres Busses.

Ziellos fuhr sie los. Die Uhr zeigte kurz nach zehn am Abend. Goldenes Abendlicht schliff alle Kanten und Ecken rund. Die Stadt ließ sie in östlicher Richtung hinter sich, ließ sich treiben. Sie folgte gewundenen Straßen, passierte Häuser und kleine Dorfläden. Immer wieder erhaschte sie einen Blick auf den Fjord. Kein Windhauch kräuselte die Oberfläche. Grau wie polierter Schiefer lag er dort, spiegelte die Wolken, das Sonnenlicht, die Gehöfte am Hang und die Dächer der kleinen Ortschaften. Auf den Feldern grünte das Korn. Kühe standen auf einer Weide, friedlich grasend. Ein privater Schotterweg führte sie von der Hauptstraße weg vom Wasser und endete am Strand einer kleinen Bucht. Beinah schwarz war der Sand hier. Schwemmholz lag in knöchrigen Verrenkungen halb im Wasser. Ein Anhänger mit zerrissener Plane stand seitlich am Wegrand. Die Fetzen der Abdeckung baumelten müde von dem verbogenen Gestänge, die Buchstaben der Werbeaufschrift sonnenverblichen und kaum noch lesbar. Am gegenüberliegenden Ufer erhoben sich die Berge tannenschwarz und mystisch in die

Höhe. Ein Vogel kreiste über dem Wasser, legte plötzlich die Flügel an und stürzte aus dem Himmel auf die Erde. Als er wieder emporstieg, hielt er einen Fisch im Schnabel.

Sie parkte den Bus, schaltete den Motor aus und genoss für ein paar Augenblicke die Aussicht. Das Echo in ihrem Hinterkopf, das nagende Gefühl, sich wie eine blöde Kuh verhalten zu haben, vermochte sie auf diese Weise nicht abzuschütteln.

»Arrrgh!« Sie drosch aufs Lenkrad ein, und dann handelte sie ohne nachzudenken, folgte nur ihrem Instinkt. Sie sprang aus dem Wagen, rannte zur Wasserkante. Im Laufen kickte sie sich die Schuhe von den Füßen, riss sich die Kleider vom Leib. Schon war sie nackt, hüllenlos sie selbst, und tauchte ins eiskalte Wasser des Fjords.

Wie tausend Nadeln stach die Kälte in ihre Haut, presste ihr die Luft aus den Lungen. Spitze Steine bohrten sich in ihre Fußsohlen. Am Rand der Bucht, wo der Sand aufhörte und in dichten Schilfbewuchs überging, schreckte sie ein paar Enten auf, die aufgebracht schnatternd davonflogen. Frida ließ sich nicht aufhalten. Zuerst rannte sie, dann schwamm sie, schließlich tauchte sie. Überall spürte sie das Wasser, von der Haarspitze bis zur Fußsohle, zwischen den Schenkeln, an ihren Brüsten und ihrem Po. Das Wasser löschte das Feuer der Scham in ihr, spülte sie frei von Schuld und Reue und Wut. Als sie schließlich aus dem Wasser stieg, zitternd vor Kälte, fühlte sie sich wie neugeboren und rein.

Aus dem Bus holte sie ein Handtuch. Sie rubbelte ihre Haut ab, bis sie krebsrot glühte und vom Blut, das ganz dicht unter der Oberfläche pulsierte, kribbelte.

Eingemummelt in eine gefütterte Leggings sowie einen Kapuzenpullover und mit dicken Kuschelsocken an den Füßen, war sie nun bereit, den Tatsachen ins Auge zu sehen. Sie brauchte einen Rat. Nicht nur, wie sie weiter mit Sander umgehen sollte, sondern auch, was Kjersti betraf. Als Sander behauptet hatte, Kjerstis Sohn wolle sie ins Heim abschieben, hatte er sich das bestimmt nicht ausgedacht. Und auch wenn Frida noch nicht alle Hintergründe kannte, eines wusste sie ganz genau: Niemals würde sie das zulassen. Zu oft hatte sie am eigenen Leib erfahren, wie beschissen es sich anfühlte, wenn andere darüber bestimmen wollten, was das Beste für einen war.

Als sie den Anruf annahm, wirkte Thea überrascht, von ihr zu hören. »Alles okay bei dir, Sis?«, wollte sie wissen.

»So weit, so gut.« Frida klemmte sich den Hörer zwischen Schulter und Ohr und machte sich daran, ihre Schwester auf den neusten Stand zu bringen. Dabei öffnete sie eine Dose Ravioli aus ihrem Vorrat. Thea hasste es, wenn Frida das Zeug kalt verspeiste, aber Frida hatte wirklich nicht die blasseste Ahnung, was das Problem ihrer Schwester war. Die Nudeln schmeckten matschig und nach ordentlich künstlichem Geschmacksverstärker, egal in welcher Temperatur man sie verspeiste.

»Das heißt, *Katzenoma1940* existiert tatsächlich? Und der Laden auch? Hast du schon eine Wohnung?«, unterbrach Thea sie, lange bevor sie fertig war.

»*Katzenoma1940* heißt in Wahrheit Kjersti Haraldsen, und ja, sie existiert wirklich. Ebenso der Laden. Die offizielle Eröffnung ist erst nächsten Samstag, aber ich habe jetzt schon einige Bestellungen für Kerzen und Deko und so Zeug.«

Thea atmete hörbar aus.
»Aber, Thea?«
»Ja?«
»Da gibt es doch was.«
»Ich wusste, die Sache hat einen Haken! Was ist es diesmal, Frida? Ist der Laden doppelt vermietet? Hast du irgendeinen Typen kennengelernt, in den du dich Hals über Kopf verliebt hast? Hat dir jemand den Floh ins Ohr gesetzt, du seist eine außerordentlich talentierte Nageldesignerin, und jetzt überlegst du, ob du doch noch einmal umsatteln sollst?«

Okay, das saß. Vor allem, weil Thea ja nicht ganz unrecht hatte. Ja, damals in Spanien hatte es einen Kerl gegeben, in den sie sich Hals über Kopf verliebt und mit dem sie sich nach zwei Tagen eine Zukunft ausgemalt hatte. Und ja, sie hatte bereits diverse Male ihre beruflichen Zukunftspläne geändert, aber verdiente sie es wirklich, deshalb von Thea jedes Mal aufs Neue runtergemacht zu werden? Wie sollte Frida es schaffen, jemals auf eigenen Beinen zu stehen, wenn es ihr von vorneherein niemand zutraute? Sie tanzte eben zu ihrem eigenen Rhythmus. Nur weil andere den nicht hörten, machte es das Lied nicht schlecht. Doch verletzter Stolz hin und her, sie hatte aus einem bestimmten Grund bei Thea angerufen, und wenn sie den Ratschlag ihrer Schwester hören wollte, musste sie mit der Art und Weise klarkommen, wie diese ihn vermittelte.

Sie atmete einmal tief ein und legte los. Sie erzählte Thea alles. Von der Doppelvermietung des Ladens, ihrem Streit mit Sander und Kjerstis einnehmender Aura, die die ganzen Strapazen lohnenswert machte. Von dem Gefühl, endlich am richtigen Ort angekommen zu sein. Nicht, weil es einfach war, ihr Vorhaben für den Laden unter den gegebenen Umständen durchzuziehen, sondern obwohl es schwierig war. Thea hörte geduldig zu. Immerhin hatte sie ein gutes Gespür dafür, wann Frida ihre Kritik gerade noch ertragen konnte und wann sie eine Verbündete brauchte. Schließlich kam sie zu Sanders Offenbarung, dass Kjersti ins Heim abgeschoben werden sollte, weil ihre Wohnung nicht barrierefrei war und die alte Dame sich den Umbau nicht leisten konnte.

Theas Geduldsfaden riss. Sie stieß ein missbilligendes Zischen aus. »Du hast mir versprochen, das nicht zu tun.«

Sofort geriet Frida in die Defensive. »Was soll ich nicht tun?«

»Dir ein neues Wohltätigkeitsprojekt suchen, kaum, dass du in Trondheim angekommen bist. Du weißt, wie das jedes Mal ausgeht. Am Ende hat irgendwer eine finanzielle Sorge weniger und du ein gebrochenes Herz. Dann packst du mal wieder deine Sachen und fängst irgendwo von Neuem an, nur, damit das Theater wenige Wochen später von vorne losgeht.«

Frida biss sich auf die Unterlippe. »Tiziano war wirklich ein talentierter Designer. Er hätte sich das Studium nie ohne meine Hilfe finanzieren können.«

»Das mag ja alles sein. Wäre nur schön gewesen, wenn er auch tatsächlich studiert und sich nicht in deinem Bett, in deiner Wohnung mit einer anderen vergnügt hätte, während du ihn ausgehalten hast.«

Fridas Augen brannten. Sie hatte geglaubt, die ganze Sache mit Tiziano hinter sich gelassen zu haben. Im Nachhinein betrachtet hatte sie ihn wahrscheinlich ohnehin nie wirklich geliebt. Sie hatten sich ja kaum unterhalten können.

Vielmehr war es die Idee gewesen, in die sie sich verliebt hatte. Die Vorstellung, einen Menschen in ihrem Leben zu haben, der sie sah, wie sie war – mit all ihren Fehlern – und sie dennoch mochte. Verdammt sei ihre Schwester, dass sie ihr das letzte einer ganzen Reihe Debakel in ihrem bisherigen Leben in Erinnerung rief. »Diesmal ist es etwas anderes. Kjersti ist kein Mann, sondern eine alte Dame.«

»Das ist es immer, Schatz. Jedes Mal ist es *diesmal etwas anderes*. Aber jede dieser Geschichten hat eine Gemeinsamkeit. Dein Herz ist einfach zu groß, und du denkst dir: Was soll das Geld? Mir tut es nicht weh, wenn ich jemandem helfe. Doch kaum machst du das und die Leute erfahren, wie viel bei dir zu holen ist, sehen sie nur noch dein Vermögen und die Möglichkeiten, die eine Verbindung mit dir und deiner Familie ihnen eröffnen. Deshalb ist es gut, unter sich zu bleiben. In den eigenen sozialen Kreisen. Das hat nichts mit Snobismus zu tun, Frida, das weißt du. Es dient dem eigenen Schutz. Ich wünschte, du würdest das endlich begreifen und lernen, vorsichtiger zu sein.«

»Dann soll ich tatenlos zusehen, wie eine Frau, die bisher nur freundlich und hilfsbereit zu mir war, ihr Zuhause verliert? Obwohl ich helfen könnte?«

Thea seufzte. »Ich kann dir nicht sagen, was du tun sollst, *jenta mi*. Das musst schon du entscheiden.« Dass sie sie »mein Mädchen« nannte, machte, was sie sagte, nicht leichter zu akzeptieren. »Ich meine nur: Pass auf dich auf. Und handle nicht nur aus einem Impuls heraus. Wenn du wirklich herausfinden willst, wie es ist, nicht nur Frida Lunde zu sein, dann musst du aufhören, Entscheidungen mit der Freiheit zu treffen, die dein Trust Fond dir bietet.«

»Ich weiß.« Jetzt gesellte sich zu dem Brennen in den Augen auch noch ein Knoten in der Kehle. »Danke, dass du mir zugehört hast.«

»Immer gerne. Das weißt du doch. Ich wünschte nur, ich könnte dich mal an angenehmere Dinge erinnern. Es macht keinen Spaß, immer die Spielverderberin zu sein.«

»Du meinst es ja nur gut. Sag Mamma und Pappa schöne Grüße.«

»Mach ich.« Pause. »Und, Frida?«

»Ja?«

»Denkst du an deine Medikamente?«

»Gute Nacht, Thea.«

Wieder seufzte ihre Schwester. »Gute Nacht, Frida.«

Sie beendeten das Telefonat. Frida zog die Knie an den Bauch und schlang sich eine Decke um die Schultern. Wie eine Dosenpfirsichhälfte auf einem See aus Brombeersoße hing die Sonne über dem Fjord.

Schlaf fand Frida in dieser Nacht kaum.

Sander betrat als Erster den Laden. Das morgendliche Weckerklingeln war ihm wie eine Erlösung erschienen. Geschlafen hatte er so gut wie gar nicht. Ständig hatte er an Kjersti gedacht und überlegt, was er tun könnte, um ihr zu helfen.

Wie immer ertönte beim Betreten des Geschäftes das Glockenspiel. Das künstliche Erdbeeraroma von gestern war verschwunden. Stattdessen begrüßte ihn der tröstende Geruch von Holz und Alter. Er atmete tief durch die Nase ein. Auf dem Weg in den privaten Bereich des Ladens, wo er seinen Mantel aufhängen wollte, kam er am Verkaufstresen vorbei. Zunächst hatte sich Frida gesträubt, die alte Registrierkasse auf so einem exponierten Platz im Laden zu präsentieren, schließlich hatte sie aber zugeben müssen, dass das voll funktionsfähige Gerät mit seiner Kurbel und den zahlreichen elfenbeinverzierten Tasten einen hübschen Blickfang abgab. Sein Blick wurde jedoch nicht von der Kasse angezogen, sondern von dem, was daneben stand: eine Karte. Etwa zehn mal zehn Zentimeter großer Karton, um den mehrmals senkrecht ein cremefarbener Bastfaden gewickelt und zu einer Schleife gebunden war. Daran aufgefädelt befand sich ein runder Anhänger, ebenfalls aus Karton, auf den in cremefarbener Lackschrift das Wort »Sorry« kalligraphiert war.

Sander nahm die Karte auf. Bei genauerer Betrachtung erkannte er, dass die Schrift unregelmäßig getrocknet war, so wie echte Tinte es auf teurem Büttenpapier tat. Es bestand kein Zweifel daran, wer ihm diese Karte hinterlassen hatte, und ein Anflug von Rührung überkam ihn. Dass Frida sich für das gestrige Debakel bei ihm entschuldigte, war das eine, dass sie dazu nicht eine vorgefertigte Karte verwendete, sondern extra für ihn ein Unikat angefertigt hatte … Sicher, objektiv betrachtet genügte die Karte nicht unbedingt den Ansprüchen an große Kunst. Aber Frida hatte sie für ihn gemacht, nur für ihn, mit ihren eigenen Händen, und das galt etwas.

In der Küche wartete direkt die nächste Überraschung auf ihn. Nicht nur hatte Frida das Chaos von gestern beseitigt, alle Wachsspuren entfernt und die fertigen Kerzen ordentlich auf der Fensterbank aufgereiht, sie hatte auch seine Besteckssammlung geputzt – und zwar mehr als die Teile, die sie benutzt hatte. Alle hundertzwanzig Stücke des Konvoluts erstrahlten in neuem Glanz. Prüfend nahm er einen Suppenlöffel zur Hand, begutachtete die Patina und den Silberschimmer. Das Ergebnis könnte nicht besser sein. Das Silber glänzte und funkelte. Selbst die Vertiefungen waren nun frei von Oxidation, aber der Glanz wirkte echt und alt statt chemisch hervorgerufen. Genau so sollte es sein. Er wusste nur allzu gut, was für eine Heidenarbeit es machte, Silber ordentlich zu putzen. Nicht umsonst neigte er dazu, es immer wieder aufzuschieben. Und nicht nur mühselig war diese Arbeit, dreckig war sie zudem. Mehr noch als die Karte zeigte diese Geste, wie ernst es Frida mit ihrer Entschuldigung war.

Kopfschüttelnd fuhr er sich mit der Hand durch die Haare. Jeder neue Tag glich einem neuen Anfang, richtig? Wenn Frida heute zur Arbeit erschien, würde auch er sich entschuldigen und alles dafür geben, sich besser mit ihr zu verstehen. Ihm mussten ihre Waren ja nicht gefallen. Sie mussten auch nicht einen Musikgeschmack teilen oder dieselbe Auffassung darüber haben, wie man in einer neuen Stadt Freunde fand. Aber vielleicht konnten sie etwas voneinander lernen. Sie von ihm, wie man Dinge in Ordnung hielt und sich so jede Menge Arbeit ersparte, zum Beispiel. Und er von ihr, wie man über seinen Schatten sprang und zugab, wenn man einen Fehler gemacht hatte.

Unglücklicherweise wurde seine Entschlossenheit, mit Frida Frieden zu stiften, bereits bei ihrer Begrüßung auf eine harte Probe gestellt. Sie betrat den Laden, warf einen Blick auf ihn und verzog das Gesicht zu einer Grimasse.

»Du Liebes bisschen, du siehst ja grauenvoll aus.«

Da sprach die Richtige. »Dir auch einen guten Morgen.« Frida selbst sah auch nicht gerade aus wie der blühende Frühling. Tiefe Augenringe verdunkelten ihre Jochbeine. Sie hatte kaum Make-Up aufgetragen, und ihre Haare waren statt in einer kunstvollen Frisur zu einem schlichten Pferdeschwanz frisiert. Ihm gefiel dieser Look an ihr. Er wirkte ehrlicher, weniger maskenhaft, und offenbarte einen Blick auf die Frau hinter der Maske. Die schien mindestens ebenso sehr wie er von Unsicherheit und Zweifeln geplagt zu sein.

Er senkte seinen Blick zurück auf den Laptop. Ein Sammler aus Kristiansund hatte ihm geschrieben. Er war auf der Suche nach Lampen aus dem skandinavischen Rokoko und hatte gehört, dass Sander ihm womöglich dabei helfen konnte. Er wollte wissen, ob es sich für ihn lohnen würde, extra nach Trondheim zu kommen, um die Ausstellungsstücke selbst in Augenschein zu nehmen. Den Morgen über hatte Sander unter anderem damit verbracht, eine Auswahl der passenden Leuchtmittel zu fotografieren. Nun war er im Begriff, diese dem potenziellen Kunden zu mailen. Das war allemal besser, als sich schon wieder mit Frida zu streiten.

»Jetzt sei doch nicht gleich eingeschnappt.« Aus dem Augenwinkel konnte er sehen, wie sie unruhig die Finger miteinander verknotete. »Was ich damit meinte, ist, dass du aussiehst, als hättest du echt schlecht geschlafen.«

»Wie hätte ich gut schlafen sollen, nach dem, was ich gestern über Kjersti erfahren habe?«

Sie überbrückte die kurze Distanz zu ihm und lehnte sich mit der Hüfte an die Platte des Kassentischs. »Wem sagst du das? Mir ist die Sache auch die ganze Nacht nicht aus dem Kopf gegangen. Ich überlege die ganze Zeit, was ich tun kann, um ihr zu helfen.«

»Du kennst sie doch kaum!«

Der Schmerz, der kurz über Fridas Miene huschte, tat ihm leid. Daran war er schuld. Diesmal verdiente er durchaus eine brüske Retourkutsche von ihr. Er wollte eben zurückrudern, doch sie kam ihm zuvor, unerwartet sanft und nachdenklich.

»Ich kenne Kjersti vielleicht nicht so lange und so gut wie du, aber auch in kurzer Zeit kann ein Mensch einem ans Herz wachsen. Kjersti war bisher immer nur gut zu mir, Sander, und das ist keine Selbstverständlichkeit. Zumindest für mich. Den meisten Menschen gehe ich verdammt schnell auf die Nerven. Da ist dann nichts mehr mit Freundlichkeit oder Geduld.« Sie hob eine Augenbraue – schließlich gehörte er ebenfalls zu den Menschen, denen sie den letzten Nerv raubte. Aber anstatt provozierend zu wirken erinnerte ihr Ausdruck ihn an einen Hundewelpen, der gerade die gesamte Füllung aus dem neuen Designersofa gezupft hatte und nun seinem Menschen gegenübertreten musste.

Sie fuhr fort. »Kjersti ist ein toller Mensch. Es ist nicht fair, dass sie einfach … abgeschoben werden soll. Wie ein Möbelstück, das man nicht mehr braucht oder so. Sicher bin ich nicht die Einzige, der sie geholfen hat, und jetzt, wo sie Hilfe braucht, ist niemand für sie da.«

Mit aller Macht musste Sander dagegen ankämpfen, in die Defensive zu geraten. »Ich würde ihr den Umbau sofort bezahlen, aber all meine Ersparnisse sind in den Aufbau meiner Sammlung und den Umzug geflossen. Den Laden von Kjersti zu übernehmen, war immer mein Traum, aber er kam zu einem Preis.«

»Geld kann doch nicht das Einzige sein, womit wir ihr helfen können. Du bist doch Restaurator. Kannst du nicht auch die Wohnung reparieren?«

»Du verwechselst Restaurator mit Bauarbeiter.«

»Was?« Sie riss die Augen auf. »Ist das nicht dasselbe?« Sie zwinkerte ihm zu. Wieder einmal zog sie ihn auf, aber diesmal fühlte er sich davon nicht angegriffen. Sie lachte nicht *über* ihn, ging es ihm auf, sondern *mit* ihm. Er schluckte seinen Protest und hörte ihr weiter zu.

»Vor dem ersten Kaffee laufen meine Gehirnzellen nicht auf voller Leistung. Vor allem nicht nach einer durchwachten Nacht. Was hältst du davon, dass ich dich zu einem Frühstück bei Ingrid in der *Lille Kaffekompaniet* einlade? Vielleicht hilft uns das Koffein beim Pläneschmieden für eine Kjersti-Hilfsaktion. Zwei Köpfe haben mehr Ideen als einer, richtig? Und ehe ich nicht weiß, dass Kjersti geholfen wird, kann ich mich sowieso auf nichts anderes konzentrieren.«

Sander speicherte die angefangene E-Mail und stand auf. Er zupfte sich die Manschetten zurecht und überprüfte den Sitz seines Hemdes. Manchmal knautschte sich der Stoff beim Sitzen hinten über dem Hosenbund und rutschte unter dem Pullunder hervor. Eine kleine Unachtsamkeit, und der respektable Dr. phil. Pettersen sah wieder aus wie ein verlotterter Straßenbengel in schlecht sitzenden Klamotten. Er rieb sich die Hände. »Das klingt nach einem guten Plan. Lass uns gehen.«

Bedauerlicherweise stellte sich schnell heraus, dass der Plan einige Löcher hatte. Die größte Logiklücke bestand bei dem Zusatz *in Ruhe*. Ingrid strahlte, als sie Sander und Frida erblickte, und führte sie schnurstracks zu einem Tisch am Fenster. Durch das Glas konnte man das erwachende Leben auf der Øvre Bakklandet beobachten. Marit Oftedal arrangierte ihre Blumengestecke, Julian Pedersen erneuerte die Aufschrift mit den Tagesangeboten der Brauerei. Junge Menschen – wahrscheinlich Studierende – rumpelten mit ihren Fahrrädern über das Kopfsteinpflaster. In den oberen Stockwerken der bunten Häuser wurden Fensterläden geöffnet. Eine Frau schüttelte ihr Kissen aus, ein älterer Herr mit einem Trenchcoat über dem Schlafanzug und einem Hut auf dem Kopf führte seinen Dackel spazieren.

Frida und Sander gaben ihre Bestellungen auf. Einen großen Soja-Latte mit Kürbissirup für Frida. Ein Kännchen der Hausröstung für Sander. Beide bestellten außerdem noch ein süßes Teilchen – vegan für Frida –, und es dauerte keine fünf Minuten, bis Ingrid mit ihrem Frühstück zurückkam.

Beim Servieren schnappte sie offensichtlich so einiges von ihrem Gespräch auf. Das Tablett, auf dem sie ihre Tassen und Teller balancierte, landete klirrend auf ihrem Tisch.

Ingrid wischte sich die Hände an ihrer Bistroschürze ab und sah von einem zum anderen. Eine Mischung aus Wut und Entschlossenheit funkelte in ihren Augen.

»Sehr richtig, meine Lieben! Es wird Zeit, dass jemand die Zügel in die Hand nimmt, was Kjersti betrifft. Ich helfe ihr seit ihrem Unfall, so gut es geht, aber gegen Kai habe ich keine Handhabe. Immerhin ist er ihr Sohn. Für ihn kommt nur das Heim in Frage. Schämen sollte er sich, sage ich euch. Schämen!« Ein missbilligendes Zischen ausstoßend schüttelte sie den Kopf. »Aber jetzt, wo ihr da seid, sind wir schon zu dritt. Also lasst hören, was ihr euch bisher überlegt habt. Bestimmt finden wir eine Lösung.«

Sander blinzelte. Er war es nicht gewohnt, dass sich in einem Café die Bedienung ins Gespräch der Gäste einmischte. *Willkommen in Bakklandet*, dachte er. *Wo Privatsphäre Fehlanzeige ist.*

Von der gegenüberliegenden Seite des Tisches strahlte Frida Ingrid an. »Du hast recht! Je mehr wir sind, desto größer ist die Wahrscheinlichkeit, diesen Kai zur Vernunft zu bringen. Wo treibt der sich eigentlich rum? Dafür, dass er so konkrete Vorstellungen für das Leben seiner Mutter hat, macht er sich ziemlich rar, wenn ihr mich fragt.«

»Das kannst du laut sagen. Seit er nach Oslo gezogen ist, um irgendein hohes Tier bei der Bank zu werden, lässt er sich so gut wie nie mehr in unserem Trondheim blicken.«

»Wer lässt sich nie in Trondheim blicken?« In Gummistiefeln und trotz des milden Frühsommerwetters mit einer Regenjacke bekleidet, hatte soeben Iver Østigård das Café betreten. Der alte Seebär hielt von Privatsphäre offenbar genauso wenig wie Ingrid.

Diese winkte ab. »Kai Haraldsen. Du weißt schon, Kjerstis Sohn. Nicht ein einziges Mal hat er Kjersti besucht, seit sie den Unfall hatte. Aber wenn es darum geht, Geld zu sparen und in die Welt hinauszuposaunen, für die paar Jahre, die Kjersti noch in ihrer Wohnung wohnen könnte, würde sich kein Umbau mehr lohnen, meldet er sich ratzfatz zu Wort.«

»Kai will Kjersti aus ihrer Wohnung werfen?« Ivars Stimme bebte vor Entrüstung. »Das dürfen wir keinesfalls geschehen lassen!« Ohne auf eine Einladung von Sander oder Frida zu warten, schnappte er sich einen Stuhl von einem der Nebentische und setzte sich zu ihnen. Er stöhnte beim Platznehmen, aber kaum war sein beachtlicher Hintern auf der Sitzfläche gelandet, rieb er sich unternehmungslustig die Hände. Jetzt stöhnte nur noch der Stuhl, nicht aber Iver. »Was genau ist denn das Problem? Geht es ums Geld? Es geht ums Geld, habe ich recht? Es geht immer ums Geld!«

Freudlos setzte Sander zum wiederholten Mal an und gab all das, was er bisher wusste, wieder. Bis er mit seinem Bericht fertig war, hatten sich auch Cecilie Mikalsen und Guro Thorisdottir zu ihnen gesellt. Ohne dass sie es je ausgerufen hatten, war dieses Frühstück zu einer waschechten Møte geworden – so nannte man in Norwegen Zusammenkünfte oder Treffen, und sie hatten eine lange Tradition. Schon die Wikinger hatten ihre Gesprächsversammlungen genutzt, um Probleme zu lösen, die die gesamte Gemeinschaft betrafen. Und Kjersti, das wurde sehr schnell deutlich, ging in Bakklandet jeden etwas an. Die Menschen liebten sie und waren bereit, selbst das größte Fass für sie ins Rollen zu bringen.

»Wenn es hauptsächlich ums Geld geht, sollten wir für Kjersti sammeln«, schlug Cecilie vor. »Menschen spenden für alle möglichen Dinge, warum nicht auch für Kjersti und ihre Katzen?«

»Außerdem hat Kjersti als *Katzenoma1940* eine echt große Instagram-Followerschaft«, warf Frida ein. »Ich wette, einige ihrer Abonnenten wären sofort bereit, etwas für sie und vor allem für die Katzen springen zu lassen. Die Leute lieben diese haarigen Biester.«

»Mit diesem neumodischen Zeug kenne ich mich nicht aus«, grunzte Iver. »Ich wäre eher dafür, etwas lokal auf die Beine zu stellen. Ihr seid alle noch zu jung, aber ich erinnere mich sehr genau an die Bürgerinitiative damals, als irgendwelche Tullinger beschlossen haben, unser schönes Viertel dem Erdboden gleichzumachen, um moderne Bürogebäude hierhin zu bauen. Wann war das noch? 1972 vielleicht? Oder 1974?«

Sander schmunzelte über die altmodische Bezeichnung, die Iver für Idioten benutzte. »1974«, kam er zu Hilfe. »Das heißt, die erste organisierte Initiative für Pflege und Erhalt des Bezirks formte sich im Jahr 1971. Damals ging der politische Konsens hauptsächlich in Richtung Fortschritt. Für Konservierung gab es keinen Sinn. Ihr müsst euch das vor Augen rufen: Die Amerikaner hatten erst Jahre zuvor Menschen auf den Mond geschickt. Wen interessierten da alte Häuser? So oder so ähnlich lautete jedenfalls die gängige Meinung unter den Politikern.« Sander holte kurz Luft, fuhr dann aber direkt an Frida gewandt fort. »Die Bakklander haben sich das aber nicht bieten lassen. Die ersten Proteste stammten aus Reihen von Umweltschützern, dem Wohlfahrtsverband sowie den sozialistischen Jugendgruppierungen. Doch die Initiative fand schnell Anklang in einer größeren Bevölkerungsgruppe. Es formte sich die *Miljøgruppa på Bakklandet*, deren Ziel es war, Bakklandet als Wohngebiet zu erhalten.« Er fuhr sich mit der Zunge über die Lippen, versuchte, sich an all die Details zu erinnern, die er über das Viertel gelesen hatte. Dabei musste er bei dem, was er als Nächstes sagte, nicht einmal auf sein Buchwissen zurückgreifen. Er selbst hatte es erlebt. Als kleiner Junge, der viel zu oft allein gewesen war, während sein Vater dem Ruf der See folgte. »Viele in der Gegend lebten in heruntergekommenen Häusern. Es war zugig und im Winter kalt, und nicht wenige hatten noch nicht einmal eine Innentoilette. Dafür waren die Lebenshaltungskosten bezahlbar. Wahrscheinlich war das mit ein Grund, warum sich auch so viele Studentinnen und Studenten von der Universität an den Protesten beteiligten. Sie organisierten Hausbesetzungen. Das verhinderte auch, dass Obdachlose leerstehende Häuser als Nachtquartier benutzten. Viele behaupteten, die Gemeinde hätte die Häuser absichtlich leerstehen lassen, um den Verfall weiter voranzutreiben. Manche gingen sogar so weit und unkten, die häufigen Brände im Viertel wären auf heimlich von der Gemeinde organisierte Brandstiftungen zurückzuführen. Wieder ist die Bürgerinitiative aktiv geworden. Die Mitglieder haben viele der alten Häuser in Eigenregie renoviert, um zu verhindern, dass der Verfall als Argument für den Abriss aufgeführt werden könnte. Das alles geschah in ehrenamtlicher Arbeit. Und sobald die Häuser in neuem Glanz erstrahlten, wurden sie auch für eine andere Zielgruppe attraktiv. Ladenbesitzer haben sich hier angesiedelt, Künstler, Kleinunternehmer. Nur dank des Eingreifens der Bürgerinitiative ist Bakklandet Stück für Stück zu dem Viertel geworden, das wir heute kennen und lieben.« Ihm ging die Spucke aus. Er nahm einen Schluck von seinem Kaffee, und als er wieder aufsah, bemerkte er, wie sieben Augenpaare ihn mit Bewunderung im Blick betrachteten.

Er zuckte mit den Schultern, hob die Augenbrauen. »Was?«, fragte er. »Ich bin Kunsthistoriker. Habt ihr wirklich geglaubt, die Historie meiner eigenen Heimatstadt sei mir fremd?«

Für die Dauer einiger Augenblicke herrschte absolute Stille am Tisch. Frida fing sich als Erste wieder. Sie warf den Kopf in den Nacken und brach in schallendes Lachen aus.

»Du bist ja ein wandelndes Lexikon.« Schon zum zweiten Mal am heutigen Tag fühlte er sich von ihrem Lachen nicht bloßgestellt. Diesmal ging es aber sogar noch weiter als vorhin im Laden. Sie über ihn lachen zu hören war nicht nur nicht unangenehm, er fühlte sich … gelobt. Er stimmte mit ein.

Guro unterbrach sie mit einem Räuspern. »Also gut. Dank Sanders wirklich außerordentlich interessanten Ausführungen wissen wir nun, was wir brauchen: eine Bürgerinitiative. Es muss ja nicht ganz so groß angelegt sein wie damals. Schließlich wollen wir ja nur ein Haus auf Vordermann bringen, nicht ein ganzes Viertel.«

»Es wird nicht leicht werden, mit dem Denkmalschutz.« Sander hasste es, mal wieder die Spaßbremse zu sein, aber was gesagt werden musste, musste gesagt werden. »Wenn wir wirklich sicher sind, dass wir das nötige Geld zusammenbekommen, um Kjerstis Wohnung ihren Bedürfnissen gemäß umzubauen, kenne ich ein paar Leute im Stadtrat und bei den Behörden, mit denen ich in Kontakt treten kann. Aber ich würde ungern die Pferde scheu machen, nur um am Ende zugeben zu müssen, dass uns die Mittel fehlen. Ich lebe auch von meiner Glaubwürdigkeit.«

Die meisten am Tisch nickten.

»Wie schaffen wir es also, das Geld aufzutreiben?« Ingrid klang nachdenklich.

»Was ist mit einer Wohltätigkeitsveranstaltung?«, fragte Julian. »Wir haben Mai. Das heißt, in den kommenden Wochen werden jede Menge Touristen in die Stadt einfallen. Die mögen es, wenn ihnen etwas geboten wird. Wir können Führungen durch das Viertel anbieten, die Leute in unsere Geschäfte einladen und ihnen einen Blick hinter die Kulissen bieten. Es kann Kurse geben und Verkostungen und so was alles. Und dabei erwähnen wir immer, warum wir dieses Fest veranstalten. Ich bin sicher, so würden wir einige Spenden zusammenbekommen.«

Frida nickte begeistert. Sie schien Flöhe im Hintern zu haben, so aufgeregt rutschte sie auf dem Stuhl hin und her. Ihre Wangen hatten eine zarte Röte angenommen, und auf einmal ertappte sich Sander bei dem Gedanken, wie froh er über das fehlende Make-Up war. Nur so konnte er hautnah Zeuge ihrer Begeisterung, ihrer von Herzen kommenden, ehrlichen Aufregung werden.

»Das klingt absolut fantastisch! Sobald wir ein konkretes Datum haben, kümmere ich mich um die PR. Ich mache auf meinem Insta-Profil Werbung und trete mit Bloggern in Kontakt, die uns helfen können, die Werbetrommel zu rühren. Ich kann eine Blogtour veranstalten, oder wir machen live-Übertragungen von dem Fest.«

»Ich kenne fast jeden im Viertel«, sagte Iver. »Wenn ich mit den Leuten spreche, kommen sicher noch andere dazu, die sich uns anschließen.«

»Wir brauchen eine To-do-Liste«, bestimmte Sander.

»Natürlich.« Bedeutungsschwanger und mit übertriebenem Ernst nickte Frida. »Alles ist besser mit einer Liste.«

Sander ging über ihr Foppen hinweg. »Stimmt genau. Ingrid, hast du mal ein Blatt Papier und einen Stift?«

»Nichts einfacher als das.« Die Angesprochene zückte einen schmalen Block und nahm einen Kugelschreiber aus ihrer Gürteltasche. »Hier, bitteschön.«

In klaren, leicht sperrigen Versalien schrieb Sander »E-Mail-Verteiler« an den oberen Rand des ersten Blattes und unterstrich das Wort. »Gebt mir alle eure E-Mail-Adressen, dann lege ich einen Verteiler an. Bitte denkt dran, deutlich zu schreiben.« An die erste Stelle setzte er seine eigene Adresse, dann reichte er Block und Stift an Frida weiter. »Wenn das erledigt ist, lasst uns jeder für sich in sich gehen und überlegen, was er oder sie zu dem Spendenfest beitragen könnte, um Publikum anzuziehen. Wichtig ist auch, dass wir den besten Termin finden. Natürlich benötigen wir das Geld so schnell wie möglich, aber in den nächsten Wochen steht bereits viel an.«

»Du meinst die Neueröffnung eures Ladens?« Cecilie nickte. »Das ist doch schon kommende Woche oder?«

»Am achtzehnten«, erklärte Frida. »Dieses Jahr fällt der Nationalfeiertag auf einen Freitag. Die Neueröffnung direkt auf den darauffolgenden Tag zu legen, hat so etwas Feierliches.«

Die Besitzerin der Damenmodenboutique schien ganz aufgeregt. »Auf jeden Fall. Und ihr habt den Sonntag, um durchzuatmen, bevor es dann am zwanzigsten regulär losgeht.«

»Aber ich verstehe, was du meinst, Sander.« Nachdenklich kratzte sich Julian von der Craft-Brauerei am Bart. »Bei zu vielen Veranstaltungen verlieren die Besucher womöglich das Interesse.«

Sander ergriff wieder das Wort. »Aus dem Grund sollten wir uns gut abstimmen und unsere Gedanken miteinander teilen. Ich richte so lange auf Trello ein Projekt ein und schicke euch dann den Link per E-Mail. So haben wir alle Ideen an einem Ort.«

»Traue ich mich zu fragen, was Trello ist?« Cecilie blickte von Sander zu Frida, zu Ingrid und wieder zurück.

»Ein kostenloses Internet-Projektmanagement-Tool. Großartig, sage ich euch. Ich habe noch nie eine derart hilfreiche Freeware gesehen. Man kann Listen erstellen und To-do-Tabellen und eine Projektübersicht generieren und seine Timeline im Auge behalten und …« Aus mehreren Kehlen brach schallendes Gelächter und unterbrach ihn.

Iver Østigård stieß ihm neckend einen Ellenbogen in die Seite. »Wir haben schon verstanden, Junge. Listen sind etwas ganz Großartiges.« Er zwinkerte Sander zu. »Aber jetzt lass uns loslegen.« Er hob sein Wasserglas, als wäre es ein Bierkrug. »Auf den Sommerzauber am Fjord für Kjersti! Wir bekommen das hin.«

»Auf den Sommerzauber!«, »Für Kjersti!«, »Auf uns!«, echoten die anderen. Sander wurde es ganz warm im Bauch. Hier geschah gerade etwas Großes. Etwas Wunderbares, Magisches, und er war ein Teil davon.

8

»Hello everybody!« Frida hielt das Handy an ihrem Selfiestick über den Kopf. Ein Winkel von rund fünfundvierzig Grad hatte sich über die Zeit als optimal herausgestellt. Den Arm hielt sie dabei nicht ganz ausgestreckt, so ließen sich Wackler verhindern. Schritt für Schritt ging sie rückwärts. Sie wollte, dass ihre Abonnenten etwas von dem Laden sahen, genug, um sie neugierig zu machen, aber nicht so viel, dass es von ihrem Gesicht ablenkte. Sie winkte mit der freien Hand, holte Luft, um weiterzusprechen, und rempelte mit der Hüfte gegen den Verkaufstisch. »Autsch!«

Mist! Damit war die Aufnahme ruiniert. Sie seufzte und begab sich zurück zum Ausgangspunkt. Innerlich grummelte sie. Das war schon der achte Versuch, ein Reel zu erstellen. Seit Tagen fand sie nicht mehr in eine vernünftige Posting-Routine. Dabei wusste sie doch, wie der Hase lief. Der Insta-Algorithmus verzieh fehlende Aktivität nicht. Jedes Mal, wenn sie von ihrer Routine abwich, bezahlte sie das mit geringer Sichtbarkeit, und geringe Sichtbarkeit führte zwangsläufig zu weniger Aktivität auf ihrem Profil und schließlich zum Verlust von Abonnenten.

Sie hob den Stick erneut, überprüfte einmal in der Kamera, ob das Bild, das sie abgab, ihr gefiel, und startete die Aufnahme zum neunten Mal.

»Hello everybody! Sicher habt ihr …« Diesmal fuhr ein Lade-Lkw vor dem Schaufenster vorbei. Die Sonne spiegelte sich in seiner Windschutzscheibe und warf einen seltsamen Lichtreflex auf ihr Gesicht. Aufnahme stoppen. Zurück zum Ausgangspunkt. Anlauf Nummer zehn.

»Hello everybody!« Mit jedem neuen Versuch fiel es ihr schwerer, ihre Stimme freudig und voller Energie klingen zu lassen. »Sicher habt ihr euch schon gefragt, wo ich abgeblieben bin.«

Ein Schatten im Hintergrund bewegte sich und kam näher. Eine Stimme grummelte: »Niemand wird sich je fragen, wo diese Frau abgeblieben bist. Man hört sie sehr deutlich.« Der Schatten formte sich zu Sanders Gestalt. Während sie für die Handykamera die *finestfairy* gab, hatte er sich in seinen Bereich des Ladens verkrochen. Ausgerechnet jetzt, wo es aussah, als könnte die Aufnahme tatsächlich etwas werden, latschte er ihr durchs Bild. Weiterdrehen, oder neu ansetzen? Gerade war das Licht gut, sie hatte sich bei der Begrüßung nicht verhaspelt und Sander war wohl zu weit weg gewesen, als dass das Mikrofon seinen Kommentar hätte auffangen können.

Sie entschied sich fürs Weiterdrehen. »Natürlich gibt es für meine Abwesenheit aber einen Grund. Stellt euch vor: Ich beziehe meinen eigenen Laden. *@finestfairy goes steady*. In drei Tagen ist Eröffnung. Dann findet ihr mich in

Trondheim, in der Øvre Bakklandet Nummer 17.« Sie hob eine Hand, um in die Kamera zu winken und Luftküsse in Richtung ihrer Abonnenten zu werfen. »Ich freue mich auf euch! Bis daaaaaannn!« Endlich geschafft! Sie beendete die Aufnahme und ließ den Selfiestick sinken. Mit einem tiefen Aufatmen fiel sie in einen von Sanders Stühlen. Das Teil stand gerade herum, und obwohl es echt ungemütlich aussah, war es erstaunlich bequem. Jetzt musste sie das Video nur noch bearbeiten, dann könnte sie das Reel endlich hochladen. Sie startete die entsprechende App auf dem Telefon.

Im Hintergrund hörte sie Sander reden. Offenbar war er am Telefon. Sie sollte wirklich nicht lauschen, das gehörte sich nicht. Andererseits … Wenn jemand wirklich nicht wollte, dass man ihm zuhörte, sollte er nicht in aller Öffentlichkeit telefonieren, oder? Okay, in der Halböffentlichkeit des eigenen Ladengeschäfts, aber das war nun wirklich Haarspalterei. Sie spitzte die Ohren.

»Morgen schon?« Seit dem improvisierten Treffen mit den anderen Ladenbesitzern in Ingrids Café heute Morgen war der Pullundermann auffallend guter Laune. Eventuell hatte sie ihn sogar ein paarmal lächeln gesehen. Naja, also so zwei Mal vielleicht, aber das war immerhin mehr als nur ein Mal, richtig? Blöd nur, dass mit der guten Laune jetzt Schluss zu sein schien.

Sander seufzte und grummelte. »Ich würde wirklich gerne kommen, aber dein Hof ist ja doch ein ganz schönes Stück von Trondheim entfernt. Vor der Ladeneröffnung gibt es noch einiges zu tun, und dann habe ich mir noch ein weiteres Projekt aufgebrummt.« Eine kurze Pause entstand, in der wahrscheinlich sein Gesprächspartner etwas sagte.

»Ich weiß, dass es solche Gelegenheiten nur selten gibt. Du hast mir ja die Fotos geschickt, da sind einige Stücke dabei, auf die ich wirklich gerne mitbieten würde. In restauriertem Zustand hätte ich dafür einige Käufer.« Noch mal eine Pause. Frida vergaß sogar, ihr Video zu bearbeiten, so sehr nahm sie das Telefonat, das sie im Grunde nichts anging, gefangen.

»Das Timing ist ja nicht das einzige Problem. Ich müsste mir auf die Schnelle auch noch einen Transporter besorgen. Sonst könnte ich die Ankäufe ja gar nicht zurück nach Trondheim bringen. Ich habe keine große Galerie mehr im Hintergrund, Svante. Auf gut Glück einen Spezialtransport zu bestellen, kann ich mir nicht leisten.« Beinah klang es, als hätte er schon aufgegeben. Irgendwo nicht gerade ums Eck fand also eine Auktion statt, die Sander gerne besuchen würde, die bevorstehende Ladeneröffnung sowie ein fehlender fahrender Untersatz für den Transport der Möbel ließen ihn jedoch zögern. Noch vor achtundvierzig Stunden hätte sie sein Zaudern auf seine Persönlichkeit geschoben und in ihm ausschließlich den Oberspießer gesehen, der sich hinter dicken Brillengläsern, Listen und alten Möbeln vor der Welt versteckte. Jetzt sah es ein wenig anders aus. Bei Ingrid im Café war Sander alles andere als ein Zauderer gewesen. Er hatte das Wort geführt, Aufgaben an sich genommen und beinah nebenbei dafür gesorgt, dass sich alle, die zu ihnen gestoßen waren, gehört und ernstgenommen gefühlt hatten. Nur ihr gegenüber verhielt er sich immer so kratzbürstig.

Sie gab die Bearbeitung des Videos auf. Ihr Kopf war nicht bei der Sache. Ein Klick, und das Reel lud sich auf ihr Profil. Keine zehn Sekunden später trafen die ersten Likes und Kommentare ein. In sich hineinlächelnd überflog sie die Reaktionen … und stockte.

Klar, da waren die zu erwarten gewesenen Glückwünsche zur Ladeneröffnung, die nichtssagenden Guten-Morgen-Grüße und die Kommentare zu ihrer heutigen Frisur. Zwei Userinnen erkundigten sich, ob es ihr gut ginge, denn sie wirkte müde, was Frida ein Lächeln aufs Gesicht zauberte. Mochten die Leute denken, was sie wollten, ihre Community war nicht oberflächlich. Viele, die ihr regelmäßig schrieben, nahmen wirklich Anteil, und nicht nur das. Das, was Frida auf ihrem Profil teilte, bewirkte etwas in ihnen. Es schenkte ihnen Liebe und Zuversicht, und das gaben sie an andere weiter.

Womit Frida jedoch nicht gerechnet hatte, waren die Kommentare zu Sander.

»Wer ist denn der süße Nerd da bei dir im Hintergrund?«, wollte eine Abonnentin wissen. »Hast du uns vielleicht was zu sagen ;-)?«

»Ist das Eddie Redmayne in deinem Laden??? OMG, also mich dürfte der jeder Zeit verzaubern.«

Was? Frida prustete ein Lachen. Sander Eddie Redmayne? Wobei, wenn sie es sich genauer überlegte … Tatsächlich hatte ihr Kunsthistoriker ein wenig Ähnlichkeit mit dem Schauspieler. Die wuscheligen Haare, die hohen Wangenknochen, die Sommersprossen. Sie fragte sich, wo an seinem Körper er noch weitere Sommersprossen hatte …

Was? In ihrem Hinterkopf jaulte eine Signalsirene auf. Wo, bitteschön, kam dieser Gedanke her? Sie mochte Sander noch nicht einmal, und jetzt stellte sie sich seinen Körper vor? Ganz sicher nicht! Selbst wenn Sander der letzte

Mann auf dieser Welt wäre, würde sie nicht Gefahr laufen, sich ihm an den Hals zu werfen. Er war viel zu selbstgefällig und aufgeräumt und perfektionistisch. Es gab einfach Dinge, die man nicht mischen sollte, wenn einem das Leben lieb war. Weltmeere und Schweröl, zum Beispiel. Oder Benzin und Feuer. Sander hasste Chaos, und Frida war das personifizierte Chaos. Man musste kein Beziehungscoach sein, um sich ausmalen zu können, dass auch sie beide in diese Kategorie fielen. Wobei? Wenn er wirklich der letzte Mann … Genug!

Sie klickte auf den Antwortbutton unter dem Kommentar zu Eddie Redmayne und tippte: »Magische Tierwesen gibt es im *Laden der schillernden Schätze* leider nicht, aber genug andere Dinge, die dich verzaubern können. Schau doch mal vorbei!«

Danach steckte sie das Handy weg. Sie sollte den Tag nutzen, um noch ein paar Fotos für ihr Profil zu erstellen. Und Kjersti sollte sie auch einen Besuch abstatten. Nicht nur, um endlich mal eine richtige Dusche zu nehmen, sondern vor allem um nachzusehen, wie es der Katzenoma ging. Frida hatte immer noch ein schlechtes Gewissen, dass sie nicht direkt bei ihrer Ankunft auf die Idee gekommen war, der alten Dame mehr konkrete Hilfe anzubieten.

Sander steckte den Kopf in den Ladenraum. »Ist die Luft wieder rein?«

Theatralisch schnüffelte Frida an ihren Achseln. »Wenn nicht, bin ich nicht der Grund dafür.«

Er rollte mit den Augen. Halb erwartete sie, dass sein nächster Kommentar sie in ein weiteres Wortgefecht stürzen würde, doch er verschwand lediglich wieder in seinem Teil des Ladens, sein Handy immer noch in der Hand. Nur der Himmel wusste, warum sie dabei einen Anflug von Enttäuschung verspürte.

Am Nachmittag begann es zu regnen. Eine alte Bauernweisheit besagte, dass man in Norwegen alle vier Jahreszeiten in der Spanne eines einzigen Tages erleben konnte. Der heutige Tag bewies, wie viel Wahrheit in diesem Sprichwort steckte. Von jetzt auf gleich verdunkelte sich der Himmel. Wind kam auf und rüttelte an den alten Fensterläden. Sander schaltete das Licht ein. Einige der antiken Leuchten aus seinem Fundus hatte er angeschlossen. Er liebte das warme Licht, das sie ausstrahlten, das diamantene Funkeln auf Möbeln und Wänden, wenn sich das Licht im Kristall brach. Und er liebte die Stille. Frida hatte sich schon gegen Mittag verabschiedet. Sie und ihr stets präsentes Handy hatten Dinge zu erledigen. Ihm sollte es recht sein. So konnte er ungestört seine Listen durchgehen und überprüfen, was es noch zu tun gab, ehe sie am kommenden Samstag die offizielle Wiedereröffnung des *Ladens der schillernden Schätze* feierten. Außerdem checkte er die Webseiten diverser Auktionshäuser und Galerien nach neu eingetroffenen Waren. Obgleich er Monate, ja Jahre, investiert hatte, um seine Sammlung aufzubauen, gab es immer noch weitere Stücke, die er sich wünschte. In seinem Mailprogramm fand er außerdem eine Nachricht von Linn. Auch sie hatte von Svantes Schatzsuche und der Auktion in Kyrksæterøra gehört und sofort an ihn gedacht. Ein nagender Schmerz durchfuhr ihn, als er ihren Text las. Linn und ihm war es nach dem Ende ihrer Beziehung nicht schwergefallen, wieder Freunde zu werden, denn das waren sie in erster Linie immer gewesen. Linn teilte seine Liebe für alte Dinge. Ebenso wie er hatte sie Kunstgeschichte studiert, allerdings mit einem anderen Schwerpunkt. Dass sie auch die Tochter seines ehemaligen Arbeitgebers war, hatte lange Zeit keine Rolle gespielt. Linns Vater, der Besitzer der Galerie Berg in Stockholm, hatte Sanders Leistungen für das Unternehmen immer fair bewertet. Lange Arbeitstage wurden zu langen Arbeitsnächten. Aus der geteilten Begeisterung für ihren Job wurde ein geteiltes Leben. Er war so blauäugig gewesen, so blind, aber er hatte wirklich geglaubt, ihr würde in ihrer Beziehung ebenso wenig fehlen wie ihm. Bis sie ihm eines Tages in einem Streit an den Kopf geworfen hatte, er würde die Arbeit, die Galerie und seine Möbel mehr lieben als sie, und wenn er nur ein einziges Mal ehrlich mit sich selbst sein würde, müsste er zugeben, dass es ihm viel mehr darum gehen würde, wovon sie ein Teil war – die Galerie, ihre Familie, ihr Wissen –, als um sie selbst. Einen Augenblick lang hatte er sich ertappt gefühlt. Er hatte nicht antworten können. Sein Zögern war der Anfang vom Ende zwischen ihm und Linn gewesen und schließlich auch das Ende seiner Anstellung bei der Galerie Berg.

Das alles war jetzt beinah ein Jahr her. Manchmal vermisste er ihre Zusammenarbeit, die Gespräche, die sie über Hobel, Kleber und Spachtel geführt hatten. Es gab Nächte, da sehnte er sich nach einem warmen Körper, an den er sich schmiegen konnte, oder nach der Hitze zwischen Linns Schenkeln, in die er eintauchen und die Welt vergessen konnte. Dass er sie nicht vermisste, ihre Eigenheiten, ihr

Lachen, ihre tausend kleinen, perfekten Imperfektionen, bewies, wie recht sie damit gehabt hatte, sich von ihm zu trennen. Er liebte Linn. Heute noch ebenso wie früher. Aber wenn er sich sein Leben ohne sie als seine Partnerin vorstellte, fehlte ihm nichts. Alles, was sie geteilt hatten, konnte er alleine genauso, und das nagte an ihm. Linn hatte dreieinhalb Jahre ihres Lebens an ihn und die Vision einer Zukunft geopfert, die er ihr nicht hatte geben können. Ein schlechtes Gewissen war kein gutes Ruhekissen.

Er tippte eine Antwort an sie, schrieb, dass Svante auch ihn benachrichtigt hatte. Allerdings wüsste er noch nicht, ob er den Termin schaffen würde, und wünschte ihr viel Erfolg, falls sie vor Ort sein würde. Weil er wusste, dass es sie interessierte, berichtete er außerdem von den Vorbereitungen der Ladeneröffnung. Zum Schluss lud er sie ein, jederzeit bei ihm vorbeizukommen. Die Einladung war ehrlich gemeint, aber hauptsächlich, weil ihm klar war, dass Linn sie nicht annehmen würde.

Er fuhr den Laptop hinunter, klappte ihn zu und schloss das Gerät im Schreibtisch im Hinterzimmer ein. In den vergangenen Tagen hatte er sich dort ein kleines Arbeitszimmer eingerichtet. Das erwies sich immer dann als besonders nützlich, wenn er wieder einmal ein wenig Abstand von Frida brauchte. Draußen goss es immer noch in Strömen. Wenn er jetzt nach Hause ging, würde er bis auf die Haut durchnässt werden. Sicher hatte Kjersti irgendwo einen Regenschirm? Der würde zwar nur das Schlimmste verhindern, aber besser als nichts.

Nachdem er sich mehrfach vergewissert hatte, dass alle Lichter gelöscht, die Elektrogeräte in der Küche ausgestellt und der Laden verschlossen war, machte er sich auf den Heimweg. Wie leergefegt lag die Straße vor ihm. Regentropfen schlugen Krater in die dicken Pfützen am Straßenrand. Ein reißender Strom hatte sich auf der Straßenmitte gebildet, schwemmte abgerissene Blätter, Gräser und Kiesel mit sich. Nur die munteren Farben der Holzhäuser stachen aus dem Regengrau hervor.

Sander klappte den Mantelkragen hoch und rannte die Straße entlang. Zwei Schritte kam er, dann fuhr ein Windstoß unter den geliehenen Regenschirm und stülpte ihn nach oben. Der Wind riss und zerrte an dem Griff, und Sander musste all seine Kraft aufwenden, um das Teil wieder zuzuklappen. Viel genützt hatte der Schirm ohnehin nicht. Fünf Sekunden später rann eiskalte Nässe sein Rückgrat herab. Seine Ohren brannten vor Kälte, die Haut an den Fingern verfärbte sich krebsrot, und bisher war er gerade einmal bis zur nächsten Straßenecke gekommen. Hier musste er links abbiegen, dann den Berg hinauf und …

Eine Bewegung im Augenwinkel erregte seine Aufmerksamkeit. Das Schwanken der Äste einer der Kastanien auf dem Parkplatz gegenüber? Nein, das war etwas anderes gewesen.

Instinktiv drehte er den Kopf, und da sah er sie. Ein Schatten hinter den Fenstern des rosaroten VW-Busses, mehr war sie nicht in diesem Moment. Ein Flackern von blauen Haaren hinter regenverhangenem Fensterglas. Nun schaute er genauer hin. Die Hintertüren des Bullis standen offen. Im Inneren mühte sich Frida mit einer Matratze ab.

Sander hatte keine Ahnung, was ihn das alles angehen sollte, doch seine Beine handelten ohne sein Zutun und trugen ihn im Laufschritt zum Bus.

»Was machst du da?« Er musste schreien, um gegen das Regenrauschen anzukommen. »Brauchst du Hilfe?«

Frida schreckte sichtlich auf. Offenbar hatte sie ihn nicht kommen gesehen. Immer wieder sackte die Matratze in sich zusammen. Frida musste ihr gesamtes Gewicht aufwenden, um sie an der Blechwand des Bullis festzuhalten. Putzlappen, Tücher und andere Stofffetzen lagen auf dem Boden. Trotzdem erkannte er riesige Nässeflecken auf dem im Inneren verlegten Teppichboden.

»Ich hab vergessen, die scheiß Dachklappe zuzumachen, und jetzt ist alles hier drinnen patschnass. Wie es aussieht, darf ich heute Nacht in einem Feuchtbiotop schlafen.«

»Du …« Als würde ihm das helfen, die Gedanken in seinem Kopf an die richtige Stelle zu bringen, schüttelte er den Kopf. »Du … schläfst hier? Im Bus?«

Sie gab den Kampf mit der Matratze auf. Mit eingezogenem Kopf kam sie auf ihn zu. Weil sie im Bus stand und er davor, sah sie auf ihn herab, und selbst der wildeste Sommersturm hätte die Herausforderung nicht von ihrer Miene wehen können. »Was dagegen? Gibt es etwa irgendeine Vorschrift, die das Campen in der Stadt verbietet?«

»Ich … Nein … Ich … Keine Ahnung.« Hilflos zuckte er mit den Schultern. Als ob es darum gerade ging! »Aber es regnet!«, brach es schließlich vollkommen nutzlos aus ihm heraus.

Fridas Mund verzog sich zu einem Grinsen. »Ach«, meinte sie. »Echt? Wär mir gar nicht aufgefallen.«

Am liebsten hätte sich Sander die Haare gerauft. »Du weißt, dass ich es so nicht gemeint habe.« Er biss sich auf die Zunge. Ein regennasses Blatt flog durch die Luft und klatschte ihm gegen die Wange. Er wollte es wegwischen, aber das verteufelte Ding stellte sich als erstaunlich hartnäckig heraus. Zuerst wollte es nicht von seiner Wange weichen, dann klebte es zwischen den Fingern. Er musste ein idiotisches Tänzchen aufführen, die Hand schütteln, sich gleichzeitig in die richtige Windrichtung stellen. Selbst einem von Natur aus deutlich eleganterem Menschen wie ihm wäre es im Leben nicht gelungen, dabei auch nur halbwegs würdevoll auszusehen. Er hatte genug.

»Lass mich einsteigen«, forderte er. Er sah, wie sie zum Protest ansetzte, aber diesmal kam er ihr zuvor. »Keine Widerrede. Du kommst mit zu mir nach Hause. Ende der Diskussion.«

Ohne eine Antwort von ihr abzuwarten, kletterte er in das Innere des Bullis. Drinnen war es nicht maßgeblich wärmer als draußen, aber wenigstens prügelte der Regen nicht mehr auf ihn ein. An Frida vorbei zwängte er sich auf die Beifahrerbank. Abwartend verschränkte er die Arme vor der Brust. Im Stillen zählte er. Eins. Zwei. Drei. Vier. Er würde ihr bis hundert geben. Wenn sie bis dahin nicht nachgegeben oder ihn rausgeworfen hatte, würde er von selbst gehen.

Dazu kam es nicht. Er war gerade bei siebenunddreißig angekommen, als das Knallen der Hecktüren das Regentrommeln auf dem Blechdach übertönte. Bei fünfzig saß sie neben ihm auf dem Fahrersitz.

Der Schlüssel steckte im Zündschloss, fiel ihm auf. Sie drehte ihn herum. Knatternd erwachte der Motor zum Leben. Im Takt des Verbrenners hüpfte ein seltsames Tier aus Plüsch, halb Pferd, halb Hippo, aber mit einem in Regenbogenfarben glänzenden Horn auf der Nase an einem Faden auf und ab, der vom Rückspiegel hing. Von der Seite her sah sie ihn an. Ihre Wimperntusche war verlaufen, doch ihre Augen strahlten. »Dann sag mir mal, wo es lang geht, Boss.«

»Zuerst die Brubakken hoch Richtung Festung. Ich wohne auf der anderen Seite des Parks, in der Nähe der Bushaltestelle Ankers Gate. Kennst du das?«

Sie schüttelte den Kopf. »Du wirst mich wohl navigieren müssen.«

»Okay.«

»Und, Sander?«

»Ja?«

»Es ist ganz schön sexy, wenn du den Macher raushängen lässt.«

Lachend schüttelte er den Kopf. »Ich glaube, die Kälte und Nässe haben dich verwirrt. Besser, du fährst einfach los.«

Sie tat, was er sagte, manövrierte den Bus rückwärts aus der Parklücke und dann die Brubakken den Berg hinauf. Trotz der Regenkälte, seinen nassen Klamotten und der frostigen Luft, die das Heizungsgebläse ihm entgegenwarf, war ihm auf einmal gar nicht mehr kalt.

9

Frida gefiel sich nicht als Jungfer in Nöten. Retter und Retterinnen gab es zur Genüge in ihrer Familie und deren Umfeld. Jeder, der sie kannte, hatte grundsätzlich eine Meinung zu ihr. *Mach dies nicht*, hieß es dann, oder *tu das nicht. Studier doch lieber, statt in der Weltgeschichte herumzureisen. Aber konzentrier dich, so wird das nie was. Kannst du nicht einmal fünf Minuten in Ruhe eine Sache fertig machen? Du weißt doch, dass du viel zu impulsiv bist, wann lernst du endlich, wichtige Entscheidungen zu durchdenken? Zieh dir was Vernünftiges an, so kannst du unmöglich zu dem Empfang gehen. Willst du deiner Freundin Monica wirklich dieses Geld leihen? Du weißt doch, wie das ausgeht, wenn du mal wieder die Wohltäterin spielst. Such dir Freunde in deinen eigenen Kreisen.* Und dann, wenn ihr Herz einmal mehr gebrochen wurde: *Haben wir es dir nicht gesagt? Hör das nächste Mal besser auf uns. Wir meinen es doch nur gut mit dir. Wann lernst du endlich dazu?*

Ja, ihrer Erfahrung nach zu urteilen, war Hilfe die kleine Schwester von Nötigung. Trotzdem musste sie zugeben, dass sie Sander dankbar war, dass er sie an diesem Abend aufgesammelt hatte. Es wäre eine fürchterliche Nacht in ihrem Bulli geworden. Nass und kalt und durch und durch ungemütlich.

Immer eine Straßenkreuzung nach der anderen navigierte Sander sie zu seinem Zuhause. Hier oben ging es sehr vorstädtisch zu. Gepflegte Grünflächen wechselten sich mit von Hecken umstandenen Gärten ab. Die meisten Häuser stammten dem Baustil nach aus den vierziger oder fünfziger Jahren. Rot geschindelte Satteldächer schützten quadratische, weiß oder hellgrau verputzte Steinhäuser. Die Straßenränder und Einfahrten bevölkerten schicke Kleinwagen und Kombis. Ein Schild warnte vor spielenden Kindern. Die Fenster einer Schule schmückten von innen angeklebte, bunte Papierblumen. An einer hohen Linde lehnte ein Tretroller. Wie ein tiefgrüner Mantel aus Samt über dem Leib eines schlafenden Riesen begrünten dichte Wälder die Bergrücken in der Ferne. Im Westen klarte der Himmel auf, eine Insel aus Licht im Regengrau über ihren Köpfen.

»Da sind wir.« Sander deutete mit dem Finger auf die Einfahrt vor einem der wenigen Holzhäuser in der Gegend. Es war grün gestrichen, mit einem weißen Balkon am ersten Stockwerk, weißen Fenstern und deutlich kleiner als die meisten anderen in der Straße. Moos fleckte den aufgesprungenen Asphalt der Auffahrt. Auch der Lack des Garagentors hatte bessere Tage erlebt und blätterte an einigen Stellen ab. In die wild wuchernde Hecke am Grundstücksrand duckten sich drei Mülltonnen. Ein Holunderbusch ließ, schwer vom Regen, die Zweige hängen. Nur dem Löwenzahn am Bordsteinrand schien die Nässe nichts auszumachen. Die gelben Blüten reckten durstig ihre Köpfe in die Höhe.

»Du kannst vor der Garage parken«, wies Sander sie an. Weil das Haus in den Hang gebaut war, befand sich die Eingangstür über ihnen. Die Fenster auf Straßenniveau gehörten offenbar zu der Garage und waren blind vor Dreck und Alter. An der Seite des Hauses führte eine schmale Metalltreppe zur Eingangstür. Rostflecken sprenkelten die Stufen, und der abblätternde Lack am Geländer ließ Frida an eine Schlange denken, die gerade im Begriff war, sich zu häuten.

Überrascht runzelte sie die Stirn. »Das ist dein Haus?« Bisher hatte sie sich kaum Gedanken darüber gemacht, wie Sander lebte. Ein heruntergekommenes Hexenhäuschen wäre wohl ihre letzte vorstellbare Option gewesen. Sie schaltete den Motor aus und sah Sander an.

Dort, wo sein Mantelkragen einen schmalen Streifen Haut frei ließ, tauchten plötzlich rote Flecken auf.

»Ich wohne noch nicht lange hier. Es ist noch einiges zu tun, aber bisher hatte der Laden für mich Priorität. Komm, drinnen kannst du dich aufwärmen. Hast du trockene Klamotten dabei? Für nach der Dusche?«

»Klar.« Zum Glück waren die Plastikboxen, in denen sie ihre Kleidung aufbewahrte, wasserdicht. Sie stopfte das Nötigste in ihren Rucksack und folgte Sander die Treppe hinauf zur Eingangstür.

Das Schloss knirschte beim Aufschließen. Die Tür führte in einen winzigen Vorraum mit einem Einbauschrank rechts, einem schmalen Schlüsselbrett gegenüber der Tür und ein paar Kleiderhaken an der Wand. An einen davon hängte Sander seinen Mantel.

»Der Wohnungsmarkt in Trondheim ist die Hölle. Wusstest du, dass die Stadtbevölkerung jedes Jahr um circa dreitausend Einwohner wächst? Dazu kommen die ganzen Studierenden, die eine Bleibe suchen. Das Haus hier war ein echter Glücksfall. Wahrscheinlich, weil heute die meisten eine Zentralheizung bevorzugen, statt mit Holz heizen zu müssen. Vorsicht, Stufe.«

Der Vorraum führte in ein kleines Wohnzimmer. Sofort fiel ihr Blick auf einen gusseisernen Etagenofen.

»Ist der alt?« Sie deutete auf den wuchtigen Zylinder mit den kunstvollen Verzierungen.

Sander hob eine Augenbraue. »Was denkst du denn?«

»Okay, blöde Frage. Aus dem Rokoko?«

Diesmal rollte er mit den Augen. »Jugendstil. Du siehst doch die Ranken in dem Muster. Typischer geht es nicht.«

»Klar, die Blumenranken!« Sie schlug sich mit der flachen Hand an die Stirn. »Wie konnte ich die nur nicht erkennen?« Sie lachte. Dann stimmte er mit ein, und plötzlich war da etwas zwischen ihnen. Eine Art komplizenhafter Vertrautheit, ein Witz, den nur sie beide verstanden und dem es gelang, aus ihm und ihr ein Wir zu machen. Als ihr Lachen verklang, legte sich Verlegenheit zwischen sie. Sander räusperte sich, ein sichtbares Schaudern durchfuhr ihn.

»Oh Gott«, rief sie aus, offenbar froh, das Thema wechseln zu können. »Du frierst viel mehr als ich. Kein Wunder, du bist ja auch klatschnass. Im Bulli war ich wenigstens im Trockenen. Warum gehst du nicht als Erster unter die Dusche?«

»Lass mich zuerst ein Feuer machen. Dann zeig ich dir das Gästezimmer. Es ist noch ziemlich spartanisch, aber wenigstens ist die Matratze trocken.«

»In Ordnung.« Während er mit geübten Griffen den Ofen anfeuerte, sah sie sich um. Von Innen wirkte das Haus deutlich kleiner als von außen. Das Wohnzimmer teilte sich der Ofen mit zwei Stoffsofas und einem schlichten Couchtisch. Sie war sich ziemlich sicher, genau diese Modelle in einem berühmten schwedischen Möbelhaus gesehen zu haben.

In eine Nische auf der anderen Seite des Raums waren zwei Eckbänke montiert. Dazwischen stand ein Esstisch. Die Bänke waren mit braunbeigem Stoff bezogen, der Tisch selbst ebenso simpel wie der Rest der Einrichtung.

Ess- und Wohnbereich wurden durch eine offene Treppe getrennt, die auf eine Art Galerie führte. Dort gab es drei Türen, einen weiteren, kleineren Essbereich und eine winzige Küche. Tatsächlich war die Küche so klein, dass nicht einmal zwei Personen darin Platz gefunden hätten. Sicher konnte sie sich von hier unten nicht sein, aber sie vermutete, dass es von dort aus noch ein halbes Stockwerk nach oben ging.

Bald schon knisterte ein Feuer im Ofen.

»Das Gästezimmer ist direkt unterm Dach. Mein Schlafzimmer ist auf dem Zwischengeschoss links, die mittlere Tür gehört zum WC und die rechte zum Bad.« Leicht verlegen zuckte er mit den Schultern. »Und das war dann auch schon die große Tour. Mehr hat mein Heim nicht zu bieten.«

»Es ist gemütlich.« Das war gelogen. Sicher, das Haus an und für sich wirkte süß. Klein und kuschelig und auf eine Weise individuell, wie sie es nur von alten Häusern kannte. Und doch fehlte es ihm an Persönlichkeit. Sie hatte mit zahlreichen Antiquitäten gerechnet, mit Silber und Kristall und teuren Stoffen. Stattdessen wirkte alles hier so … normal.

Eine gewöhnliche Wohnung für einen gewöhnlichen Junggesellen, und das enttäuschte sie irgendwie. Der Sander, den sie bisher kennengelernt hatte, mochte vieles sein, gewöhnlich gehörte nicht dazu.

»Wenn es wirklich okay ist, verschwinde ich ins Bad?« Seine Frage riss sie aus ihren Gedanken.

»Klar.« Sie lächelte. »Ich breite mich dann mal oben aus.«

»Fühl dich wie zu Hause. Du findest sicher alles, was du brauchst. So groß ist es hier nicht.«

Sie nickte. Ihr Blick fiel in seinen, und trotz seiner Worte rührte er sich nicht. Sekunden vergingen. Eine, zwei, dann gab er sich einen Ruck. Warum zum Teufel, fühlte es sich ein klein wenig an wie ein Verlust, als sie seine Gestalt im Bad verschwinden sah?

Warmes Wasser prasselte in dicken Kaskaden auf ihn nieder. Sander ließ den Kopf in den Nacken fallen und schloss die Augen. Kribbelnd kehrte Leben in seine Glieder zurück. Hatte er das wirklich getan? Hatte er tatsächlich ausgerechnet Frida mit zu sich nach Hause eingeladen? Was hatte er sich nur dabei gedacht? Selbst Linn hatte ihm oft genug vorgeworfen, wie schwer es war, Zeit mit ihm zu verbringen, wenn er sich nicht hinter der Arbeit verstecken konnte, und Linn mochte er. Sie schwammen auf einer Wellenlänge, waren Freunde und Kollegen gewesen, lange, bevor mehr aus ihnen geworden war. Frida mochte er nicht. Mit ihren schrillen Klamotten, ihrem frechen Humor und ihrem unerschütterlichen Frohsinn machte sie ihn verrückt. Welcher

Mensch kam bitte auf die Idee, tagelang in einem Camper zu hausieren? In Norwegen, wo das Wetter so launisch war wie ein kauziges Fischweib. Er öffnete die Augen, wusch sich die Haare. Irgendwo im Haus knarzte eine Treppe, erinnerte ihn an Fridas Anwesenheit. Frida war da. Überall. Auch hier füllte sie innerhalb von Sekunden sein gesamtes Heim mit ihrer Gegenwart. Wie konnte ein einziger Mensch so viel … Raum einnehmen?

Mit dem Abtrocknen ließ er sich mehr Zeit als nötig. *Schisser*, beschimpfte er sich selbst. *Versteckst dich im Bad, nur um ihr nicht entgegentreten zu müssen.* Warum nur machte sie ihn so nervös? Warum musste er permanent an sie denken? Warum stellte er sich jetzt gerade vor, wie es wäre, wenn sie mit ihm unter der Dusche stünde? *Schluss jetzt!*

Mit einem Handtuch um die Hüften und einem zweiten um den Nacken geschlungen, schlüpfte er vom Bad ins Schlafzimmer. Dort erwartete ihn das nächste Problem. Was anziehen? Vor Fremden fühlte er sich in tadelloser Kleidung am wohlsten. Stoffhose und Hemd, Pullunder und Fliege. Eine Rüstung, ein Panzer, hinter dem niemand mehr den armen Fischerjungen von früher erahnte. Aber das hier war sein Zuhause. Etwas in ihm sträubte sich gegen die Vorstellung, sich in seinen eigenen vier Wänden vor irgendetwas schützen zu müssen. Manchmal schenkten einem die Dinge, vor denen man die meiste Angst hatte, die größte Freiheit, hatte Kjersti ihm einmal gesagt. Womöglich schenkte ihm das Schicksal hier die Gelegenheit, ihre Theorie zu testen. Ohne weiter darüber nachzudenken, griff er in den Kleiderschrank. Seine Wahl fiel auf Jeans und einen Kaschmirpullover. Gar nicht mal so schlecht. Das war bequem, aber nicht zu informell.

Noch einen Moment gönnte er sich, dann fasste er sich ein Herz. Auf in den Kampf.

Als Erstes fiel ihm der Duft auf – ein angenehmes blumiges Aroma nach Vanille und irgendeiner Tropenpflanze. Als Nächstes die Lichter. Die Zeit, in der er sich in der Dusche versteckt hatte, hatte Frida genutzt, um sein Wohnzimmer umzugestalten. Naja, eher dafür, ihm ein paar individuelle Akzente zu verleihen. Auf der Fensterbank und dem Sofatisch hatte sie Kerzen verteilt. Den Mauervorsprung, der die Essnische vom restlichen Wohnbereich abtrennte, hatte sie mit einer Lichterkette geschmückt, und auf dem Couchtisch stieg aus zwei Henkelbechern würziger Dampf auf. Frida selbst hatte es sich auf dem Sofa bequem gemacht. Wie eine zweite Haut schmiegte sich eine schwarze Leggings an ihre Beine. Darüber trug sie einen rosafarbenen Kapuzenpulli, auf dessen Brust ein wütend blickendes Einhorn, das einen Keks verspeiste, abgebildet war und dazu die Aufschrift: *Ich bin emotional sehr nah an der Keksdose gebaut*. Sie hatte einen Fuß auf die Sitzfläche gezogen, das Knie angewinkelt und das Kinn darauf abgelegt. In der einen Hand hielt sie ein Notizbuch, in der anderen einen Stift, mit dem sie etwas notierte.

Sie musste seinen Blick auf sich spüren, hob den Kopf. Und dann lächelte sie. Mit dem Mund und den Augen, mit ihrem ganzen Gesicht, und etwas in Sander gab nach, wurde weich und schmiegsam.

»Du warst fleißig«, stellte er fest.

Ein wenig verlegen presste sie die Lippen aufeinander. »Ich wollte eigentlich nur die Klamotten aus dem Bus holen, aber dann sind mir die anderen Sachen in die Hand gefallen. Ich hoffe, das ist okay?«

»Sicher.«

Sie wackelte mit den Zehen. Jeder Zehennagel war in einer anderen Farbe lackiert. Von Violett bis Rot in allen Farben des Regenbogens. Im Leben nicht hätte er gedacht, dass er grell lackierte Fußnägel gut finden könnte, aber irgendetwas rührte der Anblick ihrer nackten Füße in ihm. Er hatte gesagt, sie sollte sich wie zu Hause fühlen, und genau das hatte sie getan. Da waren keine Zweifel, kein Überdenken oder Interpretieren seiner Worte ihrerseits. Sie nahm ihn ernst. Genau das sagten ihre bunt lackierten Zehen, die Lichter und der Tee. Auf einmal fand er Kitsch gar nicht mehr so schlimm.

»Den Tee habe ich auch mitgebracht. Es ist eine Mischung mit Brombeerblättern, Salbei, Fenchel, Beifuß, Ringelblumen und Quendel. Die Kräuter habe ich größtenteils selbst gesammelt. Willst du probieren?« Sie nickte zu den beiden Bechern auf dem Couchtisch. »Wenn du das getrunken hast, ist dir sicher nicht mehr kalt.«

Statt zu antworten, näherte er sich ihr. Auf dem Sessel, der zu der Couchgarnitur gehörte, nahm er Platz. Konkreter ausgedrückt: auf der Sesselkante. Er hob sich den Becher unter die Nase, inhalierte das Bouquet des aufsteigenden Dampfes. Nicht schlecht. Vorsichtig probierte er den ersten Schluck. Dann einen zweiten. Wärme breitete sich in ihm aus, schmolz ein weiteres Stück seiner Vorbehalte ihr gegenüber.

Und jetzt? fragte eine Stimme in seinem Hinterkopf. *Was jetzt?*

Frida rettete ihn auch diesmal. Sie tippte mit dem Stift auf den Notizblock. »Ich habe ein wenig überlegt, was wir noch alles bis zur Eröffnung erledigen müssen. Meine Liste ist natürlich nicht so ordentlich wie deine, und wahrscheinlich habe ich zehntausend Sachen vergessen, aber so wie ich das sehe, liegen wir ganz gut im Plan.«

Dankbar, dass sie ihm einen Ausweg zurück auf sicheres Terrain bot, nahm er den Gesprächsfaden auf. »Das glaube ich auch. Es ist alles vorbereitet, und ich habe bei der Bank Wechselgeld abgeholt und im Laden eingeschlossen. Dass wir mit zwei Kassen arbeiten, hatten wir ja schon besprochen. Gestern habe ich Pressemitteilungen an die Tourismusbehörde und die Tagespresse geschickt, damit die Leute auch von der Neueröffnung des Ladens erfahren. Im Grunde fehlen nur noch die ersten Kunden.«

»Während du Pressemitteilungen verschickt hast, habe ich Luftballons bestellt.«

»Als ... Waren?« Wofür um alles in der Welt brauchte sie Luftballons?

»Aber nein! Für die Kunden natürlich. Um Laufkundschaft anzulocken. Sekt und Saft besorge ich am Samstag direkt im Einzelhandel. Ich würde ja auch selbst Kekse backen, aber im Bus habe ich nur einen kleinen Propangaskocher, da geht das schlecht. Hast du dir schon Gedanken zur Musik gemacht?«

»Warum sollte ich?«

Sie lachte. »Ach komm, Sander, jetzt sei nicht so. Die Ladeneröffnung wird eine Party. Natürlich brauchen wir Musik. Ich hätte ja längst eine Playlist zusammengestellt, aber ich dachte, mein Musikgeschmack könnte dir eventuell bitter aufstoßen. Also sag du: Was passt deiner Meinung nach zu skandinavischem Rokoko und vertreibt uns nicht die Kunden?«

»Puh.« Er schnaubte, überlegte und kam zu keinem Ergebnis.

Frida stupste ihn mit dem Knie an. »Ich erwarte keinen Fachartikel zu dem Thema, Sander. Sag einfach irgendwas. Was meint dein Bauch? Es gibt kein richtig oder falsch.«

»Es gibt immer ein Richtig und ein Falsch. Und immerhin hast du mir eine Frage gestellt. Ich nehme an, du willst eine ernst gemeinte Antwort, und bisher habe ich mir zu dem Thema noch keine Gedanken gemacht.«

»Hörst du dich reden?« Die ganze Angelegenheit schien sie herrlich zu amüsieren. »Wovor hast du Angst, Sander? Du hast dir noch keine Gedanken zur Hintergrundmusik gemacht? Das ist doch okay. Ich habe mir keine Gedanken darüber gemacht, dass es sinnvoll sein könnte, Pressemitteilungen zu verschicken oder irgendwelche Behörden einzubinden. Ist doch großartig. Wenn wir uns zusammenraufen, können wir ein echt cooles Team werden.«

Ein Team? Plötzlich stieg auch in ihm ein Lachen auf. Der Klang war zunächst so fremd, dass er ihn nicht einordnen konnte. Er kam als Grummeln aus seinem Bauch, stieg in die die Brust und schoss von dort über seine Lippen. Er lachte und schloss die Augen, schüttelte den Kopf. Über sich selbst. Über Frida. Über die verrückten Irrungen des Schicksals, die ausgerechnet sie beide in ein Boot gesetzt hatten.

Mit der Hand fuhr er sich über die Augen. »Weißt du was? Mir ist die Musik vollkommen egal. Leg auf, was du willst. Sehen wir es als Übung. Was bei der Eröffnung funktioniert, behalten wir für Kjerstis Spendenfest bei. Was bei den Kunden nicht gut ankommt, können wir dann noch einmal überdenken. Lassen wir uns überraschen. Mit Luftballons und Musik und meinetwegen auch einem Clown, wenn du meinst, das würde helfen.«

»Halleluja!« In einer Siegerpose reckte Frida eine Faust in die Luft. »Dass ich das noch erleben darf! Ein Fall von Spontaneität und Vertrauen bei Sander Pettersen. Bist du sicher, dass du nicht krank bist? Was müssen wir sonst noch erledigen bis Samstag? Komm schon, ich bin mir sicher, du hast irgendwo noch eine Liste in petto.«

»Hab ich. Aber wie ich sagte, ist auf der im Grunde alles abgehakt. Ich wollte sichergehen, dass ich den Nationalfeiertag mit Kjersti verbringen kann, und das ist ja schon übermorgen. Wenn ich einen Transporter hätte, könnte ich tatsächlich zu dieser Auktion in Kyrksæterøra fahren.« Er seufzte. »Aber daraus wird wohl nichts.«

»Warum nicht?«

»Wie ich sagte: Ich bräuchte einen Transporter. Es ist keine offizielle Auktion, sondern eine Art Scheunen-Verkauf. Ein Bekannter von mir hat sich in den baltischen Staaten umgesehen und von dort einige Fundstücke mitgebracht. Unrestaurierte Dachboden- und Garagenfunde. Ich habe Fotos gesehen, und das meiste könnte sich nach ein wenig Arbeit richtig gut verkaufen lassen. Die Restauration könnte ich selbst übernehmen, schließlich habe ich genau dafür die Werkstatt in der Garage eingerichtet. Allerdings habe ich keine Möglichkeit, die Sachen hierher zu bringen. Wenn das alles etwas mehr Vorlauf gehabt hätte, hätte ich mir einen Wagen gemietet, aber so …« Er ließ den Satz im Nichts verklingen, zuckte mit den Schultern.

»Was ist mit dem Bus?«

»Welchem Bus?«

»Na meinem!«

»Deinem rosaroten Hippiemobil?«

»Warum nicht? Würde der genügen? Ich muss die Matratze zum Trocknen ohnehin rausnehmen. Wann ist denn die Auktion?«

»Morgen früh. Von hier bis Kyrksæterøra sind es fast zwei Stunden Fahrt, und ich bin noch nie mit einem Bulli gefahren.«

»Ich kann dich fahren. Und wenn wir früh ins Bett gehen, können wir doch auch früh aufstehen.«

»Du meinst allen Ernstes, du würdest mich in deinem Bulli nach Kyrksæterøra kutschieren, eine Auktion mit lauter Kunsthändlern über dich ergehen lassen und mir das nicht den Rest unseres Lebens unter die Nase reiben?«

»Also Letzteres habe ich mit keinem Wort versprochen.« Sie grinste. »Was den Rest angeht: Ja, ich glaube, genau das habe ich dir angeboten.«

Meinte sie das wirklich ernst? Was hätte sie davon? Sicher, in den letzten zehn Minuten hatten sie beide nicht das Bedürfnis verspürt, sich gegenseitig die Augen auszukratzen, aber das machte sie noch lange nicht zu Freunden. Andererseits: Wie nannte man es sonst, wenn zwei Menschen auf einem Sofa saßen, Pläne schmiedeten und miteinander lachten?

Sie schien sein Zögern zu bemerken. Der Schalk wich aus ihrer Miene, sie sah ihn ernst an, und einen Moment lang glaubte er, im Seeschaumgrau ihrer Augen zu versinken. »Du hast mir auch geholfen, Sander. Du hast gesehen, dass ich ein Problem hatte, und mich mit zu dir nach Hause genommen. Ich weiß, dass es manchmal schwerer sein kann,

Hilfe anzunehmen, als sie anzubieten. Glaub mir, ich weiß das wirklich sehr gut. Aber willst du das nicht für mich tun? Mich dir helfen lassen? Es würde mich wirklich freuen.«

Wäre nur ein Funken Spott in ihrem Blick gewesen, hätte er geglaubt, sie machte sich über ihn lustig. Doch so war es nicht. Im Gegenteil. Er konnte sich nicht erinnern, Frida jemals so verletzlich gesehen zu haben. Ein Impuls stieg in ihm auf. Er wollte die Hand heben und an ihre Wange legen, wollte die Wärme ihrer Haut spüren und sie fragen, wer ihr wehgetan hatte. Denn dass auch sie Verletzungen erlitten hatte und Wunden mit sich herumtrug, war niemals ersichtlicher gewesen als in diesem Augenblick.

»In Ordnung«, meinte er schließlich. Sie anzufassen, wagte er nicht. Es wäre unangebracht gewesen, unprofessionell und auf so viele Arten dumm, dass er sie nicht zu zählen vermochte. »Fahren wir gemeinsam nach Kyrksæterøra.«

10

Was für ein Luxus, sich morgens in einem richtigen Bad fertig machen zu können! Frida ließ sich Zeit in der Dusche. Sie gab Duschgel auf ihren Luffa und rubbelte so lange, bis duftender Schaum ihren ganzen Körper bedeckte. Sie putzte sich die Zähne, benutzte Zahnseide und schrubbte auch die letzten Rückstände von Bastelkleber, Kerzenwachs und Farbe unter ihren Fingernägeln fort. Nach ihrer Dusche, als die Haut noch ganz weich und die Poren weit offen waren, trug sie eine Feuchtigkeitsmaske aufs Gesicht auf und fand immer noch etwas, womit sie sich und ihren Körper verwöhnen konnte. Sander zeigte die ersten Anzeichen von Ungeduld. Sie war gerade dabei, mit der Bürste eine Kurpackung in ihre Haare zu arbeiten, als er ungeduldig an der Badezimmertür klopfte.

»Frida? Wir müssen los. Brauchst du noch lange da drinnen?«

Seufzend gab sie sich geschlagen. Über ihr Beauty-Programm hatte sie total die Zeit vergessen. Wenn Sander sie nicht erinnert hätte, wäre sie wohl noch Stunden im Bad geblieben. Dabei wusste sie doch, dass sie heute noch etwas anderes vorhatten. Eigentlich. Aber dann war ihr immer noch etwas eingefallen, das sie *nur noch schnell* machen wollte, bevor sie sich losriss, und Schwupps hatte sie ihre gesamte Planung für den Morgen durcheinandergebracht. Sie erwartete, dass Sander ihr Vorwürfe machte oder sie zumindest mit diesem tadelnden Blick traktierte, den sie von ihrer Mutter und Thea kannte, aber nichts von beidem geschah. Er nickte nur, als er sie angezogen aus dem Gästezimmer kommen sah, und sagte: »Guten Morgen. Fertig?«

Trotz der von ihr verursachten Verzögerung hingen zu Beginn ihrer Fahrt nach Kyrksæterøra im Westen noch immer die letzten Fetzen Nacht am Himmel. Die Auktion begann um neun Uhr. Zuvor brauchte Sander noch etwas Zeit, um die Stücke, die sein Kontakt zum Verkauf anbot, in natura anzuschauen. Bisher hatte er nur Bilder gesehen, und die konnten bekanntlich täuschen. Kaum ein Auto begegnete ihnen auf dem Weg aus der Stadt. Schon am Abend hatte es aufgehört zu regnen, doch noch fehlte es der Sonne an Kraft, um die Feuchtigkeit aus den Tälern zu vertreiben. Ungefähr zwei Stunden dauerte die Fahrt bis zu dem Bauernhof im ländlichen Trondelag, wo die Auktion stattfinden würde. Je tiefer sich die Straße ins Hinterland grub, desto rauer wurde die Natur. In steilen Kurven ging es mal aufwärts, mal abwärts. Dichter Wald reichte bis an den Straßenrand, ab und zu durchbrochen von schmalen Wiesenstreifen, auf die wilde Pelargonien, blühendes Wollgras oder die zarten Blütenkelche der Buschwindröschen bunte Farbkleckse tupften. Nicht selten wuchsen die Bäume direkt aus grobem Fels. Die Senken trugen dichte Nebelschleier, aus denen die

Bergkegel ragten wie die Häupter versteinerter Riesen. Sie kamen an Wasserfällen vorbei, die in rauschenden Fäden, schäumend und tosend, in die Tiefe stürzten. Und dann, jedes Mal halb erwartet und halb überraschend, öffnete sich ein Blick auf den Fjord. Vielleicht war es noch immer der Trondheimfjord, vielleicht schon der Hemnefjord. Die Küste des Landes, das sie ihre Heimat nannte und das ihre Familie reich gemacht hatte, glich dem ausgefransten Saum eines zerschlissenen Hemdes. Nicht schön, nicht lieblich oder schmeichelnd, sondern widerstandsfähig und rau, und die Kleidung, die es trug, die tiefen Wälder, die Moose und Flechten, Gräser und Blumen, verhüllte nur die Härte im Inneren.

»Also.« Sie streckte die Hand aus und stellte die JBL-Box leiser. Lou Cifer and the Hellions belkantierten gerade den *Dance of a Teddy Boy*. Die schnellen Beats hatten so was Roadtripmäßiges, und Frida fand, der Song passte zu dem Moment. Dass Sander sich bisher nicht über ihre Musik beschwert hatte, rechnete sie ihm hoch an. Tatsächlich meinte sie sogar, ihn das ein oder andere Mal mit dem Fuß zum Rhythmus wippen gesehen zu haben. »Wie kommt man auf die Idee, Restaurator zu werden? Haben deine Eltern irgendwas in der Richtung gemacht?«

Er schnaubte. »Mein Vater war Fischer. Zumindest bis diese industriellen Riesen kamen und mit ihren Fangflotten alles kaputtgemacht haben.« Er schüttelte den Kopf, dann legte er die rechte Schläfe ans Beifahrerfenster. Sein Blick richtete sich in die Ferne. »Es ist unglaublich. Du musst dir das vorstellen: Schon die Wikinger haben an diesen Küsten vom Fischfang gelebt. Von Generation zu Generation wurden die Traditionen weitergereicht. Skrei haben sie den Kabeljau genannt – ›weißes Gold‹.« Er machte eine kurze Pause, holte Atem. »Mein Vater war ein stolzer Mann. Mit vierzehn Jahren kannte er alle Seemannsknoten und konnte riechen, wenn Heringsschwärme vorbeizogen. Als die Fangflotten kamen und alles einfach weggefischt haben, da haben sie ihm nicht nur den Lebensunterhalt genommen, sondern auch seine Vergangenheit. Seine Würde, verstehst du? Nachdem er seinen Kutter aufgeben musste, war er nichts mehr.« Zum Glück schien er keine Antwort von ihr zu erwarten. Er blickte noch immer in die Ferne, hinaus auf den Fjord, auf die Weite dahinter.

»Am schlimmsten waren die Lundes. Sagt dir der Name etwas?« Er unterbrach sich selbst, lachte ein bisschen. »Ich meine, natürlich sagt dir der Name etwas. Ist ja nicht gerade ein seltener Familienname.« Er drehte den Kopf, zwinkerte ihr kurz zu, ehe er seinen Blick zurück aus dem Fenster richtete. »Aber ich meine nicht dich oder die anderen, die diesen Namen haben und einfach nur versuchen, ein vernünftiges Leben zu führen. Ich meine diesen Clan von der Lunde A/S. So eine Plage, sage ich dir! Für meinen Vater und seinesgleichen waren die der Teufel höchstpersönlich. Wie die Heuschrecken über die Felder sind die über die Meere hergefallen, ohne Rücksicht auf irgendwas. Fischer wie mein Vater haben seit Jahrtausenden auf dieselbe Weise gelebt, und dann, innerhalb von ein paar Saisonen hat es nicht einmal mehr für ein Nebeneinkommen gereicht. Das hat er nicht verkraftet. Schon davor war er kein besonders guter Vater, aber danach war er ein Wrack. Mit ihrer Profitgier und grenzenlosen Selbstsucht haben diese Lundes mir als Kind alles genommen. Mein Vater wurde Alkoholiker. Sein ganzes Erspartes versank auf dem Boden seiner Schnapsflaschen.« Er schnaubte verächtlich. »Ich wünschte, ich bekäme einmal die Gelegenheit, nur einem von denen die Meinung zu sagen. Die sollten nur mal einen halben Tag lang die Erfahrungen machen müssen, die ich als Kind ihretwegen durchgemacht habe. Vielleicht würden sie dann einsehen, dass sie im Grunde Mörder sind. Mörder einer ganzen Kultur.«

Fuck! Nach dem, wie sich Sanders Monolog entwickelt hatte, hätte sie diesen verbalen Schlag in die Magengrube erwarten sollen. Trotzdem traf die Härte seiner Worte sie so heftig, dass ihr für die Dauer eines Herzschlags ganz schwarz vor Augen wurde. Ihr Fuß rutschte vom Gas. Der Bulli machte einen unangenehmen Hüpfer. Mit einem hörbaren *Dong* schlug Sanders Kopf gegen die Scheibe. Er gab ein Stöhnen von sich und presste sich eine Hand auf die Stirn.

»Es tut mir so leid«, stieß sie aus. Nicht nur der Hopser, fügte sie im Stillen hinzu. *Alles. Alles tut mir leid, und ich schäme mich so sehr, du kannst es dir nicht vorstellen. Dafür, was meine Familie deiner angetan hat. Dafür, wer ich bin und dass ich dich überredet habe, diesen Ausflug mit mir zu machen.*

Nähe schaffte Vertrauen. Jetzt wusste sie, dass sie sein Vertrauen nicht verdiente. Er hatte sie bei sich aufgenommen, verdammt noch mal. Sie wusste, was das Richtige wäre – sie sollte ihm alles sagen. Sie müsste nicht einmal flunkern, wenn sie behauptete, vorher keine Ahnung gehabt zu haben. Doch mit jeder Sekunde, die sie schwieg, häufte sie mehr Schuld auf ihr Gewissen. Wie so oft, wenn sie die Wahl zwischen Vernunft und Bauchgefühl hatte, entschloss sie sich für den leichteren Weg. Der Waffenstillstand zwischen ihnen war noch so jung. Sie wollte ihn nicht bedrohen. Das zumindest redete sie sich ein. Niemandem wäre geholfen, wenn sie die zarten Bande der Freundschaft, die doch gerade erst im Entstehen waren, mit einer Wahrheit zertrat, die ja doch nichts ändern würde. Und immerhin waren sie auch Geschäftspartner. Sie mussten miteinander auskommen.

Krampfhaft suchte sie nach einem Themenwechsel und entschied sich schließlich für: »Vom Sohn eines Fischers zum promovierten Kunsthistoriker ist ein ziemlich langer Weg.«

Er zuckte mit den Schultern. »Wie man es nimmt. Am Anfang war es nur eine Faszination. Kjersti hat mich unter ihre Fittiche genommen. Die Geschichten, die sie über die Dinge in ihrem Laden erzählt hat, haben mich mitgerissen. Zum Fischer hatte ich mich schon davor nicht geeignet. Wenn mein Vater mich mit an Bord genommen hat, habe ich mir die Seele aus dem Leib gekotzt. Und von gesottenem Fisch wird mir schlecht, seit mir die Frau, die auf mich aufpassen sollte, wenn mein Vater auf See war, einmal verdorbenen Fischeintopf gegeben hat.« Er holte Atem. »Wie auch immer: Je mehr ich über die alten Dinge in Kjerstis Laden erfahren habe, desto …« Er stockte, suchte nach Worten, »… mutiger wurde ich. Wenn man heute das Schlagwort ›skandinavisches Design‹ hört, dann denkt man an Minimalismus, Massenproduktion und Funktionalität. Eine Formsprache, die irgendwann in den 50er Jahren des letzten Jahrhunderts angefangen hat. Dabei stimmt das gar nicht. Das, was wir heute als skandinavisches Design kennen, hat seine Wurzeln in viel früheren Epochen. Es war der Versuch der Bauern, Fischer und Bürger, aus der Enge ihres Lebens auszubrechen und das Leben am Hof nachzuahmen. In der Gustavianischen Ära hat das richtig Fahrt aufgenommen.«

Sie lächelte in sich hinein. Dieser Sander war ihr so viel lieber als die verbitterte, wütende Version von gerade eben. Es gefiel ihr, wie er redete, wenn er sich sicher fühlte. Wie schon vor ein paar Tagen, als er ihr den Ölschinken im Laden erklärt hatte, nahm seine Stimme dann einen ganz besonderen Klang an. Das war Leidenschaft, die sie in ihm hörte. Pure, unverstellte Leidenschaft. Sie kam nicht mit wilden Gesten und bedeutungsschwangeren Phrasen daher, sondern auf eine überlegte, ernsthafte Weise, die unter die Haut ging. Welche Dinge würde er wohl auf dieselbe Art zelebrieren? Intensiv, detailverliebt und aufmerksam? Gab es anderes, das dieselbe Glut in ihm weckte? Wie würde es sich zum Beispiel anfühlen, wenn ein Mann wie er sie berührte?

Hitze stieg ihr in die Wangen. Sie räusperte sich. Trotzdem klang ihre Stimme immer atemloser als sonst, als sie fragte: »›Gustavianische Epoche‹? Irgendwann hast du schon mal was davon erzählt, aber ich muss zugeben, dass ich es mir nicht gemerkt habe.«

»Allgemeiner ist diese Epoche als ›Klassizismus‹ bekannt. Du musst dir das so vorstellen: In dieser Zeit waren vor allem im Adel Holzvertäfelungen an den Wänden, Seidentapisserien, Brokattapeten und all das schwer in Mode. Auf den Tafeln wurde in Silber und Gold gespeist. Dieser ganze Prunk sollte nicht von Möbeln erstickt werden. Deshalb wurde ihre Formgebung schlichter, ebenso wie die Farben. Die Formvielfalt, gerade bei Sitzmöbeln, erlebte eine Blütezeit.«

»Aber was hat das mit den einfachen Leuten zu tun, von denen du gerade gesprochen hast?«

»Sie haben festgestellt, dass sie auf diese Art von Schönheit nicht verzichten müssen. Das hat ihnen ein neues Selbstbewusstsein verliehen. Statt Seidenbespannung für die Wände haben sie bemalte Jute benutzt. Holzvertäfelungen wurden selber angefertigt. Bei Sitzmöbeln verwendete man Leinen statt Seide, und die Böden bedeckten Dielen statt edlem Parkett. Das, was wir heute als zurückhaltende Eleganz empfinden, war in Wahrheit ein Aufschrei der Menschen, die sagten: ›Alles, was ihr könnt, können wir genauso. Nur weil wir arm sind, müssen wir nicht in Dreck und Hässlichkeit leben.‹« Er machte eine kurze Pause. Sein Blick wandte sich nach innen, und ein kleines Lächeln spielte um seine Lippen. »Als ich das begriffen habe, hat es etwas in mir zum Schwingen gebracht. Man könnte gewissermaßen sagen, es wurde zu meinem Motto.«

Trondelag, der Landesteil Mittelnorwegens, dessen Hauptstadt Trondheim war, galt als Kornkammer Norwegens. Die Leute von hier sprachen einen beinah unverständlichen Dialekt, bei dem man oft nur erahnen konnte, was das Gegenüber meinte, denn die Zeit für Endvokale schienen die Trønder, wie man die Bewohnerinnen und Bewohner von Trondelag nannte, nicht zu haben. Zu beschäftigt waren sie mit ihrer Arbeit: dem Bestellen von Feldern, der Zucht von Schafen, dem Pflegen ihrer Obstbäume und Gemüsebeete.

Als Sander ihr erzählt hatte, die Auktion würde auf einem

privaten Hof in der Nähe von Kyrksæterøra stattfinden, hatte Frida keine allzu großen Erwartungen gehegt. Den Namen der kleinen Kreisstadt direkt am Hemnefjord hatte sie schon einmal gehört, weil sich dort eine riesige Lachszuchtstation mit Forschungszentrum befand. Ansonsten verband sie mit dieser Region hinterwäldlerische Eigenbrötler mit faltiger, vom ewigen Wind gegerbter Haut und notorisch schlechter Laune.

Jetzt, nach allem, was Sander ihr erzählt hatte, sah sie die Gegend mit anderen Augen. Der Hof, zu dem ihre Navigationsapp sie führte, hätte direkt aus einem Bilderbuch stammen können. An einem windschiefen Schild mit der Aufschrift »Privatweg« bogen sie von der Hauptstraße auf einen unbefestigten Pfad ab. Schon von Weitem erkannte man die Häuser, die sich auf einem Hügel, umgeben von weitläufigen Wiesen, zu einer losen Anhäufung gruppierten. Nur eines der Gebäude war weiß gestrichen. Die anderen erstrahlten in dem für Skandinavien typischen Falunrot. Niedrige Scheunen, deren Dächer dick mit Moos bewachsen waren, fügten sich beinah nahtlos in die Umgebung ein. Eine Gruppe Apfelbäume stand in voller Blüte. Hauchzart sprenkelten die filigranen Blüten das Blattgrün mit zartem Rosé. Hinter einem Gatter tollten hochbeinige Lämmer mit ihren Geschwistern im Gras, während die Elterntiere träge wiederkäuend auf der Wiese vor sich hin dösten und von den Eskapaden des Nachwuchses kaum beeindruckt schienen.

Auf dem geschotterten Platz zwischen den Gebäuden parkten zahlreiche Autos. Offensichtlich waren sie nicht die Einzigen, die sich vor Beginn der Auktion ein Bild von den zum Verkauf stehenden Stücken machen wollten.

Frida manövrierte den Bulli in eine der letzten freien Parklücken.

Das Navi verkündete: »Sie haben Ihr Ziel erreicht.«

»Dann wollen wir mal.« Sander griff nach einer Lederaktentasche, die die ganze Fahrt über unbeachtet im Fußraum gestanden hatte. Er rieb sich die Hände. Eine erwartungsvolle Energie ging von ihm aus. Behände öffnete er die Beifahrertür und sprang aus dem Bus.

Frida folgte ihm langsamer. Schilder wiesen vom Parkplatz zu der Scheune, wo die Funde von Sanders Kontakt ausgestellt waren. So weit kam Sander jedoch gar nicht. Schon auf dem Vorplatz wurde er von einem der anderen Anwesenden abgefangen und mit Handschlag begrüßt. Die beiden Männer wechselten ein paar Worte, dann wandte sich Sander ab und ging weiter. Frida folgte ihm in einigem Abstand. Ihn aus der Ferne zu beobachten war spannend. Seine ganze Körpersprache änderte sich. Zielstrebig ging er die Reihen ausgestellter Möbel ab und machte sich dazu eifrig Notizen. Einen Katalog gab es nicht, aber an jedem Exponat war gut sichtbar eine Nummer angebracht.

In Fridas Augen sah kein einziges Ausstellungsstück aus, als würde sich ein Kauf lohnen. Die meisten waren verblichen und zerbeult. Einigen fehlten Füße, anderen Armlehnen. Bei keinem einzigen Stuhl oder Sessel war die Bespannung intakt. Sander wirkte davon kein bisschen abgestoßen. Immer wieder ging er in die Hocke, um ein Möbelstück auch von unten zu begutachten. Er strich über Holz oder Stoff, zückte eine Lupe, um die Beschaffenheit des Materials genauer zu begutachten.

Frida hätte ihn ewig dabei beobachten können. Aus jeder seiner Bewegungen sprach ein solcher Respekt für seine Arbeit. Hier ging es nicht darum, Geld zu verdienen oder ein Schnäppchen zu machen, das ihm hervorragenden Profit versprach. Hier ging es um Liebe und Leidenschaft. Das Wort »Amateur« – das hatte ihr Vater ihr immer wieder erklärt – stammte von dem lateinischen *amare* ab: lieben. Ein Amateur war jemand, der etwas aus der Liebe heraus tat. Ihr Vater hatte es immer so klingen lassen, als ob auch der Umkehrschluss wahr sein müsste. Als ob es grundsätzlich einer emotionalen Distanz bedarf, um etwas professionell zu betreiben. Deshalb sei er so erfolgreich geworden: Weil er sich nicht an Sentimentalitäten klammerte und es nicht zu nah an sich heran ließ, was Tierschützer, Weltverbesserer oder New-Age-Hippies über ihn und sein Lebenswerk zu sagen hatten. Gleichzeitig sei es der Grund, warum Frida in keinem der Berufsfelder, in das sie bisher hineingeschnuppert hatte, angekommen war. Wenn es nach ihrem Vater ging, verliebte sie sich jedes Mal aufs Neue viel zu sehr in die Unternehmungen, die sie begann, verlief sich in den Umwegen ihres Herzens und gab schließlich auf, weil die Realität niemals mit dem Wunschtraum mithalten konnte. Irgendwann würde sie schon noch einsehen, dass es das Vernünftigste wäre, wenn auch sie in das Familienunternehmen einstieg. Irgendwas würden sie für sie schon zu tun finden, und sie müsste es ja gar nicht lieben, um in die Aufgabe hineinzuwachsen. Sander jetzt zu beobachten, bewies, wie unrecht ihr Vater hatte. Sander liebte was er tat nicht weniger als sie, und – was noch faszinierender war – er tat es aus denselben Gründen wie sie. Wie ihr ging es ihm um Schönheit und die Wertschätzung der Menschen, denen sie mit ihren Kunstwerken zeigen wollte, dass sie zählten. Egal, woher sie kamen. Gleichgültig, wie viel Geld sich auf ihren Konten befand oder welches ihre Geschichte war: Jeder verdiente etwas Schönes im Leben.

Nicht lange, und der Auktionator bat alle Gäste in einen Nebenraum. Sander erhob sich aus der Hocke. Er blinzelte ein paarmal, als würde er aus einer anderen Welt auftauchen. Sein Blick schweifte durch die Menge und traf den ihren. Lächelnd kam er auf sie zu.

»Da bist du ja. Ich habe ganz die Zeit vergessen. Hoffentlich hast du dich nicht gelangweilt.« Röte stieg ihm in die Wangen. Irgendwie niedlich sah das aus.

Lächelnd schüttelte sie den Kopf. »Es hat total Spaß gemacht, dem Treiben hier zuzugucken.« *Vor allem dir*, aber das sagte sie nicht laut.

»Na dann.« Galant bot er ihr seinen Arm »Wollen wir?«

Frida kannte sich mit höflichen Gesten aus. Von klein auf war sie darauf getrimmt worden, sich sicher auf dem gesellschaftlichen Parkett bewegen zu können, doch noch nie hatte sie sich so sehr wie eine Prinzessin gefühlt wie in diesem Moment. Bei Sander hatte die Geste so etwas Selbstverständliches. Während sie sich sonst immer gewehrt hatte, sie anzunehmen, zögerte sie bei ihm keine Sekunde. Mit dem petrolfarbenen Sakko, das er über einem leinenweißen Hemd und einem kamelhaarfarbenen Pullunder trug und zu einer braunen Fliege kombiniert hatte, wirkte er wie ein Gentleman aus einer anderen Zeit. Ein Dandy, der gekommen war, um ihr den Hof zu machen – auf die einzige Weise, die sich für ihn richtig anfühlte.

Sie schob ihre Hand in Sanders Armbeuge. Gemeinsam gingen sie in den Nebenraum. Rechts des Eingangs war ein Tisch aufgebaut, an dem sich die Auktionsteilnehmer registrieren konnten und eine Nummer zum Bieten bekamen.

Der Raum füllte sich schnell. Sander wählte zwei freie Stühle etwa in der Mitte des Auditoriums. Ein Mann saß bereits dort, seine Augen wurden ganz groß, als er sie kommen sah.

»Bjarne«, begrüßte Sander den Fremden. Er schüttelte ihm die Hand zur Begrüßung. »Was machst du denn hier? Ich dachte, deine Spezialität sei es, Möbel ganz neu zu schreinern. Darf ich dir Frida Lunde vorstellen?« Er legte eine Hand tief in Fridas Rücken und schob sie, so weit es die Enge zwischen den Stuhlreihen zuließ, nach vorne. »Frida, das ist Bjarne Ødegård, ein Bekannter von mir. Er ist ein begnadeter zeitgenössischer Möbel-Designer. Bjarne, das ist Frida Lunde, eine Freundin von Kjersti. Sie wird mit mir gemeinsam den *Laden der schillernden Schätze* führen.«

Frida streckte eine Hand zur Begrüßung aus, doch der Fremde starrte sie weiterhin nur an.

»F-f-finestfairy F-f-rida? W-w-wirklich?«

Ahhh, deshalb also das Starren und womöglich auch das Stottern. Frida erlebte es nicht oft, dass sie im echten Leben erkannt wurde. Wenn es geschah, war es für sie jedes Mal ein Highlight.

Sie strahlte. »Oh mein Gott, du kennst mein Profil?« Sie presste sich eine Hand auf die Brust. Offenbar hatte sie ein wenig zu laut gesprochen. Mehrere der Anwesenden drehten sich zu ihnen um. Bjarne war das sichtlich unangenehm. Er presste die Lippen zu einem dünnen Strich, fiel ein wenig in sich selbst zusammen.

Sofort ruderte sie zurück. Nun schon beinah flüsternd fuhr sie fort. »Sorry, wenn ich so überschwänglich bin. Aber ich freue mich jedes Mal wie eine Schneekönigin, wenn ich jemanden treffe, der meine Arbeiten kennt. Bist du selbst auch auf Instagram?«

Bjarne nickte. »S--- eit ein p-p-aar Monaten. A-a-Annabell, meine Lebensgefährtin, hat mich überredet. Sie meinte, es s-s-ei gut fürs Geschäft.« Je länger er sprach, desto deutlicher wurde, dass sein Sprachfehler nicht von der Aufregung, ihr gegenüberzustehen herrührte. »I---ch h-h-h-abe mir die erf---olgreichsten Profile aus dem Bereich a---ngesch---aut, um mich zu i---nspirieren. So bin ich zum F-f-an geworden. Bei dir wirkt die I---Interaktion mit den Usern immer so … einfach.«

»Du musst mir unbedingt deinen Insta-Namen sagen. Vielleicht können wir ja mal gemeinsam eine Aktion planen. Deko und Möbel passen doch prima zusammen. Da fällt uns sicherlich etwas ein. Im Grunde ist das alles gar kein Geheimnis. Solange du auch auf Insta das tust, was dir leichtfällt, wird deine Abo-Zahl automatisch wachsen. Es muss sich natürlich anfühlen, dann wächst das Profil von ganz allein. Wenn ich dir irgendwie helfen kann, tu ich das wirklich gerne.«

»D---d---as wäre …« Er suchte nach Worten, bis der Auktionator ihm zuvorkam.

»Liebe Anwesenden, es geht los. Bitte nehmt Platz.«

Sander berührte sacht Fridas Hand. Sie vollführten ein kleines Tänzchen, als er sich hinten an ihr vorbeischob, damit sie neben Bjarne Platz nehmen konnte, während er den letzten Stuhl in der Reihe besetzte. »Trotzdem ist es wohl besser, ihr vertagt das Pläneschmieden auf später«, wisperte er.

Die letzten Gespräche verklangen, dann hörte auch das Schaben von Stuhlbeinen auf nackten Bodendielen auf, und der Auktionator ergriff erneut das Wort.

»Die meisten von euch kennen mich wahrscheinlich. Für die Neuzugänge eine kurze Vorstellung: Mein Name ist Svante Næss. Mir gehört der Hof, auf dem ihr gerade steht, in der fünften Generation. Wie ihr euch bestimmt denken könnt, sammelt sich eine ganze Menge Plunder an, wenn eine Familie so lange an ein und demselben Ort wohnt.« Wie zu erwarten gewesen, erntete Svante mit seinem Kommentar einige Lacher. Er wartete bis es wieder ruhig im Saal war, dann fuhr er fort: »Irgendwann mussten die ganzen alten Sachen weg. So bin ich zum Antikhändler geworden. Das ist seit nun mehr gut zehn Jahren mein Beruf. Die heutigen Stücke stammen aus einer Ankaufreise in die baltischen Staaten. Wir beginnen mit einem Set alter Türelemente.« Zwei Gehilfen trugen die besagten Stücke in den Raum. Zustimmendes Raunen ging durch die Menge. Frida konnte beim besten Willen nicht erkennen, was an diesen Teilen besonders sein sollte. In ihren Augen waren das Wände aus zerkratztem, dreckigem Holz, in die ein paar schlichte Muster eingeritzt waren. Doch ehe sie sichs versah, entwickelte sich ein Bietergefecht, an dem sich auch Sander beteiligte. Bei zweitausend Kronen pro Stück gab sich Sander geschlagen.

»Mist.« Sein Fluch war so leise, dass sie ihn beinah nicht gehört hatte.

»Du wärst wirklich bereit gewesen, mehrere Tausend Kronen für einen Haufen angeschrammtes Holz auszugeben?«

»Allein als Baustoff sind die Türelemente großartig.« Er wollte weitersprechen, aber die Auktion ging bereits weiter.

Sander schlug gleich mehrfach zu. Er erstand eine große Wanne voll alter Fliesen, zwei Kaminmasken aus Sandstein und einen Raumteiler mit einem Ätzglaselement. Jedes Mal, wenn er ein Bietergefecht gewann, verrieten der Schwung seiner schmalen Lippen und das Leuchten in seinen Augen, wie sehr er sich freute. Auch Bjarne wurde fündig. Er erstand ein altes Wurfspiel, bei dem man kleine hölzerne Chips in die offenen Mäuler von Fischen werfen sollte.

Als das letzte Stück aus dem Angebot einen neuen Besitzer gefunden hatte und alle Anwesenden zurück auf den Hof strömten, stand die Sonne bereits hoch am Himmel. Frida blinzelte mehrmals gegen die Helligkeit an. Der bei ihrer Ankunft idyllische ruhige Hof ähnelte nun einem Ameisenhaufen. Käufer bemühten sich, ihre Errungenschaften einzuladen. Alle halfen sich gegenseitig. Auch Frida und Sander packten mit an, und wieder einmal überraschte Sander sie.

Er zierte sich kein bisschen, zeigte keinen Funken Angst, sich oder seine feine Kleidung dreckig zu machen.

Irgendwann hatten sie es geschafft. Alle Fahrzeuge waren beladen, die ersten rollten vom Hof. Gemeinsam mit Bjarne standen sie vor ihrem beladenen VW-Bus. Immer wieder sah Bjarne zu Frida, dann auf den Boden. Seine Finger knoteten sich um sich selbst, schließlich schien er einen Entschluss zu fassen. Er nickte, wie zu sich selbst, und ergriff das Wort.

»Also«, begann er. »Ich würde wirklich gerne auf dein A-a-ngebot zurück-k-ommen und mich w-w-eiter mit dir unterhalten. Vielleicht schaffen wir das ein andermal? H-h-eute habe ich l-l-eider keine Zeit m-m-ehr. Ich habe

Freunden versprochen, ihnen bei den Vorbereitungen zum Nationalfeiertag zu helfen. Sie haben ein kleines, p-p-privates Museum. Da kommen morgen sicher jede Menge Gäste, und für die soll der Hof gut aussehen. Wir helfen alle zusammen, um ihn zu dekorieren – ihr könnt aber gerne mitkommen, wenn ihr wollt.«

»Dekorieren?« Sie zwinkerte Bjarne zu. »Zufälligerweise kenne ich jemanden, der nachgesagt wird, sie hätte da ein recht gutes Händchen für.« Rot-weiß-Blau war zwar normalerweise nicht ihr Farbschema, aber für den Feiertag konnte sie gerne eine Ausnahme machen. »Sander und ich würden euch total gern helfen. Stimmt doch, Sander?«

»Ich …« Er rieb sich den Nacken. »Ja, klar.« So, wie er dreinguckte, hätte er genauso gut »Im Leben fasse ich keine Dekoschleife an« sagen können. »Ich hatte Kjersti nur versprochen, morgen zum Lachsfrühstück zu kommen.«

»Klar«, sie zuckte mit den Schultern »Ich ja auch. Aber das eine schließt ja das andere nicht aus. Heute helfen wir Bjarne und seinen Freunden, und morgen gehen wir zu Kjersti. Sicher fallen uns bei so einem Gemeinschaftsprojekt die besten Ideen für eine Insta-Kooperation ein, stimmt's Bjarne?«

»Das würdest du wirklich tun? Ich bin eine total kleine Nummer im Netz, und du bist …«

»… deine neue beste Freundin.« Übertrieben wackelte sie mit den Augenbrauen. »Ehrlich: Mir sind Followerzahlen nicht so wichtig. Ich freue mich darüber, die Personen hinter den Profilen kennenzulernen. Das muss man fördern.« Sie wandte sich Sander zu.

»Ich …« Wieder setzte Sander an, und wieder rang er um

Worte. Ihm fehlte nur noch ein kleiner Schubs. Den gab sie ihm gerne.

»Jetzt überleg nicht lange. Im Grunde gibt es da auch gar kein Für und Wider, Bjarne und ich haben die Sache beschlossen. Kennst du den Weg, oder fahren wir Bjarne nach? Wo genau sagtest du wird unsere Hilfe gebraucht?« Die letzte Frage richtete sie an den schüchternen Riesen, der drauf und dran war, ihr Freund zu werden.

»Auf dem Solgård von Berit Solberg. Wenn ihr wollt, könnt ihr mir nachfahren. Es ist nicht weit von hier.«

»Und die Sachen in deinem Bulli?« Noch immer schien Sander nicht überzeugt.

»Die haben ein paar Jahrzehnte in irgendwelchen Scheunen überlebt, ich bin zuversichtlich, dass eine Nacht in meinem Bus ihnen nicht schaden wird.«

Darauf hatte auch Sander nichts mehr zu erwidern.

11

Am 17. Mai feierten die Norweger ihren Nationalfeiertag. Auf die Paraden und Straßenpartys mit Pauken, Trompeten und lauten Bürgerparaden konnte Sander gerne verzichten, aber er würde lügen, wenn er behauptete, der Tag wäre ihm egal.

Dass er sich nun inmitten einer ganzen Gruppe von Menschen befand, von denen er nur zwei kannte, und eifrig damit beschäftigt war, einen alten Bauernhof an allen nur möglichen Stellen mit Fahnen und Wimpeln zu schmücken, kam ihm dennoch vor, als wäre er in einen falschen Film gestolpert. Das alles hatte er Frida zu verdanken. Frida, die mit ihrer Spontanität wieder einmal alles durcheinanderbrachte. Frida, die wärmer lachte als die Sonne und der es einmal mehr gelang, alle Anwesenden innerhalb von Minuten für sich zu gewinnen. Sie hatten einen Plan gehabt, Himmel noch mal! Sie hatten ihn besprochen und abgestimmt und sich dann gemeinsam darauf geeinigt. Und was machte sie? Was sie wollte! Als würden Regeln für sie absolut keine Rolle spielen. Das Verrückteste an der ganzen Sache jedoch war: Es dauerte nicht lange, und selbst er vergaß, dass ihre Pläne für heute ursprünglich anders ausgesehen hatten. Er half, wo er konnte. Hielt Leitern, verhalf ein paar Picknicktischen zu einem neuen Anstrich und schleppte zahlreiche Bierbänke aus einem Schuppen ins Freie.

Das Privatmuseum, von dem Bjarne gesprochen hatte, war eine historische Spinnerei. Zu ihren Höchstzeiten hatten in dem langen Gebäude über zwanzig Frauen gearbeitet, die mit ihrem Lohn ganze Familien ernährt hatten. Heute dienten die alten Gerätschaften im Inneren des Gebäudes nur noch Anschauungszwecken: Riesige Maschinen, schwarz glänzend, mit zahlreichen Hebeln und Schaltern daran. Das Leben der damaligen Zeit verdeutlichten alte Schwarzweißfotografien und Schaubilder. Wahrscheinlich um alles lebensechter wirken zu lassen, hingen Säcke mit Rohwolle von Balken, und in einem Verschlag standen ein paar Schafe aus Plüsch.

Frida war entzückt von der Demonstration. Sie vergaß, was sie gerade machte, und kniete sich zu den Stofftieren auf den Boden. »Schau mal, selbst an künstliche Schafkacke haben sie gedacht.«

»Oh, oh, Vorsicht, nicht anfassen!« Lachend trat Annabell zu ihr. Bjarnes Lebensgefährtin trug ein Baby auf dem Arm. Da das Kind sie davon abhielt, selbst Hand anzulegen, konzentrierte sie sich hauptsächlich darauf, die Helfer zu dirigieren. »Die ist nicht künstlich. Bjarne züchtet Schafe, da müssen wir nun wirklich keine Köttel basteln, um den besten Effekt zu erzielen.«

Fridas Miene wechselte von begeistert zu angeekelt auf so dramatische Weise, dass Sander nicht anders konnte, als in Lachen auszubrechen. Er eilte zu ihr und stützte sie am Ellenbogen, um ihr beim Aufstehen zu helfen. »Händewaschen«, befahl er sanft. »Warum machen wir nicht einen kleinen Spaziergang runter zum Fjord, dann können wir das Angenehme mit dem Nützlichen verbinden?«

»Aber … Aber warum ist hier überhaupt dieser Verschlag?«

»Weil früher oft Tiere zum Scheren direkt zur Spinnerei gebracht wurden«, erläuterte Annabell. »Jahrzehntelang war der Koben verwaist, aber letzten Winter haben Bjarne, die Kinder und ich einen kleinen Schafbock hier versorgt, da war er dann noch mal in Gebrauch.«

»Ihr hattet ein Schäfchen?« Schon waren Fridas dreckige Hände vergessen. »Das will ich ganz genau wissen.« Sie war im Begriff, Annabell am Ellenbogen zu greifen, vermutlich, um sie irgendwohin zu führen, wo sie sich in Ruhe die Geschichte vom Schafbock anhören konnte. Gerade noch rechtzeitig hielt Sander sie fest.

»Nach dem Händewaschen«, schaltete er sich ein. »Das Baby muss nicht mit den Keimen vom Schafmist in Berührung kommen.«

»Stimmt auch wieder.« In einer entschuldigenden Geste zog Frida die Nase kraus. »Tut mir leid.«

»Nicht schlimm.« Lachend winkte Annabell ab. »Wir verschieben das einfach auf später.«

»Auf jeden Fall«, bestätigte Frida. »Oh, und wenn wir dann schon dabei sind, musst du mir auch noch erzählen, wie es dich ausgerechnet hierher ans Ende der Welt verschlagen hat. Du kommst aus Deutschland, richtig?«

»Ja, stimmt.«

Frida blickte auf ihre Hände. Theatralisch seufzte sie. »Ich brauche einen Klon. Am liebsten würde ich alles gleichzeitig machen. Ich wollte euch doch auch noch zeigen, wie man aus Packpapier ganz einfach diese hübschen Schleifen von meinem Profil bastelt. In den Nationalfarben natürlich. Bjarne hat erzählt, ihr verteilt morgen als Gastgeschenke kleine handgesiedete Seifen aus Lanolin? Die sehen mit solchen Schleifen sicher noch hübscher aus.«

»Eins nach dem anderen«, versprach Annabell. Sander hätte sie am liebsten dafür geküsst, dass es diesmal nicht er sein musste, der Fridas unerschöpflichen Tatendrang einbremste.

»Okay, ja.« Ernst nickte Frida. »Erst Händewaschen. Dann Schleifenbasteln. Dann Geschichtenerzählen. Klingt nach einem Plan.«

Annabells Lachen begleitete sie aus der Spinnerei hinaus. Wie die meisten anderen Höfe in der Gegend bestand auch der Solgård aus einer Anhäufung mehrerer Gebäude, diese hier formierten sich wie bunte Bauklötze auf eine Landzunge. Die umliegenden Wiesen erstrahlten in einem frischen Maigrün. Sie kamen an einem niedrigen Pfuhl vorbei, in dem ein paar Enten und Gänse munter planschten. Dann, wenige Schritte hangabwärts und glänzend wie ein geschliffener Saphir, lag der Fjord. In winzigen Wellen schwappte das Wasser gegen die blank gewaschenen Kiesel des schmalen Strandstreifens. Drei vorgelagerte Inseln gaben der Landzunge Schutz. Eine davon, die größte, lag keine fünfhundert Meter vom Ufer entfernt.

Direkt an der Wasserkante ging Frida in die Hocke. Sie tauchte die Hände ins Wasser und zischte kurz. »Uhhh, kalt.

Ich wette, wenn wir da jetzt reinspringen, sind wir hellwach.«

»Deine Überredungskünste in allen Ehren, aber ins Wasser kriegst du mich ganz sicher nicht.«

»Hast du Angst vor der Kälte?«

»Ein bisschen vielleicht.« Er zuckte mit den Schultern. »Als Kind bin ich mal von den vollkommen vereisten Bootsplanken auf dem Schiff meines Vaters gerutscht. Ich war wochenlang krank. Das Erlebnis reicht mir den Rest meines Lebens. Seither bevorzuge ich Badeabenteuer in warmem Wasser.«

»Nicht einmal mit den Füßen? Wenn man erst mal drinnen ist, ist es sicher auch gar nicht mehr so kalt.« Sie ließ ihren Taten Worte folgen, zog sich Schuhe und Strümpfe aus. Im Aufstehen raffte sie ihren Rock bis zu den Knien. Vorsichtig balancierte sie auf den Kieseln ins Wasser. Bei jedem Schritt zog sie eine Grimasse.

»Gar nicht so kalt, was?«, feixte Sander.

»Ich sage kein Wort. Du wirst es nie erfahren, wenn du es nicht selbst probierst.«

Warum eigentlich nicht? Es war schließlich Mai, nicht Februar. Die Sonne lachte und Frida auch. Von oben am Hof drangen die Stimmen der anderen zu ihnen. Alle auf dem Solgård halfen zusammen, hatten Spaß beim Dekorieren und Schmücken. Bjarne und seine Freunde hatten ihn und Frida aufgenommen, als wäre es das Selbstverständlichste der Welt, und er hatte einen wundervollen Nachmittag verbracht. Das wäre niemals geschehen, hätte er sich nicht von Frida mitreißen lassen. Was sonst noch hatte er im Leben verpasst, weil er immer nur das Ziel vor Augen sah, aber nie die Abenteuer, die ihn abseits des Weges erwarteten?

Er schlüpfte aus den Schuhen, stellte sie in sicherer Entfernung vom Wasser ins Gras. Die Socken stopfte er ins Innere, dann machte auch er den ersten Schritt hinein ins kühle Nass.

Die Kiesel stachen ihm in die Fußsohlen, weckten die Nervenenden in seinem ganzen Körper. Instinktiv streckte er die Arme aus. Trotzdem schwankte er. Er musste über sich selbst lachen, so ungeschickt war er. Wie ein betrunkener Reiher stakste er durchs Wasser.

»Geht's?«, fragte Frida. Auch sie kämpfte gegen den Untergrund.

»Da!« Von der Insel gegenüber erhob sich ein riesiger Schatten in den Himmel, die Flügel majestätisch gespannt kreiste er hoch über ihren Köpfen. »Guck! Ein Seeadler.«

Sie riss den Kopf in die Höhe, verlor dabei das Gleichgewicht, taumelte einen Schritt nach vorne. Offenbar traf sie einen Stein, denn das Bein konnte ihr Gewicht nicht abfangen. Sie stolperte noch einen Schritt und noch einen, drohte, im Wasser zu landen und fiel ihm direkt in die Arme.

Er fing sie auf. Sie ließ ihren Rock fallen, der Stoff knisterte zwischen ihnen. Plötzlich waren sie sich ganz nah.

Er sollte sie loslassen, sie hatte die Balance schnell wiedergefunden. Es gab keinen Grund, sie weiter festzuhalten – aber seine Hände fühlten sich gut an ihrer Taille an. Die Frische des Wassers jagte ein Kribbeln durch seine Adern. Hatte er sich nicht gerade erst gefragt, was er alles im Leben verpasst hatte, weil er so viel Angst hatte, noch einmal vom Weg abzukommen? War es nicht endlich an der Zeit, den Jungen in seinem Herzen zu vergessen, der immer noch fürchtete, jemand würde in dem Mann von heute den Straßendieb von früher erkennen?

»Konnten Bjarne und du eure Pläne schmieden?« Im Leben nicht hätte er sagen können, warum er flüsterte.

Ihre Augen strahlten. Auch sie wich nicht vor ihm zurück. »Ja. Stell dir vor, er macht uns noch heute ein Eingangsschild für den Laden! Hast du das Schild über dem Eingang der Spinnerei gesehen? Das hat auch er gemacht. Übermorgen, wenn wir die Ladentüren zum ersten Mal öffnen, werde ich ein Enthüllungs-Reel machen und seinen Account verlinken. Und wenn es bei ihm zeitlich passt, will er auch zu unserem Spendenfest kommen. Er kann ein halb fertiges Möbelstück mitbringen, und wir geben ihm dann zusammen mit Deko und so live den letzten Schliff. Ich kann das aufnehmen und online stellen, oder wir machen sogar ein Live-Video draus. Das lockt sicher auch noch mal Leute zu uns in den Laden. Und wenn sie dann da sind, kannst du ihnen deine Geschichten erzählen. Sie können sehen, wie Innenausstattung immer schon ein Weg des Selbstausdrucks war und …«

Sie redete und redete – und er konnte nicht mehr anders und küsste sie. Vielleicht lag es daran, dass sie ihn in ihre Überlegungen miteinbezog. Vielleicht lag es an der Sonne, die sich in ihren Augen spiegelte und sie so lebendig aussehen ließ. Vielleicht lag es an dem Überschwang, mit dem sie plante und träumte und lebte, oder vielleicht an all dem zusammen. Aber in diesem Moment hätte er eher auf Atemluft verzichten können als darauf, sie zu küssen.

Er presste seine Lippen auf ihre. Sie gab einen leisen, verdutzten Laut von sich, aber der Moment dauerte nicht lange, dann stürzte sie sich in den Kuss wie in alles andere: überschwänglich und begeistert und mit allem, was sie hatte. Sie spielte und neckte, wieder und wieder zog sie sich zurück, nur um seine Lippen gleich darauf erneut mit ihren zu suchen.

Es wäre eine glatte Lüge gewesen, zu behaupten, während ihres Kusses hätte er die Gründe vergessen, warum dies höchstwahrscheinlich keine gute Idee war: Sie war so anders als er. Die meiste Zeit, seit sie sich kannten, hatten sie mit Streitereien verbracht, und ganz egal, wie es nach diesem Kuss weitergehen würde, sie müssten sich arrangieren. Sie führten gemeinsam ein Geschäft, und außerdem gab es auch noch das Spendenfest. Kjerstis Zukunft lag in ihren Händen, und es wäre absolut unverantwortlich, diese zu riskieren, indem sie ihrer ohnehin schon schwierigen Beziehung noch eine weitere Komplikation hinzufügten.

All diese Gedanken waren da. Der Zauber dieses Kusses lag nicht darin, Sander alles andere vergessen zu lassen. Er lag darin, die Zweifel zuzulassen und sich dennoch anders zu entscheiden. Es war keine Entweder-oder-Frage. Er konnte zweifeln und genießen. Er konnte Probleme sehen und ihre Lösung auf später verschieben. Er konnte leben, einfach so. Das hatte sie ihn an diesem magischen Tag gelehrt, und gleichgültig, wie es nun mit ihnen weiterging, das war genug, um diesen Kuss niemals zu bereuen.

Obwohl alle Bewohner des Solgårds sowie Bjarne und Annabell ihnen mehrfach anboten, die Nacht in Elvasund zu verbringen, entschlossen sie sich kurz nach zehn, den Heimweg anzutreten. Fridas lautes Magenknurren gab den letzten Anstoß für ihren Aufbruch.

Einen ganzen Nachmittag und Abend lang hatten sie gemeinsam mit den anderen gelacht und gefeiert, geredet und manchmal auch geschwiegen. Zum Essen hatte es Hotdogs und gebratenen Fischpudding gegeben. Beides hatte Frida nicht angerührt. Auch die Waffeln mit braunem Käse hatte sie zurückgewiesen. Obwohl sie noch nie darüber gesprochen hatten, war sich Sander mittlerweile sicher, dass Frida Veganerin war, und auf einer traditionellen norwegischen Tafel war die Auswahl für Menschen, die auf tierische Produkte verzichten wollten, recht überschaubar.

Begleitet von der Dankbarkeit ihrer neuen Freunde und den besten Wünschen für eine gute Heimfahrt machten sie sich schließlich auf den Weg.

In Kyrksæterøra fanden sie eine Tankstelle mit großem Shop. Dort deckten sie sich mit Obstsalat, Hummus, Getränken und Salzstangen ein, und weiter ging es.

Frida lenkte den Bus, Sander fütterte sie mit kleinen Häppchen. Durch die Windschutzscheibe fiel das letzte Licht des Tages. Noch war es nicht dunkel. Sie waren gefangen in dieser wundersamen Zeit zwischen Tag und Nacht, zwischen Dunkel und Helligkeit, in der alles möglich erschien. Ab und zu berührten Fridas Lippen Sanders Fingerspitzen, wenn er ihr ein von Melonensaft triefendes Stück Apfel in den Mund schob oder ihr eine in Hummus getunkte Salzstange vor die Lippen hielt. Dann spürte er ihre Berührung im ganzen Körper, Hitze floss ihm das Rückgrat entlang und verdichtete sich zwischen den Beinen. Bilder stiegen in ihm auf, was nach dem Kuss nun alles möglich wäre. Weder sie noch er hatten seither erwähnt, was zwischen ihnen geschehen war, aber immer wieder fing er einen Blick von ihr auf. Am intensivsten waren diese Blicke, wenn sie sich unbeobachtet fühlte. Während sie den Frauen gezeigt hatte, wie man hübsche Schleifen aus Bastelpapier klebte zum Beispiel, oder mit Bjarne und Annabell über die Bedeutung von Instagram für den Aufbau einer Marke fachsimpelte. Wenn sie in solchen Augenblicken aufsah, ihr Blick auf den seinen traf und ihn für die Dauer einer Sekunde festhielt, wenn sich ihre weichen roten Lippen dann zu einem Lächeln formten und er die Wärme im Meerschaumgrau ihrer Iriden selbst auf größere Entfernungen direkt hinter der Brust spüren konnte, dann sagte das Licht in ihren Augen alles. Auch sie hatte genossen, wie sich der Kuss angefühlt hatte. Auch sie fragte sich, wie es wäre, wenn aus einem Kuss mehr werden würde. Wie so vieles andere waren das Fragen für einen anderen Tag. Heute schwebten sie durch die Zeit und schwelgten im Jetzt.

Sie fragte nicht, ob sie auch diese Nacht bei ihm zu Hause verbringen durfte, sondern fuhr schnurstracks zu seinem Haus. Er mochte das an ihr. Frida war keine Frau für Spielchen. Sie versteckte sich nicht hinter Small Talk, hielt sich nicht an gesellschaftliche Regeln, von denen niemand so recht wusste, welchem Zweck sie eigentlich dienten. Sie war, wer sie war, und machte sich nicht die Mühe, sich zu verstellen.

Wieder einmal klemmte das Schloss beim Aufsperren, und wieder einmal gewann Sander am Ende doch. Auch daran erinnerte Frida ihn immer wieder. Manche Probleme waren es nicht wert, sich über sie zu ärgern. Entweder sie lösten sich in Luft auf, oder sie taten es nicht. Das Ergebnis lag nicht immer in der eigenen Hand.

Am Fuß der Treppe im Wohnzimmer blieben sie stehen. Es war dunkel im Haus. Nur Fridas Lichterketten spendeten einen Hauch Helligkeit, ein intimes Licht, zu dem man nur flüstern konnte, ein Licht für Berührungen statt für Worte.

Sander fasste sich ein Herz. Mit der Spitze des Zeigefingers strich er über Fridas Handrücken. »Schlaf gut«, sagte er. Er sagte nicht »willst du mit in mein Zimmer kommen« oder »ich will dich besser kennenlernen« oder »es tut mir leid, wie fürchterlich ich bisweilen zu dir war«. Er sagte nur »Schlaf gut«, und in diesen zwei Worten steckten alle anderen Bedeutungen, die ein vernarrter Kerl in der Nacht im Licht blitzender Lichterketten dem Mädchen, das ihm gefiel, sagen konnte.

»Du auch.« Diesmal war sie es, die ihre Lippen an seine legte. Sanft, sacht. Kein Kuss, nicht wirklich. Eher das Versprechen auf viele weitere Küsse. Auf Abenteuer und stille Momente. Auf Unstimmigkeiten und Augenblicke der Versöhnung. Auf alles, was nicht langweilig war, einfach nur, weil sie ein Teil davon sein würde.

Auch als der Kuss endete, zog sie ihr Gesicht nicht zurück. »Wann müssen wir morgen noch mal bei Kjersti sein?«

»Um acht. Ich habe eine Flasche Aquavit, die ich ihr mitbringen kann. Hast du auch ein Mitbringsel?«

Sie war ihm so nah, dass die entsetzte Grimasse, die sie zog, beinah comichaft komisch aussah. »Das habe ich vollkommen vergessen! Ich wollte eigentlich heute noch was besorgen, aber dann kam Bjarnes Einladung dazwischen, und dann …«

Dann hatte sie alles andere aus dem Kopf verloren, weil es für Frida nicht möglich war, irgendetwas nur halb zu tun. Wenn sie etwas anpackte, dann gab sie sich ganz hin.

Lächelnd streichelte er ihre Wange. »Warum durchstöberst du morgen früh nicht einfach meine Vorratsschränke? Irgendwas wirst du schon finden.«

»Oh, daran zweifle ich nicht.« Sie grinste. »Wie ich dich einschätze, sind deine Schränke voll mit allen möglichen Sachen. Sortiert nach Verfallsdatum und jedes einzelne Vorratsglas sorgfältig beschriftet.«

»Du kennst mich zu gut.«

»Wusste ich es doch!«

Lachend schüttelte Sander den Kopf, mit Daumen und Mittelfinger massierte er sich die Schläfen. »Mach dich nur lustig über mich, aber morgen früh, wenn du direkt nach einer kurzen Nacht nicht lange suchen musst, um ein passendes Mitbringsel für Kjersti zu finden, wirst du mir dankbar sein.«

»Es ist schon morgen«, flüsterte sie. Ihr Atem schmeckte noch immer süß nach Obstsalat und Hummus.

»Das stimmt.« Sie neckte nicht mehr, und auch er wurde wieder ernst.

»Danke, Sander. Für einen wirklich tollen Tag.« Ehe er etwas erwidern konnte, wandte sie sich von ihm ab. Ihr Wispern hallte noch immer in seinem Ohr, und auch das Gefühl ihrer Lippen auf seinem Mund sowie der Geschmack ihrer Küsse blieben. Sie begleiteten ihn den Rest der Nacht.

12

»Gratulerer med dagen!«

Kjersti hatte nicht nur Frida und Sander zum Frühstück eingeladen. Beinah die ganze Øvre Bakklandet hatte sich in der Wohnung der Katzenlady versammelt. Ingrid war da, ebenso wie Guro, Julian, Iver und Marit. Sie alle begrüßten die Neuankömmlinge mit dem traditionellen Gruß zum Nationalfeiertag. Zu jeder anderen Gelegenheit hießen sich Freunde mit einem schlichten »Hei« Willkommen, am 17. Mai wünschte man sich jedoch alles Gute zum Geburtstag. Eine ganze Nation im elterlichen Geburtstagsglück, so erlebte man in Norwegen den Feiertag. Nichts anderes waren sie schließlich: Kinder eines Landes, das jahrhundertelang zwischen den großen Brüdern Schweden und Dänemark aufgerieben wurde. Ein paar Wochen der Unabhängigkeit im Jahr 1814 hatten für die Norweger genügt, ein eigenes Grundgesetz zu verabschieden. Ein eigenständiges Land wurde geboren, und sie waren ein Teil davon.

Schon beim ersten Blick auf Kjersti wurde deutlich, dass sich ihre Gastgeberin trotz ihrer Einschränkungen nicht hatte lumpen lassen. Man könnte meinen, die Königin höchstpersönlich thronte auf dem Sofa, so erhaben sah Kjersti in ihrer *Bunad* aus. Doch nicht nur sie, auch Ingrid und Marit trugen zur Feier des Tages die traditionelle Tracht der Norwegerinnen. Wie die Straßen draußen war auch die Wohnung innen mit zahlreichen Wimpeln und Fahnen geschmückt. Der Esstisch im Wohnzimmer bog sich unter den Köstlichkeiten, die die Gäste mitgebracht hatten. Mit der gesalzenen Butter, die sie zum Fest beitrug, kam sich Frida beinah schäbig vor. Sie selbst würde sie nicht einmal essen können, aber ihr gefielen die Formen, in die sie ihr Mitbringsel gepresst hatte. Ursprünglich waren die Ausstecher, die sie in Sanders Küche gefunden hatte, wohl für Plätzchen gedacht gewesen, aber auch aus Butter sahen die Fische und Blumen niedlich aus.

Spekemat, in dünne Scheiben geschnittenes geräuchertes Fleisch, hatte Iver mitgebracht. Er hatte den Schinken selbst geräuchert, erzählte er den Anwesenden. Höchstpersönlich war er bei Eis und Schnee aufs Dach seines Hauses geklettert, um das gepökelte Fleisch in den Kamin zu hängen. Wochenlang hatte er daraufhin nur mit dem besten Holz geheizt, und das Ergebnis konnte sich sehen lassen.

Lun forårssalat – leichter Frühlingssalat – nannte man die Mischung aus weißen und grünen Bohnen mit Babyspinat, Cherrytomaten und Lauchzwiebeln, die Marit zur Festtafel beigesteuert hatte. Von Julian stammte die Auswahl an verschiedenen Bieren und von Ingrid ein riesiger Laib knusprig ausgebackenes Brot. Eine ganze Lachshälfte, gebeizt in Zucker, Salz, Dill und Wacholder, lag auf einem massiven Holzbrett auf dem Tisch.

Der absolute Hingucker jedoch war die Torte auf einem imposanten Kristallständer. Eine weiß glänzende Pavlova, gefüllt mit einer reichhaltigen Creme und üppig belegt mit frischen Beeren, Früchten und Blüten.

Frida lief das Wasser im Mund zusammen, und ihr Magen knurrte vernehmlich. Das war nun schon das zweite Festmahl in Folge, bei dem ihr kaum etwas anderes übrigblieb, als an einer trockenen Brotkruste zu nagen. Hungrig suchte sie die Festtafel nach Dingen ab, die sie essen konnte, ohne ihr Gewissen zu torpedieren.

Sander stellte sich zu ihr. »Der Kuchen ist vegan«, flüsterte er ihr ins Ohr. »Ich habe Kjersti Anfang der Woche Eiweißersatz für das Baiser vorbeigebracht, und die Cremefüllung ist auf Haferbasis.«

»Du hast was?« Ruckartig drehte sie sich zu ihm um.

Er zuckte mit den Schultern. »Du bist doch Veganerin, oder? Wäre eine ziemliche Schande, wenn du gar nichts von den ganzen Schlemmereien abbekommen würdest.«

»Aber woher … Wie? Ich habe nie …«

»Du hast nie etwas gesagt, aber ich habe Augen im Kopf. Wir verbringen seit Tagen fast unsere gesamte Zeit zusammen, natürlich ist mir das aufgefallen. Ich sehe dich, Frida.«

Ich sehe dich. Eine so banale Feststellung. Und doch gehörten seine Worte zu den nettesten Dingen, die jemals jemand zu ihr gesagt hatte. Selbstverständlich wussten auch andere über ihre aktuellen Ernährungsvorlieben Bescheid. Trotzdem hatte sich bisher niemand die Mühe gemacht, sich zu informieren, was es bedeutete, vegan zu leben. Ihre Entscheidung, ihr Problem – ihre Familie sah das zumindest so. Wer wusste schon, was sie sich als Nächstes einfallen lassen würde? Warum sich mit etwas beschäftigen, das morgen schon wieder vergessen sein mochte? Es war die Mühe nicht wert. Sie war die Mühe nicht wert. So oder so ähnlich lief es bei ihr zu Hause ab.

Und hier? Sander.

Sander, der sie nicht einmal mochte, oder sie zumindest nicht gemocht hatte, als er das mit der Pavlova für sie in die Wege geleitet hatte. Sander, der kontemplierte und plante, bis er sicher sein konnte, dass alles seine Richtigkeit besaß. Sander, der kein Mann großer Worte war, aber dafür offenbar ein Mann großer Gesten.

»Danke.« Sie streckte die Hand aus, berührte ihn an der Wange, wo die Haut weich und glatt war von der morgendlichen Rasur.

Er lächelte, schmiegte das Gesicht in die Berührung, da ertönte ein Schuss. Sie beide schreckten zusammen, Sander ließ seine Hand fallen. Gemeinsam lachten sie über ihre übertriebene Reaktion. Natürlich war der Schuss aus dem Fernseher gekommen. NRK, der staatliche Fernsehsender, übertrug die Feierlichkeiten aus der Hauptstadt, und zu denen gehörten Kanonensalven und Musketenschüsse ebenso wie literweise Softeis, Hotdogs und die »Hurra«-Rufe der Kinder.

Sie gesellten sich zu den anderen ins Wohnzimmer. Kjerstis Katzen hatten sich verkrochen, und doch meinte Frida ihre kritischen Blicke auf sich zu spüren. Arrogante Tiere. Sicher fragten sie sich, was all die Eindringlinge in ihrem Reich zu suchen hatten. Nur eines der Fellmonster war geblieben und räkelte sich genüsslich auf Kjerstis Schoß.

Als endlich alle einen Sitzplatz gefunden hatten, nahm

Kjersti sich eine Champagnerflöte zur Hand. Mit den Zinken einer filigranen Silbergabel stieß sie gegen das Kristall.

»Meine Lieben«, erhob sie ihre Stimme. »Es gibt Dinge, die man sich nicht oft genug wünschen kann, deshalb auch von mir noch einmal ein *Gratulerer med dagen*!«

»Gratulerer med dagen!«, erwiderte Frida mit allen anderen im Chor.

Kjersti fuhr fort: »Natürlich feiern wir heute den Verfassungstag, aber ihr könnt euch sicher denken, dass dies nicht der einzige Grund ist, warum ich euch eingeladen habe. Ich möchte mich bei euch bedanken. Danke für alles, was ihr für mich tun wollt.«

Marit und Julian begannen zu tuscheln.

Kjersti brachte sie mit einem leisen Zischen zum Schweigen. »Natürlich weiß ich von eurem Einfall mit dem Charity-Event. Das Alter mag mich in die Knie oder vielmehr auf dieses Sofa gezwungen haben, aber hinterm Mond lebe ich deshalb nicht.«

»Miau.« Das riesige Katzentier auf ihrem Schoß hob den Schwanz ins Gesicht seines Frauchens. Ob beabsichtigt oder nicht, damit bot es den Gästen einen unverstellten Blick auf das, was sich unter diesem Schwanz befand. Deutlicher hätte das Tier nicht demonstrieren können, was es von der Idee hielt, jemand könnte vor seiner Besitzerin ein Geheimnis bewahren. Als würde Kjerstis Stimme sie anlocken, pirschten sich nun auch die sechs Artgenossen der Schoßkatze ins Zimmer. Aus allen Ecken tauchten sie auf, witternd, schleichend.

»Ihr könnt euch nicht vorstellen, wie viel mir diese Geste bedeutet. Bakklandet war für mich immer schon mehr als das Viertel, in dem ich wohne. Es ist mein Zuhause. Ein sicherer Ort, an dem die Seele zur Ruhe kommt, ein Hafen zum Zurückkehren. Was ihr für mich tun wollt, bedeutet mir mehr, als ich ausdrücken kann, und ich verspreche aus vollem Herzen, dass ich die Liebe, die ihr mir geschenkt habt, und die Mühe, die ihr euch für mich machen wolltet, mitnehmen werde, wenn es für mich heißt, von meinem Zuhause Abschied zu nehmen.«

Entsetztes Keuchen füllte den Raum. Plötzlich plapperten alle durcheinander.

»Was heißt hier Abschied nehmen?«

»Willst du ins Heim?«

»Das kann doch nicht sein!«

Gebieterisch hob Kjersti die Hand. In ihrer Tracht hätte sie jeder Regentin zur Ehre gereicht. »Bitte, bitte, meine Lieben, lasst mich aussprechen. Natürlich *will* ich nicht in ein Heim. Was soll ich denn unter all den alten Leuten?« Ihre Mundwinkel zuckten, und nicht nur Frida ließ sich von dem Grinsen anstecken, obgleich ihr im Grunde überhaupt nicht nach Freude zumute war.

»Aber Kai war sehr deutlich, als ich ihm von eurem Plan mit dem Spendenfest erzählt habe. Er hat mir in Erinnerung gerufen, dass das Geld nur ein Aspekt des ganzen Dilemmas ist. Vieles von dem, was für mich nötig wäre, ist offenbar gar nicht möglich, ohne Ärger mit dem Denkmalschutz zu bekommen.« Sie machte eine kurze Pause. Nur das Zittern der Hand, mit der sie die Katze auf ihrem Schoß streichelte, verriet, wie nahe ihr die ganze Sache ging. »Sander, du hast das ja auch schon mal angesprochen, und ich habe Kai wohl Unrecht getan. Ehe er mich aus meinem Zuhause vertreiben wollte, hat er sich informiert. Allein die Verbreiterung der Türen, damit ich mit dem Rollstuhl bequem durchpasse, würde die Bausubstanz angreifen – und das wird niemals bewilligt.«

»Schwachsinn!« Ausgerechnet Sander verlor als Erster die Beherrschung. Er sprang von seinem Platz auf, auf seinem Hals und den Wangen prangten rote Flecken. »Ja, ich habe auch gesagt, dass es kompliziert werden könnte, aber damit meinte ich vor allem aufwändig. In § 31-2 Absatz 4 des Planungs- und Baugesetzes heißt es ganz deutlich: ›Die Gemeinde kann eine Nutzungsänderung sowie notwendige Umbauten und Sanierungen bestehender Gebäude auch dann genehmigen, wenn eine Anpassung des Gebäudes, die Nutzungsänderung oder der Umbau sinnvoll und erforderlich ist, um eine sachgemäße Nutzung zu gewährleisten.‹« Er holte tief Luft. »Die Sache ist die: Durch das Kulturerbegesetz kann das National Heritage Board Gebäude schützen. Das Gesetz sieht Maßnahmen zur Erhaltung von Gebäuden vor, es hat allerdings keine Befugnisse zur Regelung der Nutzung. Kjersti, dein Haus war schon immer ein Wohnhaus. Das können wir fraglos belegen, und damit es als solches nutzbar ist, erfordert es bestimmte Anpassungen.«

Nicht nur Frida hing an seinen Lippen. Ja, was er sagte, klang nach bürokratischem Kauderwelsch, aber die Art, wie er Gesetzestexte zitierte und jedes Wort mit Gesten untermalte, sprach von Expertise und Leidenschaft. Hier vor ihnen stand kein kauziger Restaurator, der sich für etwas Besseres hielt. Vor ihnen stand ein Macher. Ein Mann, der wusste, wovon er sprach, und dem auf seinem Feld niemand etwas vormachen konnte.

Sanders nächste Atempause nutzte Frida, um sich einzuklinken. »Okay, Mister Kunsthistoriker, noch mal ganz langsam für die von uns, die nicht vom Fach sind: Du meinst, wenn wir das nötige Geld zusammenbekommen, kann der Umbau stattfinden. Einfach so? Kai hat gelogen, und wir können uns Hammer und Säge schnappen und loslegen?«

Es war nicht ganz ein Grinsen, mit dem er ihre Frage bedachte, aber ganz sicher ein Ausdruck von Belustigung.

»So einfach geht es natürlich nicht.«

Ingrid seufzte in ihre Teetasse. »Das habe ich befürchtet.«

»Das Problem ist Folgendes: Das Kulturerbegesetz ist ein Sondergesetz, das Vorrang vor dem Planungs- und Baugesetz hat. Es regelt jedoch nicht alle im Planungs- und Baugesetz festgelegten Auflagen, daher können beide Gesetze gleichzeitig angewendet werden. In der Praxis benötigen Bauherren daher für denkmalgeschützte Gebäude teilweise Genehmigungen aus beiden Gesetzen, um Änderungen vorzunehmen. Nicht selten gibt es auch Widersprüche zwischen den Gesetzen, was das Ganze ein wenig heikel macht. In der Praxis läuft es meist darauf hinaus, nachzuweisen, dass alle Baumaßnahmen nur nach historischen Richtlinien und in Übereinstimmung mit dem nationalen Denkmalamt und der Kreisgemeinde durchgeführt werden. Das klingt jetzt schrecklich kompliziert, ist es aber nicht wirklich. Ich habe jede Menge Kontakte zu Handwerkern, die in regem Austausch mit den Behörden stehen. Die wissen, was sie tun, worauf sie zu achten haben und was es zu unterlassen gilt. Ein paar von denen habe ich schon angeschrieben, und sie würden uns sehr gerne unterstützen. Bleibt also nur noch das für die Anträge erforderliche Gutachten.« Er zuckte mit den Schultern. »Dafür gibt es Kunsthistoriker. Irgendeinen Zweck muss meine Promotion ja erfüllt haben. Vertrau mir, Tante Kjersti. Ich regel das schon.«

Aus dem Augenwinkel sah Frida die Tränen in Kjerstis Augen. Wie gut sie die alte Katzenlady verstehen konnte. Auch ihr quetschte ein Gefühl die Brust zusammen – eine Emotion, die gleichzeitig bitter und warm war. Wie oft hatte sie sich in den letzten Tagen über Sanders Prinzipienreiterei lustig gemacht? Wie oft hatte sie geunkt, dass er sich mit seinen Listen und Grundsätzen selbst im Weg stand? Stück für Stück waren ihre Vorbehalte ihm gegenüber zusammengeschrumpft. Zuerst war da nur eine Ahnung gewesen, dass sich hinter seiner spießigen Fassade mehr verstecken mochte. Womöglich war es Neugier gewesen, die sie gestern dazu verleitet hatte, seinen Kuss zu erwidern. Vielleicht auch eine gehörige Portion Ehrgeiz, diesen überkorrekten Typen endlich einmal aus dem Schneckenhaus zu locken. Jetzt schämte sie sich für die unfairen Dinge, die sie über ihn zu wissen geglaubt hatte. Doch neben der Scham war da auch Freude. Pure, unverstellte Freude, diesen wunderbaren, komplizierten Menschen kennengelernt zu haben.

»Auf Sander!« Mit ihrem Toast sprach Kjersti Frida aus der Seele. Auch sie erhob ihr Glas.

»Auf Sander!«, echote sie gemeinsam mit den anderen.

»Auf Kjersti und das Spendenfest!«

»Auf die Neueröffnung des *Ladens der schillernden Schätze.*«

Sander ließ sich zurück auf seinen Platz fallen. Und hier, vor den Ladenbesitzern der Øvre Bakklandet, vor Kjersti und ihren neuen Freunden, streckte sie die Hand aus und griff nach seiner. Ihre Finger verschränkten sich ineinander. Er fuhr mit dem Daumen über ihren Handrücken, und als Kjerstis Blick auf ihre verschränkten Hände fiel, lächelte sie.

Endlich war es so weit. Von klein auf, im Grunde seit dem Tag, als er auf der Suche nach ein bisschen Wärme in Kjerstis Laden gestolpert war und eine neue Welt gefunden hatte, hatte er diesem Moment entgegengefiebert. Das Wetter hätte nicht besser sein können: Zur Feier des Tages schien die Sonne. Die bunten Holzfassaden der Häuser strahlten mit den Blumen in den Beeten und Blumenkästen um die Wette. Hoch über ihren Köpfen krächzten Möwen ihr dissonantes Lied. Zwei Segelboote lagen an einem nahen Steg, und das rhythmische Klappern von Drähten gegen die Masten untermalte das Lied der pulsierenden Stadt. Einige Bewohner hatten sich nicht die Mühe gemacht, die Flaggen von gestern wieder zu senken. Noch immer zeigte Trondheim Fahne, was der Neueröffnung des *Ladens der schillernden Schätze* die Würde eines Festaktes verlieh, und über allem lag der Duft blühender Linden.

Reporter mehrerer Tageszeitungen tummelten sich auf dem schmalen Gehweg der Øvre Bakklandet. Das Schild, das Bjarne für sie gefertigt hatte, hing über der Eingangstür. Frida hatte eine kunstvolle Schleife aus leuchtend rotem Lackband darum gebunden, die Bänder lang genug, damit sie und er jeweils ein Ende der Schleife in der Hand halten konnten, ohne sich strecken zu müssen.

»Zehn, neun, acht ...« Pünktlich um neun Uhr morgens starteten die Versammelten den Countdown.

»Sieben, sechs, fünf ...«

Ein Hauch Unbehagen regte sich in Sanders Magen. So viele Fotolinsen, die sich auf ihn richteten. So viel Aufmerksamkeit. Er fasste das Schleifenband fester.

»Vier, drei, zwei ...«

Oder war es in Wahrheit gar nicht Unbehagen, sondern Aufregung, was er da im Magen spürte?

»Eins!«

Gleichzeitig mit Frida zog er an dem Band. Die Schleife löste sich, fiel zum Applaus der Umstehenden zu Boden und enthüllte den kunstvoll ins Holz gebrannten und mit Blattgold verzierten Schriftzug *Laden der schillernden Schätze* auf dem Schild. Das Klicken von zahlreichen Auslösern war zu hören.

Sander lächelte, und dann lachte er, denn auf einmal war das bange Gefühl im Magen verschwunden. Das hier war sein Moment! Sein Erfolg. Wie aus dem Nichts stieg ihm ein Bild seines Vaters in den Kopf. Nicht wie er am Ende gewesen war, nicht das alkoholkranke Wrack, zu dem er geworden war, nachdem die bodenlose Profitgier großer Firmen ihm alles genommen hatte, was ihm einmal etwas wert gewesen war. In diesem Moment sah Sander den Vater seiner frühen Kindheit. Das Strahlen auf dem Gesicht des Seebären, wenn er den kleinen Sander an Bord seines Kutters hob, das Leuchten in dessen Augen, wenn er ihm Geschichten von den Herren des Nordens erzählte, von denen die heutigen Fischer so viele Traditionen und Weisheiten geerbt hatten. Zum ersten Mal überhaupt gelang es ihm, Verständnis für das aufzubringen, was aus seinem Vater geworden war. Wenn jemand mit Geld zu ihm kommen und ihm den Laden wieder wegnehmen würde, einfach nur, weil er es sich leisten konnte, wäre auch er am Boden zerstört. Niemals würde er es so weit kommen lassen!

Fridas Hand lag auf seiner, als sie gemeinsam die Klinke der Ladentür hinunterdrückten. Das Türblatt schwang auf. Zum ersten Mal öffnete der neue Laden für die Allgemeinheit.

»Herzlich willkommen!«, rief Frida über ihre Schulter hinweg fröhlich in die Runde der an der Straße Wartenden. »Kommt alle rein und guckt. Wir haben Snacks und Sekt, und natürlich stehen Sander und ich jederzeit für Fragen zur Verfügung.«

Aus dem Inneren des Ladengeschäfts floss leise Kammermusik. Der Duft von Trockenblumensträußen und Fridas Kerzen legte sich wohlig um die Szenerie. Sie verkauften gut an diesem Tag – und zwar nicht nur Frida. Vor allem Sanders Silberwaren fanden guten Absatz. Ein antiker Bilderrahmen hier, ein Stricknadelset da, und selbst die Kunden, die am Ende nichts kauften, lauschten seinen Geschichten über die Herkunft der Waren und ihren Werdegang. Es gab Snacks und Luftballons, und die Zeit verflog in einem Wimpernschlag.

Gerade sprach er mit einem Redakteur von *Adresseavisen*, einer regionalen Tageszeitung. Er skizzierte seine bisherige Karriere. Schon in vorherigen Gesprächen hatte er festgestellt, dass die Journalisten die Story liebten, wie er zum ersten Mal in den *Laden der schillernden Schätze* gestolpert war. Je öfter er sie erzählte, desto mehr schmückte er sie aus.

Das bot ihm die ideale Gelegenheit, auf das Spendenfest zu sprechen zu kommen. Kjerstis Geschichte sollte zu Herzen gehen. Ganz Trondheim sollte davon erfahren und am Tag des Festes eifrig spenden. Immer noch in das Gespräch mit dem Journalisten vertieft, wollte er Frida einen Wink geben, dass sie kommen und sich beteiligen sollte. Schließlich war sie auch Teil dieser Geschichte, doch er konnte sie nicht finden. Wahrscheinlich war sie in irgendeiner Ecke mit Kunden beschäftigt.

Er beendete das Interview, bedankte sich für das Interesse an ihrem Laden und machte sich auf die Suche nach ihr.

Sie stand mit einem älteren Herrn vor dem Hansen-Gemälde. Beinah Wort für Wort gab sie wieder, was er ihr am ersten Tag nach ihrem Einzug zu dem Werk erzählt hatte. Ihm wurde ganz warm ums Herz. Sie hatte ihm zugehört! Damals hatte sie es klingen lassen, als langweilten sie seine Ausführungen, doch das stimmte offensichtlich nicht. Ihr Desinteresse, ihre scharfe Zunge, das waren Schutzmechanismen, ging es ihm auf, und unwillkürlich fragte er sich, was es wohl war, das sie auf diese Weise beschützte.

»Ah, aber da ist ja der echte Experte!« Offenbar hatte sie ihn kommen sehen und winkte ihn zu sich. »Sander, das ist Olaf Svenson. Olaf ist Sammler. Ich habe versucht, seine Fragen zu beantworten, aber du kannst ihm sicher noch viel mehr erzählen.«

»Gerne.« Er streckte die Hand aus, um Olaf zu begrüßen. »Freut mich, dich kennenzulernen.«

Frida verabschiedete sich und wehte in einer Wolke aus Maiglöckchenduft davon. Nicht nur Sander sah ihr nach.

»Hat sie schon mal probiert, Kühlschränke an Eskimos

zu verkaufen?« Schmunzelnd zog der alte Herr die Augenbrauen in die Stirn. »Wenn nicht, sollte sie es versuchen. Ich bin sicher, sie wäre erfolgreich. Noch ein paar Minuten länger mit ihr, und ich hätte den halben Laden aufgekauft.«

Sander erwiderte das Grinsen. »Sie ist eine außergewöhnliche Frau.«

»Oh, das bezweifle ich keinen Augenblick lang. Also: Wo muss ich unterschreiben, damit dieser hübsche junge Mann in meinen Besitz übergeht?« Er deutete mit dem Kinn auf den Hansen.

Sander blinzelte. Einen Herzschlag lang glaubte er, sich verhört zu haben. *Reiß dich zusammen, Pettersen*, beschwor er sich, *wo ist deine Professionalität*? »Komm doch mit in mein Büro, dort können wir alles in Ruhe besprechen.«

»Büro« war etwas hoch gegriffen für die Abstellkammer neben der Küche, in die sich Sander einen Schreibtisch gestellt hatte. Der Kunde ließ sich von dem alles andere als imposanten Umfeld jedoch nicht abschrecken. Eine Viertelstunde später befand sich die »Studie eines jungen Mannes« von Constantin Hansen im Besitz von Olaf Svenson, und Sander war um satte 17.000 Kronen reicher. Eine Spezialspedition würde das Gemälde am kommenden Montag abholen und den fachgerechten Transport garantieren. Sander hatte immer noch das vage Gefühl, durch einen Traum zu waten, als er Olaf an der Tür verabschiedete.

»Und, bist du jetzt Krösus?« Wie aus dem Nichts tauchte Frida neben ihm auf. Spielerisch stieß sie ihm einen Ellenbogen in die Seite.

»Nicht ganz.« Immer noch ungläubig schüttelte Sander

lächelnd den Kopf. »Aber es war ein guter Deal für den ersten Tag. Ich muss dir danken.«

»Wir sollten das feiern!«

Er ächzte theatralisch. »Schon wieder feiern?«

»Man kann nie genug feiern!« Bestimmt nickte sie, dann fügte sie sanfter hinzu: »Wir leben, Sander, genügt das nicht als Grund? Schau dich doch nur um. Wie großartig es uns geht! Wir beide konnten uns mit diesem Laden einen Traum erfüllen. Wir haben tolle Menschen in unserem Umfeld. Unglück gibt es so viel in der Welt. Solange wir davon verschont bleiben, sollte jeder Tag ein Fest sein. Jeder Augenblick verdient es, gefeiert zu werden.«

»Ich weiß nicht. Wie stellst du dir das vor? Gestern der Brunch, heute die Neueröffnung, bald das Spendenfest. Irgendwann müssen wir auch arbeiten.«

»Morgen ist Sonntag.«

»Morgen müssen wir hier aufräumen, damit am Montag der Laden wieder normal aussieht.«

»Also wenn es das ist …« Von ihm unbemerkt hatte sich Marit zu ihnen gesellt. In ihrer bunten Wollkleidung sah die Floristin selbst aus wie eine exotische Blume. »Das erledigen wir für euch.« Aus einer Tasche in ihrem Poncho zauberte sie eine Grußkarte. »Guro, Ingrid, Cecilie, Julian und ich haben uns zusammengetan und uns für euch diesen Gutschein ausgedacht. Heute zum Ladenschluss ist für euch Feierabend. Wir sorgen dafür, dass hier alles wieder ordentlich sauber wird. Und morgen macht ihr euch einen schönen Tag! Ihr habt es euch redlich verdient, so sehr wie ihr euch für Kjersti einsetzt.«

»Das ist …« Sander sah auf die Karte in Guros Hand.

»… suuuuper nett von euch.« Ohne viel Federlesen schnappte sich Frida den Gutschein. »Vielen, vielen Dank, ihr Lieben! Wir werden es genießen.«

Und damit war es abgemacht. Frida und er hatten morgen einen freien Tag.

13

Frühstücksflocken mit Hafermilch für sie. Ein Käsebrot für ihn. Der Duft von frisch aufgebrühtem Kaffee. Fingerspitzen, die über Handrücken streiften, wie zufällig und doch mehr als das. Ein Blick, ein Lächeln. Möglichkeiten, die wie Schmetterlinge durch ihren Magen schwirrten.

In der Nacht, während sie zum dritten Mal in Folge in Sanders Gästebett gelegen und keinen Schlaf gefunden hatte, hatte sie ihn im Haus herumschleichen gehört. Schritte auf der Treppe. Ein Knarzen von Bodendielen direkt vor ihrer Zimmertür. Einen Augenblick lang Stille, in der sie sich vorstellte, wie er die Hand hob, um an ihre Schlafzimmertür zu klopfen, und sie dann unverrichteter Dinge sinken ließ.

Wieder Schritte auf der Treppe. Warum hatte sie ihn nicht hereingebeten? Warum hatte sie die Tür zu ihrem Schlafzimmer nicht einen Spalt breit offen gelassen?

Weil Vorfreude die schönste Freude war. Weil sie es diesmal anders machen wollte als sonst. Und auch weil sie es so sehr genoss, hier zu sein. Nicht nur in Sanders Haus, sondern in seinem Leben. In Bakklandet. Niemand, nicht einmal die Journalisten, die zur Neueröffnung des *Ladens der schillernden Schätze* gekommen waren, hatten gefragt, woher sie kam, zu welcher Familie Lunde sie gehörte. Warum auch? In Bakklandet war sie einfach nur Frida, die Weltenbummlerin, die gerne bastelte und wusste, wie man hübsche Kleinigkeiten kunstvoll in Szene setzte sowie auf Instagram Begehrlichkeiten schaffte. Das war alles, was zählte. Zum ersten Mal im Leben genügte das, um ein Teil von etwas zu sein.

Frida gehörte nicht zu der Art von Frauen, die an Sex dachten wie an den Heligen Gral. Sie hatte mit Männern geschlafen, die sie kaum kannte, mit Freunden und mit dem ein oder anderen Kerl, von dem sie sich gewünscht hätte, er würde länger in ihrem Leben bleiben – und es hatte ihr gefallen. Sie glaubte nicht an die Mär, dass körperliche Intimität erst durch Liebe wertvoll wurde oder dass Männer Frauen erst nach einer willkürlich festgelegten Zeitspanne der Abstinenz als mehr als ein Sexobjekt betrachten konnten. Rein rational betrachtet gab es keinen Grund, warum sie gestern Abend die Tür hinter sich zugezogen und eine Grenze gesetzt hatte. Und doch hatte sie es getan, denn ein Teil von ihr wusste, dass diesmal etwas anders war. Das hier war ihre große Chance, und sie war drauf und dran, es wieder zu vermasseln.

Wenn du dir ein anderes Endergebnis wünschst, musst du etwas an deinen Verhaltensweisen ändern, hatte Thea ihr oft vorgehalten. Genau das hatte sie versucht, indem sie damit hinterm Berg hielt, welche Frida Lunde sie war. Sie log ja nicht, redete sie sich ein. Nicht wirklich. Doch mit jeder netten Geste der Bakkländer, mehr noch, mit jedem Augenblick wachsender Nähe zwischen ihr und Sander fühlte sich ihr Geheimnis mehr wie eine Lüge an.

Der Sonntag war zu kurz, um ihn sich mit trüben Gedanken oder einem schlechten Gewissen zu verderben. Sie schob ihre Frühstücksflocken beiseite. »Also, was machen wir jetzt mit dem freien Tag?«

Sander verspeiste den Rest seines Smørbrød und erwiderte ihren Blick. »Ich weiß nicht. Worauf hast du Lust? Gibt es etwas von Trondheim, das du noch nicht gesehen hast?«

»Hm …« Sie schob die Unterlippe vor und überlegte. Sie hatte eine Menge der typischen Attraktionen noch nicht besucht. Weder beim Dom noch bei der Festung war sie bisher gewesen. »Ich finde, wir sollten was im Freien machen. Wenn die Sonne schon mal scheint, wäre es zu schade, das nicht auszunutzen. Was ist mit Schwimmengehen? Hat Trondheim einen Strand?«

»Munkholmen hat einen.«

»Die Klosterinsel im Fjord?«

Sander nickte. »Wir könnten eines der Pendelboote, die vom Ravnkloa Kai ablegen, nehmen. Ein bisschen die Straße runter gibt es Leih-Fahrräder. Dann müssen wir am Kai keinen Parkplatz für deinen Bus suchen.«

Begeistert rieb sich Frida die Hände. »Klingt nach einem perfekten Plan!«

Sie packten eine Decke, drei Flaschen Wasser, Knäckebrot, eine Tube *Skinkost* für Sander und ein Glas Sellerie-Walnuss-Mus für sie in ihren Rucksack. Die Leihfahrräder bezahlten sie mit Fridas Kreditkarte, und schon konnte es losgehen. Immer bergab, schneller und schneller, bis Frida die Füße von den Pedalen nehmen musste, sie rechts und links ausstreckte und juchzte.

»Vorsicht! Da vorne kommt eine Ampel!« Sander war dicht hinter ihr. Atemlosigkeit vibrierte in seiner Stimme, pures Leben, und sie nahmen den Schwung mit, als es in die Ebene ging, lieferten sich ein Wettrennen auf dem Fahrradweg.

Sander erreichte als Erster das Ziel. Schwer atmend stieg er vom Fahrrad, hielt mit einer Hand den Drahtesel fest, die andere presste er sich auf den Magen. »Das war …« Er schnappte nach Luft. »Das war verrückt. Wenn ein Auto gekommen wäre …«

Sie verschloss ihm die Lippen mit dem Zeigefinger. »… dann wären wir vorsichtiger gewesen«, sagte sie sanft.

Die Fahrräder konnten sie direkt am Kai zurückgeben. Sander löste zwei Karten für eine Überfahrt nach Munkholmen und zurück. Das nächste Boot ging erst in zwanzig Minuten, deshalb kaufte er an einer kleinen Holzbude für jeden von ihnen ein Eis. Die Waffelhörnchen bestanden aus dunklem Keksteig, der das grelle Pink der Eiskugel förmlich leuchten ließ.

Er reichte ihr das eine Hörnchen. »Ich habe gefragt: Eis und Waffel sind vegan. Der Verkäufer schwört, dass das Eis nur aus Früchten, Zucker, einer Spur Zitronensaft und Wasser besteht, und die Waffeln ohne Butter und Ei gebacken wurden. Ich hoffe, es schmeckt.«

Sie nahm die Süßigkeit an, tunkte die Lippen in die eisige Kälte des Sorbets. Für den Bruchteil einer Sekunde schienen ihre Geschmacksknospen eingefroren, dann explodierte der Geschmack auf ihrem Gaumen. Sie konnte sich nicht erinnern, jemals so gutes Himbeereis gegessen zu haben. Das Eis schmeckte wie Sommer auf der Zunge, frisch und süß und prickelnd.

Die Sonne schmolz das Sorbet schneller, als sie es aufschlecken konnten. Gegenseitig tupften sie sich mit der Serviette den Mund ab. Der letzte Wikinger, wie die Statue am Kai hieß, sah altehrfürchtig auf sie hinab. Frida streckte ihm die himbeerrote Zunge heraus, Sander zischte missbilligend, und dann lachten sie gemeinsam und schossen Fotos von den albernsten Grimassen, die sie dem steinernen Gesellen zogen.

Auf der Überfahrt zur Insel erzählte der Kapitän von der wechselhaften Geschichte des Eilands. Olav Krähenbein, der so hieß, weil er sich, obwohl er ein gläubiger Christ war, die Zukunft aus Krähenknochen hatte voraussagen lassen, hatte auf der Insel den Kopf seines Widersachers, Hakon, dem Mächtigen, aufspießen lassen.

Außer Sander und Frida waren noch zwei junge Mütter mit ihren Töchtern im Krabbelalter, eine deutsche Familie mit Hund und zwei Frauen, die, den dicken Rucksäcken und der Funktionskleidung nach zu urteilen, wahrscheinlich Pilgerinnen waren, an Bord. Vor allem die Teenagertöchter der Familie schauderten wohlig bei den bildhaften Beschreibungen des Kapitäns. Nach Krähenbeins grausamer Tat wurde die Insel jahrzehntelang als Hinrichtungsstätte genutzt, bis ein Mönchskloster dort entstand, das es über die Jahre hinweg zu enormem Reichtum brachte. Später diente Munkholmen mal als Festung, mal als Gefängnis, dann als Garnisonsunterkunft und heutzutage als Museum.

Frida lehnte sich in ihrem Sitz zurück, und Sander legte

einen Arm um ihre Schulter. Die Luft schmeckte nach Salz und Freiheit. Sie kamen am Leuchtturm und dem ehemaligen U-Boot-Bunker der Nazis vorbei, und schon näherten sie sich der Anlegestelle der Insel.

Der Strand war gut besucht. Nicht nur sie waren auf die Idee gekommen, das sonnige Wetter zu nutzen. An einem lauschigen Fleckchen, wo die Festungsmauer sie vor dem Wind schützte, breiteten sie ihre Decke aus. Ihren Bikini trug sie unter dem Kleid. Einmal die Arme gehoben, schon hatte sie sich des überflüssigen Stoffs entledigt.

Sander zog nur sein Hemd aus, die Bermudashorts ließ er an. Sie halfen sich gegenseitig, einander den Rücken einzucremen. Danach sagten sie eine ganze Weile lang nichts, sondern lagen auf der Decke, dösten vor sich hin und ließen den Gedanken freien Lauf. Winzige Wellen pladderten an den Strand. Nicht weit vom Ufer kreuzte ein Segelboot. Eine freche Möwe machte sich auf Diebestour unter den Sonnenhungrigen. Alles schien heller in diesen Augenblicken, voller Licht und bunter Farben. Das ganze Leben ein Gemälde.

»Du?« Sie drehte sich auf die Seite, stützte sich auf den Unterarm und sah Sander an.

»Hm?« Er hielt die Augen geschlossen, ganz im Moment vertieft und im Frieden mit sich selbst.

»Würdest du lieber ertrinken oder verbrennen?«

Er riss die Augen auf. »Was ist das denn bitte für eine Frage?«

Sie grinste. »Eine sehr wichtige. Antworte einfach.«

»Wie soll ich das machen, ohne zu überlegen? Beim Ertrinken kommt es wohl auch auf die Wassertemperatur an. Ist es sehr kalt, fällt man schnell in Ohnmacht. Als Faustregel gilt: Die Gradanzahl des Wassers besagt, wie viele Minuten man bei Bewusstsein bleibt. In vier Grad kaltem Wasser wäre die Tortur entsprechend nach rund vier Minuten zu Ende.«

»Sollte ich mir Gedanken darüber machen, warum du das so genau weißt?«

Ein Schauder durchrieselte ihn, aber er ging nicht weiter darauf ein. War vielleicht nicht die beste Idee gewesen, ihn das zu fragen, erkannte Frida. Schließlich war er als Kind einmal in eiskaltes Wasser gefallen, das hatte er ihr erzählt.

Nach einer kurzen Denkpause fuhr er fort. »Andererseits werden auch Verbrennungsopfer bewusstlos, bevor sie verbrennen. Sie atmen Rauchgase ein und …«

»Okay, okay, falsche Frage.« Sie hätte sich denken können, dass er selbst eine Witzfrage wie diese viel zu ernst nahm. Trotzdem versuchte sie es noch einmal. Es machte einfach zu viel Spaß, ihn aus der Reserve zu locken. »Ich mache es leichter für dich: Würdest du dir eher ein Tattoo stechen oder ein Piercing machen lassen?«

»Nichts von beidem. Ich sehe keinen Grund darin, mich mit Nadeln traktieren zu lassen, wenn es nicht nötig ist.«

»Heißt das, du magst auch meine Tattoos nicht?«

»Das habe ich nicht gesagt.« Er streckte den Arm aus, fuhr mit dem Zeigefinger die Linien und Muster auf ihrem Oberarm nach. Bisher hatte sie die farbigen Bilder jedes Mal, wenn sie sich trafen, mit Kleidung bedeckt gehalten. Jetzt, wo sie seine Reaktion darauf auf der Haut spüren konnte, bereute sie das fast.

»Wenn du nur noch eine einzige Antiquität kaufen könntest, was würde es sein?«

»Ich weiß nicht.« Er ließ von ihrem Arm ab, richtete den Blick in die Ferne, als könnte er im Spiel der Wolken all die Dinge erkennen, die er gerne einmal besitzen, die er mit eigenen Händen begreifen wollte. »Es gibt diese Stühle – ein Auktionshaus in Lettland bietet sie an, und ich beobachte sie schon ewig. Ihre Provenienz ist einwandfrei. Die zu erwerben, wäre etwas ganz Besonderes.«

»Warum?«

»Für mich sind sie so etwas wie der Inbegriff skandinavischen Designs. Vielleicht sogar ihr Ursprung.«

»Wie meinst du das?«

»Der Künstler Louis Masreliez entwarf sie gegen 1790 für den Pavillon Gustavs III. in Haga, Schweden. Masreliez studierte einige Jahre in Rom. Dort hat er auf Reliefs und Abbildungen immer wieder einen bestimmten Stuhl gefunden. Er hatte eine stark geschwungene Rückenlehne und gebogene Beine und diente als Sitzgelegenheit für die edelsten Köpfe.«

»Wohl eher für die edelsten Hintern.«

»Auch wahr.« Seine Mundwinkel zuckten. »Jedenfalls gehörte einer dieser Hintern dem römischen General Sulla. Deshalb nannte Masreliez sie auch ›Sullastühle‹. Gefertigt wurden sie von Erik Ölmark, und in seiner Rechnung von 1792 an den Palast heißt es, er liefere ›Stühle im modernsten Design‹.« Er machte eine kurze Pause, gab seinen Worten Zeit, sich zu entfalten, dann fuhr er fort. »Genau das sind sie auch heute noch. Stell dir das vor. Da sind diese Stühle, die sind weit über zweihundert Jahre alt, und wenn man sie sich heute ansieht, wirken sie immer noch modern. So wie sie da stehen, könnten sie genauso gut bei Jysk oder IKEA angeboten werden, nur dass das hier keine Massenware ist, sondern Qualität für die Ewigkeit. Man nennt Möbel aus dieser Epoche heute ›Gustavianisch‹ – und auf diesen Stühlen hat Gustav III. höchstpersönlich gesessen. Sie sind nicht nur Möbel, sie sind ein Stück Zeitgeschichte. Sie zu besitzen, würde bedeuten, den Ursprung einer gesamten Ära in der eigenen Sammlung zu haben.« Er lachte ein bisschen verlegen. »Ich bin ein ziemlicher Nerd, was?«

Gar nicht, wollte sie sagen. *Du bist wundervoll und einzigartig, und weißt du eigentlich, wie selten es ist, dass Menschen für das, was sie tun, derart brennen?* Doch obwohl Impulskontrolle nicht gerade ihre Kernkompetenz war, erkannte sogar sie, dass dieses Geständnis zu viel gewesen wäre. Also fragte sie stattdessen: »Und diese Meilensteine skandinavischer Sitzmöbelkultur stehen gerade zum Verkauf?«

»Zumindest zwei von ihnen. Ursprünglich hat Ölmark wohl sechzehn Stück für Haga gefertigt. Das steht auch in der Originalrechnung.«

»Und warum kaufst du sie dann nicht? Hast du dir selbst zugehört? Du brauchst diese Stühle! Ich wette, niemand anderer würde sie so schätzen wie du.«

»Klar. Wenn du mal eben 450.000 Kronen für mich hast, mach ich das.« Als wäre dieser Vorschlag das Absurdeste, was er je gesagt hatte, grinste er sie schief an, ehe er wieder ernst wurde und einmal tief seufzte. »Ansonsten wird es wohl ein Traum bleiben. Meine Ersparnisse sind gänzlich in den Laden geflossen. Aber was soll's! An einem Tag wie heute kann ich zumindest träumen.«

Ich schenk sie dir. Es wäre so einfach für sie. Ein Anruf, ein Zücken ihrer Kreditkarte, und diese Stühle könnten ihm gehören. Er verdiente sie doch! Von allen Menschen auf der Welt verdiente er sie am meisten, denn noch nie im Leben hatte sie jemand anderen getroffen, der mit so viel Liebe und Leidenschaft von Antiquitäten sprach.

Aber nein. Nein! Dann müsste sie erklären, wer sie war, woher das Geld kam, mit dem sie ihm diesen Wunsch erfüllte, und zu welchem Preis ihre Familie zu ihrem Wohlstand gekommen war, und das kam nicht in Frage. Dann hätte nämlich Sander zwar seine Stühle, aber sie würde ihn verlieren, und der selbstsüchtige Teil von ihr konnte das nicht riskieren. Schnell nahm sie einen Schluck Wasser. Zu schnell, denn sie verschluckte sich, und Sander musste ihr auf den Rücken klopfen, damit sie wieder zu Atem kam. Auch als sie nicht mehr hustete, nahm er die Hand nicht von ihrem Rücken. Ihr Blick fiel in seinen. Lange hielten sie sich auf diese Weise fest, und die Welt machte etwas Seltsames: Sie schrumpfte und verdichtete sich. Bis es nur noch sie beide gab. Ihn und sie am Strand von Munkholmen. Das war nicht mehr nur die Sonne, die ihre Haut wärmte, sondern er. Sein Lächeln, seine Begeisterung, seine Art, sie sein zu lassen, wie sie war, ohne selbst so tun zu müssen, als wäre er genauso, und plötzlich wurde ihr eines klar: Sie wollte ihm nicht nur die Stühle schenken, sondern die ganze Welt.

Ein wenig später beobachtete Sander eine Möwe. Frech hüpfte sie auf der Suche nach Futter zwischen den Handtüchern und Picknickdecken der Sonnenbadenden umher. Jedes Mal, wenn einer der Strandgänger etwas zu essen auspackte, war sie zur Stelle. Einem kleinen Mädchen pickte sie einen Cracker direkt aus der Hand. Mit stolz erhobenem Schnabel flog der Vogel mit seiner Beute davon. Eine Schreckenssekunde lang guckte das Mädchen entsetzt auf die Hand, die eben noch den Cracker gehalten hatte, dann begann es zu heulen. Sofort war seine Mutter mit einer Tupperbox zur Stelle, tröstete und bot Ersatz an. Das Mädchen wollte nichts davon wissen. Dicke Tränen rannen ihm über die Wangen, immer wieder deutete es empört auf die Stelle der Festungsmauer, auf der jetzt die Diebin saß und genüsslich den Keks verspeiste.

Leise lächelnd wandte sich Sander seinem Buch zu. Er wusste nicht einmal genau, was er las. Irgendeinen Thriller über einen Meeresbiologen, der im Mittelmeer in eine höchst brisante politische Intrige verwickelt worden war. Die Geschichte war unterhaltsam und besaß ein rasches Tempo. Obwohl er sich alle paar Sekunden ablenken ließ, fiel es ihm leicht, in die Story einzutauchen, so spannend war sie geschrieben.

Ein leichter Wind kitzelte seine Haut. Die Art von Wind, die er mochte, weil sie sich anfühlte, als würde die Natur selbst ihn liebkosen. Frida neben ihm döste. Sie hatte sich auf die Seite gedreht und die Augen geschlossen. Ihr Haar hatte sie zu zwei dicken Strängen geflochten, doch an ihren Schläfen hatten sich ein paar Strähnen gelöst. Jedes Mal, wenn sie ausatmete, tanzten die feinen Härchen vor ihrer Nase. Er fragte sich, was sie wohl gerade träumte. So gerne wollte er ihr die Haare aus dem Gesicht streichen, wollte seine Hand in die Senke ihrer Taille legen und die Wärme ihres Körpers spüren. Hatte er wirklich einmal gedacht, sie sei nicht sein Typ? Hatte sich an ihren blauen Haaren und den schrillen Klamotten gestört?

In Wahrheit hatte er noch nie eine schönere Frau gesehen. Das lag nicht nur an ihren üppigen Kurven, der Fülle ihrer Brüste, ihrem grandiosen Hintern oder den prallen Schenkeln, von denen er sich immer öfter fragte, wie es sich anfühlen würde, wenn sie ihm diese um die Hüften schlingen würde. Frida besaß ein inneres Strahlen, einen beinah kindlichen Glauben an das Gute in der Welt. In allem, was sie tat, wurde deutlich, dass sie davon überzeugt war, etwas bewegen zu können. Wenn sie nur gut und freundlich zu der Welt war, wäre die Welt auch freundlich zu ihr. Zu Anfang hatte er ihre Einstellung für naiv gehalten. Jetzt verzauberte sie ihn, denn er spürte ganz tief in sich, dass sie ihn veränderte.

Eine Brise kam auf. Der Wind änderte sich. Aus dem zarten Liebkosen wurde ein Schlag ins Gesicht. Die Umschlagseiten seines Buches zappelten in der steifen Brise. Frida schlug die Augen auf und setzte sich auf.

Sie blinzelte verwirrt, ein wenig orientierungslos von ihrem Nickerchen. »Wow, brrr, ist das auf einmal kalt.« Sie rieb sich mit den Händen die Oberarme. »Meinst du, es kommt ein Gewitter auf?«

Er war so vertieft in seine Gedanken gewesen, dass er sich die Frage noch gar nicht gestellt hatte. Jetzt drängte sie sich ihm mit aller Gewalt auf. Auch die See hatte aufgefrischt. Schaumkrönchen tanzten auf quecksilberfarbenen Wellen. Über ihren Köpfen rasten die Wolken und tauchten mit ihrem Schattenspiel die Umgebung in mystisches Zwielicht. Dann, noch während er überlegte, wurde der Himmel plötzlich schwarz.

Sander sprang auf. »Wir müssen schnell unsere Sachen zusammenpacken.«

Sofort kam ihm Frida zu Hilfe. Sie kämpften gegen das Tosen des stärker werdenden Windes. Er zerrte an der Picknickdecke, als sie versuchten sie zusammenzulegen, fuhr unter Fridas Rock, bauschte ihn auf, hob ihn an. Die ersten Tropfen trafen sie auf dem Weg zurück zum Anleger, schlugen Krater in den Sand. Das nächste Boot fuhr erst in einer Viertelstunde. Immer mehr Ausflügler eilten aus allen Winkeln und Ecken der Insel herbei. Bald schon hatte sich eine Menschentraube gebildet. Wie Tiere auf einer Weide, die Schutz in der Gruppe suchten, kauerten sie zusammen. Manche hielten sich Handtücher über den Kopf, andere schützten sich nur, indem sie die Schultern nach oben zogen oder sich die Hand vors Gesicht hielten. Innerhalb von Minuten war der Regen so stark, dass er in schillernden Fäden vom Himmel stürzte.

»Komm her.« Sander öffnete die Arme für Frida. Er hatte nur seinen Körper, aber den bot er ihr gerne zum Schutz gegen die Naturgewalt.

Sie nahm die Einladung an, schlang ihm die Arme um die Taille, legte den Kopf an seine Brust. Er fühlte sie zittern, auf ihren Oberarmen blühte Gänsehaut, und obwohl auch er fror, war ihm im Bauch ganz warm – vor allem, als sie den Kopf hob und ihn ansah. Die gelösten Haarsträhnen klebten ihr klatschnass an den Wangen, Regen tropfte ihr von den Wimpern, das Rot ihrer Lippen war der einzige Farbklecks in einer Welt aus stürmischem Grau. Er konnte nicht anders und küsste sie.

Endlich näherte sich das Pendelboot dem Anleger. Das

tiefe Tuten des Signalhorns schallte durch den Sturm. Sander löste sich von Frida, aber nur so viel wie unbedingt nötig, um an Bord klettern zu können. Sie hatten Glück und schafften es, einen Sitzplatz zu ergattern. Eng aneinandergekuschelt suchten sie Wärme in der Nähe des anderen.

Nur sein Magen spielte nicht mit. Dem genügte ein Blick auf die schäumende Gischt, um zu rebellieren. Sanders Vater drehte sich höchstwahrscheinlich gerade im Grabe um. Er hatte nie verstanden, wie ausgerechnet der Sohn eines Fischers schon bei dem Gedanken an einen Ritt durch Wellentäler und -kämme seekrank werden konnte.

Ein wenig rutschte Sander von Frida ab, schluckte gegen die aufkommende Übelkeit an, panisch, dass seine Schwäche diesem wunderbaren Tag die Magie rauben würde.

»Alles klar bei dir?« Von der Seite her warf Frida ihm einen skeptischen Blick zu. Gott, sie war so schön mit ihrem regenverwischten Make-Up, den nassen Haaren und dem Oberteil ihres Kleides, das sich wie eine zweite Haut an ihren Körper schmiegte.

Sein Lächeln geriet zu einer Grimasse. »Geht schon.«

»Sag nicht, der Sohn eines Fischers wird seekrank.«

»Dieser Sohn eines Fischers ist eine Schande für seine Familie. Wäre mein Vater noch am Leben, könntest du ihn fragen. Er hätte dir zu dem Thema eine ganze Menge zu sagen.« In manchen Situationen half nur noch die Flucht in die Selbstironie.

Eine Sturmwolke zog über Fridas Miene, wütender noch als die am Himmel. Sie legte ihre Hand an seine Wange. »Hey«, sagte sie zärtlich. »Auch starke Kerle dürfen seekrank werden. Mir macht es nichts aus.«

Er sah in ihre Augen, versank in dem unendlichen Grau, und auf einmal war die Vorstellung, in den Wellen des Trondheimfjords zu ertrinken, gar nicht mehr so fürchterlich. Denn in diesem Moment zählte nur das Jetzt.

Entgegen seiner schlimmsten Befürchtungen erreichten sie die Stadt sicher. Ein paar Stunden zuvor hatten sie Trondheim bei strahlendem Sonnenschein verlassen, jetzt sah es aus, als wäre es urplötzlich Herbst geworden. Noch immer hingen die Gewitterwolken so tief, als wollten sie einem aufs Gemüt drücken. Die meisten Geschäfte hatten ihre Markisen eingezogen. In den Ladeneingängen drängten sich Menschen und suchten Schutz vor dem prasselnden Regen. Nur der eiserne Wikinger auf seinem Sockel am Anleger starrte weiter unbeirrt von den Launen der Natur in die Welt.

»Was machen wir jetzt? Bis wir zu Hause sind, sind wir halb erfroren. Soll ich versuchen, uns ein Taxi zu organisieren?«

»Ich habe eine bessere Idee.« Frida packte seine Hand und rannte los. Zu überrumpelt, um zu protestieren, folgte er ihr. An der zweiten Straßenecke zog sie ihn in ein Geschäft.

Im Inneren angekommen, schüttelte sie sich wie eine begossene Kirchenmaus. »Shop-Hopping«, antwortete sie auf seinen fragenden Blick. »Wir rennen immer so weit wir kommen. Wenn es zu kalt wird, suchen wir in dem nächstbesten Geschäft Unterschlupf, ohne vorher auf das Ladenschild zu gucken. Wetten, wir entdecken auf diese Weise Läden, die wir sonst nie beachtet hätten?« Sie grinste, blinzelte einmal. An ihren Wimpern funkelten Regenperlen. »Bist du dabei?«

Das war keine echte Frage, schließlich standen sie bereits in einem Geschäft. Sander rieb sich Nässe aus dem Gesicht, dann zuckte er mit den Schultern. »Warum nicht? Also: Was haben wir hier?«

Die ernüchternde Antwort lautete: einen dieser typischen Touristen-Shops. Es gab Schlüsselanhänger mit Trollfiguren, Norwegerpullis, T-Shirts und Taschen mit der norwegischen Flagge. Alles schrecklich überteuert und wenig ansprechend.

Also wieder hinaus in den Regen. Wieder eisiges Wasser in Nacken und Gesicht, bis ein weiterer Laden Fridas Aufmerksamkeit auf sich zog.

Diesmal verschlug es sie in eine winzige Glasgalerie. Von der Decke hingen irisierende Kugeln und funkelnde Gebilde aus buntem Glas. Auf Regalen standen Vasen, Öllämpchen, Tumbler, Kelche und Pokale. Ein ganzes Universum zerbrechlicher Schönheit.

»Wow!« Auch Frida gefiel, was sie sah. Sie kam mit der Künstlerin ins Gespräch. Sander trocknete still vor sich hin, während die beiden Frauen von verschiedenen Sandsorten auf unterschiedliche Techniken der Glasbläserei zu der Verwendung von Pigmenten kamen. Draußen prasselte noch immer der Regen, doch eine Viertelstunde später hatten sie eine neue Teilnehmerin für Kjerstis Spendenfest gewonnen und waren bereit für ihre nächste Etappe.

Bergan huschten sie von Geschäft zu Geschäft, und wenn sie einmal vor einer geschlossenen Ladentür standen – immerhin war Sonntag –, zuckten sie mit den Schultern, gaben sich ein paar Sekunden Zeit, um zu Atem zu kommen, und rannten weiter.

In einer Seitenstraße, beinah schon am Ende der Geschäftsmeile, duckten sie sich schließlich in einen schmalen Ladeneingang. Warmes Licht floss aus dem Inneren heraus ins Regengrau. Hoch über ihren Köpfen tanzten bunte Regenschirme, die an Drähten als Straßendekoration zwischen die Häuser gespannt waren.

»Pause!«, japste Frida. Sie hielt sich die Hand auf den Bauch, beugte sich lachend vornüber und griff nach der Türklinke wie nach dem sprichwörtlichen Strohhalm. »Ich kann nicht mehr. Himmel, bin ich in schlechter Form. Ich sollte doch mal mehr Sport machen als mein morgendliches Yoga.«

Die Tür gab nicht nach. Sander, der ein paar Schritte hinter Frida war, krachte mit der Brust in ihren Rücken.

»Uff!« Sie beide stöhnten, dann lachten sie. Ihr Hintern drückte sich an seine Leiste.

Der Radau vor der Tür schreckte eine junge Frau im Ladeninneren auf. Sie saß, mit einer Lupenbrille auf dem Kopf, an einem Arbeitstisch im hinteren Bereich des Geschäfts. Kurz runzelte sie die Stirn, nahm dann aber die Brille ab, wischte sich die Hände an einer Lederschürze ab, stand auf und kam auf sie zu. Von innen hantierte sie am Schloss herum. Im nächsten Moment öffnete sie die Tür.

»Kann ich was für euch tun?«, fragte sie.

Frida atmete noch immer schwer. »Nein, gar nicht, sorry. Wir kämpfen uns nur von Ladeneingang zu Ladeneingang, um dem Regen ein Schnippchen zu schlagen.«

»Warum kommt ihr dann nicht rein?« Die Ladenbesitzerin lächelte freundlich. »Ich bin Signe.«

»Oh, das ist wahnsinnig nett. Wir wollen aber nicht stören.«

Signe wischte Fridas Einwand beiseite. »Ich hab nur ein bisschen rumgespielt. Wenn die Wolken tief hängen, bin ich immer besonders kreativ.« Ein bisschen verlegen lachte sie. »Fragt mich nicht, warum.« Noch einmal machte sie eine einladende Geste. »Schaut euch gerne ein wenig um, während ihr trocknet.«

»Echt?« Frida strahlte.

»Echt«, bestätigte Signe.

Der Laden stellte sich als Schmuckschmiedeatelier heraus, in dem jedes Design durch eine sehr individuelle Handschrift bestach.

»Ist das alles Silber?« Frida betrachtete die Ausstellungsstücke in einer niedrigen Glasvitrine. Über ihre Schulter hinweg hatte auch Sander einen recht guten Blick auf die Sachen.

»Stahl, würde ich sagen.«

Signe nickte. »Dein Mann hat recht. Ich habe ein Faible für ungewöhnliche Arbeitsmaterialien. Stahl, Holz, Glas, Naturstein. Ich finde, der Wert eines Schmuckstücks sollte nicht im Material liegen, sondern in der Liebe zum Detail und der Kunstfertigkeit des Handwerks.«

»Mein Mann …«, verschwörerisch zwinkerte Frida ihm zu, »… hat ein gutes Auge.« Sie wanderte weiter zur nächsten Vitrine. Der dort ausgestellte Schmuck wirkte weit maskuliner als die meisten anderen Ausstellungsstücke. Armbänder aus Holz und Stahl mit großen Gliedern und Lederketten mit eingebrannten Mustern.

Ein bestimmtes Armband zog seinen Blick magisch an. Glieder aus einem gebürsteten schwarzen Werkstoff wurden oben und unten von einem schmalen Metallstreifen gehalten und liefen schließlich in einem Lederband aus. Es könnte simpel wirken, doch das Zusammenspiel der Materialien sowie die Verarbeitung vereinten sich zu einer Eleganz, die ihn instinktiv ansprach.

»Ist das ein Armband? Was ist das für ein Material? Granit?« Zum ersten Mal, seit sie ihr Shop-Hopping begonnen hatten, ergriff Sander das Wort.

Signe war sofort zur Stelle. Sie öffnete die Vitrine, deutete auf das Schmuckstück. »Das hier?«, fragte sie.

Er nickte. Die Goldschmiedin nahm das Samtdisplay, auf dem das Armband ausgestellt war, in die Hand und stellte es vor Sander auf die Ablagefläche. »Das schwarze Material ist gebürstetes Carbon, das ist ein unglaublich leichter, angenehm zu tragender Werkstoff. Schau mal, wie es schimmert! Beinah wie Ebenholz.« Vorsichtig wiegte sie das Schmuckstück im Licht der Deckenlampe hin und her. »Die Einfassung ist aus Platin, nicht aus Silber. Willst du es mal anprobieren?« Auffordernd hielt sie es ihm hin.

Sander trug keinen Schmuck. Nicht wirklich. Das höchste der Gefühle waren Manschettenknöpfe zu einem Abendhemd. Aber jetzt, an diesem verrückten, wundervollen Tag, konnte er nicht widerstehen. Er schob seinen Hemdärmel nach oben, hielt sich das Schmuckstück ans Handgelenk. Das Leder schmiegte sich angenehm weich an seine Haut, aber am meisten überraschte ihn die Wärme des Metalls. Carbon lebte nicht, doch an seinem Handgelenk fühlte es sich beinah so an.

»Lass mal sehen.« Frida griff nach seinem Arm. »Wow, schau dir das an! Du solltest immer Armbänder tragen. Wer hätte gedacht, dass du so sexy Handgelenke hast? Obwohl«, sie zuckte mit den Schultern, »ich hab das gedacht. Signe«, sie ließ Sanders Unterarm los und wandte sich an die andere, »das nehmen wir. Kann Sander es sofort anbehalten?«

Die Angesprochene strahlte. »Natürlich. Wenn du mit zur Kasse kommst, kann ich dich abkassieren, und natürlich bekommst du auch eine Quittung.«

»Aber …«, versuchte sich Sander an einem Protest. Frida musste die Sonne am Vormittag zu Kopf gestiegen sein. Oder ihre Hirnzellen waren vorübergehend eingefroren. Niemals könnte er zulassen, dass sie ihm mir nichts dir nichts ein Geschenk machte. »Das ist viel zu t…«

Weiter kam er nicht. Zärtlich legte Frida ihm einen Finger an die Lippen. »Bitte«, flehte sie. »Lass mich das für dich tun – und für mich. Als Erinnerung an diesen Tag. Ich möchte, dass du dich jedes Mal, wenn du dieses Armband trägst, daran erinnerst, wie wir Freunde geworden sind.« Sie unterbrach sich und schüttelte sacht den Kopf. »Nein, das stimmt nicht.« Mit den Fingerspitzen streichelte sie seine Wange. »Nicht Freunde. Ich habe noch kein Wort dafür, aber dass wir mehr als Freunde für mich sind, weiß ich. Deshalb brauche ich dieses Armband, Sander. Du magst es doch, oder? Ich sehe es in deinen Augen. Und es kann für mich das sagen, wofür ich noch keine Worte habe.«

Unter ihrer Berührung schmolz seine Entschlossenheit dahin. Doch wie ihr fehlten auch ihm die Worte, also küsste er sie, und sein Kuss war ihr Antwort genug.

14

Niemals in Fridas ganzem Leben hatte sich Regen wärmer angefühlt oder ein Gewitter verheißungsvoller. Der Wind trieb Erwartung durch die Gassen der Altstadt, Blitze jagten in die Gipfel der Berge in der Ferne. Pure Elektrizität kribbelte auf der Haut, und ihr Herz hämmerte gegen die Brust. Nicht weil sie rannten, und auch nicht, weil sie viel zu selten echten Sport machte.

Auch Sanders Finger zitterten, als er die Haustür aufschloss. Sie stolperten ins Trockene, sprachen kein Wort. Sie wussten, was jetzt passierte, was passieren musste. Hände zerrten an nassem Stoff. Sie ließen nicht voneinander ab, kickten die Schuhe von ihren Füßen. Auf dem Weg zu Sanders Schlafzimmer hinterließen sie eine Spur Klamotten. Sein Hemd, ihr Kleid. Seine Hose. Ihr BH. Seine Haut war feucht und kalt vom Regen, doch wo sie ihn berührte, flammte Hitze auf.

»Unter die Decke mit dir.« In seinem Schlafzimmer angekommen, hob er das Duvet für sie an. Natürlich war sein Bett gemacht. Das Laken knisterte, als sie sich darauf niederließ. Er folgte ihr unter die Decke. Sie war schwer von den

Daunen im Inneren, und als er sie über ihrer beider Köpfe zog, wurde es dunkel und ganz ruhig.

Im Dunkeln verschmolzen sie. Mund an Mund, Bauch an Bauch pressten sie sich aneinander, entledigten sich ihrer verbliebenen Kleidungsstücke, rieben Wärme zurück in ihre Körper. Ihre Beine verschlangen sich ineinander. Hände erforschten, streichelten und liebkosten. Gehauchte Nichtigkeiten verließen Sanders Mund, und Frida antwortete auf dieselbe Weise. Es spielte keine Rolle, was sie sagten. Einzig dass sie das hier gemeinsam taten, besaß Bedeutung.

Und dann, als ihre Küsse drängender wurden und ihre Berührungen verzweifelter, nahm er ihre Hände in seine, verschränkte ihre Finger ineinander und führte sie über ihren Kopf. Nur kurz hob er den Mund von ihrem. Sein Atem fächerte über ihr Gesicht, schnell und heftig, und an ihrem Eingang fühlte sie ihn pochen.

»Sicher?«, fragte er. Ein gehauchtes Wispern.

Sie nickte, und weil sie nicht wusste, ob er ihre Geste sah, dort im Dunkeln unter der Bettdecke, probierte sie es noch einmal mit richtigen Worten.

»Ich will dich«, flüsterte sie und meinte damit so viel mehr als den Sex. In ihrem ganzen Leben hatte sie vielleicht nichts so sehr gewollt wie diesen Mann. Sie wollte seinen Körper und seinen Geist. Sie wollte seine Geheimnisse und Ängste, sein Lachen und Lächeln. Sie wollte wissen, wovon er träumte, wollte ihm helfen, der Mann zu sein, der er sein wollte, und ihm zeigen dürfen, wer sie wirklich war.

»Frida.« Er schob seine Hüfte nach vorne, nur ein ganz kleines bisschen. Ihr Körper gab nach, machte sich bereit, doch dann hielt er inne.

»Ich … Ich brauche ein Kondom.« Er rollte sich von ihr. Das Licht, das durchs Fenster fiel, als er die Decke zurückzog, blendete sie und brachte sie zum Blinzeln. Im Nachttisch kramte er nach dem Gesuchten. Zum ersten Mal, seit sie das hier begonnen hatten, fühlte sie einen Hauch Befangenheit. Wie konnte sie es zulassen, dass sie sich so nah kamen, wenn sie ihm nicht einmal erzählt hatte, wer sie wirklich war? Wie konnte sie sich wünschen, dass das hier der Beginn von etwas war, wenn sie jetzt schon wusste, dass es enden würde, sobald er erfuhr, was sie vor ihm geheim hielt?

Ein Folienpäckchen knisterte, er streifte sich das Kondom über. »Alles okay bei dir?« Zurück unter der Decke rollte er sie auf die Seite. Von hinten schmiegte er sich an ihren Rücken, seine Leiste an ihrem Hintern, ein Arm unter ihrem Kopf, mit der anderen Hand zog er erneut die Decke über ihre Köpfe, eher er den Arm um ihren Bauch schlang. »Du fühlst dich so gut an. Alles an dir.« Er spielte mit ihren Brüsten, hauchte Küsse in ihren Nacken, unter ihr Ohr, und sie vergaß ihr schlechtes Gewissen, verdrängte jeden Gedanken, der diese Erfahrung mit ihm trüben könnte.

»Hmmm«, schnurrte sie, »du fühlst dich gut an. Alles, was du machst.«

»Ja?« Spielerisch zupfte er mit den Lippen an ihrem Ohrläppchen. »Vielleicht weiß ich etwas, das sich noch besser anfühlt. Wo waren wir vorhin stehengeblieben?«

»Hier.« Als Antwort bewegte sie ihren oberen Schenkel nach vorne, kippte ihr Becken, lud ihn ein.

Sander nahm sich Zeit. Stück für Stück schob er sich in sie. Sie schloss die Augen, gab sich hin. Egal, welche Lügen zwischen ihnen standen, das hier konnte nicht falsch sein.

Die Art, wie er sie füllte, wie seine Hand den Weg zwischen ihre Schenkel fand und sie im Rhythmus mit seinen Stößen verwöhnte. Noch nie hatte sie so etwas erlebt. Nicht die kleinste Regung ihres Körpers blieb ihm verborgen. Er achtete darauf und ließ sich davon leiten, passte seine Berührungen an, bis es nichts mehr gab außer ihn und sie und das, was sie teilten. Sie stand in Flammen, brannte für ihn, verlor sich in der Lust, die er in ihr weckte, und als es fast zu gut war, nahm sie seine freie Hand, klammerte sich daran, weil sie etwas brauchte, irgendetwas, an dem sie sich festhalten konnte, und führte sie zu ihrem Mund, um wenigstens etwas von ihm zu küssen.

»Ich …«

Sein Stöhnen klang tief, beinah animalisch, und sie konnte es nicht mehr aufhalten. Nichts mehr, absolut nichts, stand noch zwischen ihr und dem Abgrund. Also ließ sie los, stürzte sich in den Fall. Schockwellen aus Lust brandeten durch ihren Körper. Weil sie etwas tun musste, biss sie ihm in sein Handgelenk, während sich ihre inneren Muskeln um ihn schlossen und ihn mit sich zogen in diesen Strudel aus Befriedigung, Erschöpfung und … Liebe.

»Frida.« Ihren Namen zu hören, auf diese Weise, voller Verzweiflung in dem Augenblick, als er sich in ihr verströmte, während sie seinen hämmernden Herzschlag an ihrem Rücken spürte und der Duft ihres Liebesspiels die Luft um sie herum mit Schwere füllte, trieb ihr die Tränen in die Augen und machte alles perfekt.

Ein kleines bisschen später, immer noch schwer atmend, zog er sich aus ihr zurück. Er schlug die Decke zurück, rollte sie auf den Rücken und blickte auf sie herunter. Vorsichtig wischte er ihr die Tränen von der Wange, den Blick voller Wärme und Sorge.

»Ich bin nicht traurig«, versicherte sie ihm. »Es ist nur … Das war …« Ihr gingen die Worte aus. Wie sollte sie beschreiben, was die vergangene halbe Stunde mit ihr angerichtet hatte? Wie sollte sie sich jemals mit bedeutungslosen Affären mit Männern zufriedengeben, denen es, sobald sie erfuhren, wer sie war, immer nur darum ging, was sie von ihr bekommen konnten? Denen es niemals um sie gegangen war. Um Frida – statt um Frida Lunde.

»Es ist okay.« Er zog sie in seine Arme, hauchte Küsse auf ihren Scheitel. »Wir müssen nicht reden. Das hier ist genug.« Er drückte sie enger an sich, küsste ihre Stirn. »Du und ich. Alles andere ist egal.«

Das sagst du nur, weil du nicht weißt, wer ich bin. Der Gedanke kam, und sie verbannte ihn in die hinterste Ecke ihres Bewusstseins. So gerne wollte sie ihm glauben, wollte sich an der Vorstellung festhalten, dass es wirklich nichts ändern würde, wenn sie ihm sagte, aus welcher Familie sie stammte.

Sie kuschelte sich enger an ihn und schlief ein.

Ping!

Sander blinzelte die Augen auf.

Ping! Ping! Ping!

Im Halbschlaf rollte er sich auf die Seite zu seinem Nachttisch und tastete nach dem Handy. Ein verschlafenes Grummeln kam von der anderen Seite des Bettes. Seine Hand tastete ins Leere. Was zur … Er war sich sicher gewesen, sein

Handyalarm hätte ihn aus dem Land der Träume gerissen. Dabei hatte er so wunderbar geträumt. Von Frida und ihm. Unter einer Decke.

Sander war ein Mann, und als solcher hatte er durchaus etwas übrig für Sex, doch irgendwie hatte immer etwas gefehlt. Sex mit Linn hatte sich meist nicht viel anders angefühlt als Sex allein – nur mit dem Unterschied, dass ihn hinterher ein schlechtes Gewissen geplagt hatte, weil er gespürt hatte, dass auch ihr etwas fehlte. So wie in seinem Traum war es nie gewesen. Kein einziges Mal hatte er diese ... Verbindung gespürt. Dabei hatte sich alles so real angefühlt. Er konnte noch immer den Geschmack von Fridas Küssen auf seiner Zunge schmecken, hatte das süße Aroma ihres Körpers in seiner Nase.

»Sorry ...« Die Bettdecke neben ihm regte sich. Ein verwuschelter blauer Haarschopf tauchte auf, gefolgt von einer Hand.

Die Erkenntnis traf ihn mitten in der Brust. Das war kein Traum gewesen. Die letzte Nacht, der ganze letzte Tag war echt. Instinktiv tastete er nach seinem linken Handgelenk, fand dort das Armband, das Frida ihm geschenkt hatte.

»Oh Mann, schon so spät?« Ruckartig richtete sich Frida ganz auf. In ihrer Hand lag ihr Mobiltelefon. »Sander, aufwachen. Wir müssen in den Laden. Es ist schon nach acht.«

»Verdammt!« Ihm blieb keine Zeit mehr, weiter über die vergangene Nacht und das, was sie bedeutete, nachzudenken. »Wie können wir verschlafen haben? Ich verschlafe nie.«

Noch während er sprach, sprang Frida aus dem Bett. Hüpfend sammelte sie Kleidungsstücke vom Boden. Auf

Höhe der Tür drehte sie sich zu ihm um. »Weil du diesmal einen guten Grund dafür hattest.« Sie zwinkerte. »Danken kannst du mir später. Jetzt erst mal raus aus den Federn, Mister.«

Eine Sekunde lang gönnte er sich, ihr nachzusehen, dann rappelte er sich auf. In Windeseile zog er frische Unterwäsche an. Im Badezimmer teilten Frida und er sich beim Zähneputzen das Waschbecken. Sie gab ihm einen zahnpastaschaumigen Kuss auf die Nasenspitze, er gab ihr einen Klaps auf den Po. Niemals war die Welt rosiger erschienen als an diesem Morgen – trotz ihrer Eile, trotz des Frühstücks, das nur aus einem Kaffee und einer Scheibe Knäckebrot bestand, die sie im Stehen herunterschlangen. Trotz der restlichen Kleidungsstücke, die noch immer verstreut im ganzen Haus lagen und daran erinnerten, wie eilig sie es gestern gehabt hatten, ins Bett zu kommen.

Gerade noch pünktlich erreichten sie den *Laden der schillernden Schätze*. Ihre Freunde hatten sich selbst übertroffen. Nichts deutete mehr auf die Feier zur Neueröffnung hin, die am Samstag hier stattgefunden hatte.

War es wirklich noch nicht einmal zwei Tage her, dass sie zum ersten Mal die Ladentüren geöffnet hatten? Es kam ihm viel länger vor. Als wäre das der Ort und sie der Mensch, zu dem er schon immer gehört hatte.

Beschwingt nahm der Tag seinen Lauf. Sie arbeiteten gut zusammen. Frida legte leise Musik auf, drehte Videos für ihren Instagram-Account und begrüßte Kunden mit einem Lächeln und freundlichen Worten. Auf ihrer Seite des Ladens hatte sie sich eine Werkecke eingerichtet, wo sie an ihren Deko-Projekten arbeiten konnte. Sehr schnell stellte sich heraus, was für eine kluge Idee das gewesen war. Die Leute beobachteten sie durch das Schaufenster und kamen in den Laden, um ihr bei der Arbeit zuzusehen und sich Tipps zu ihren eigenen Dekoprojekten geben zu lassen. Die meisten gingen wieder, nachdem sie sich eine Weile mit Frida unterhalten hatten, doch manche blieben, und ein paar von ihnen verirrten sich dann sogar auf seine Seite des Geschäfts.

Wenn er nicht gebraucht wurde, verkroch sich Sander hinter seinen Schreibtisch. Er beantwortete E-Mails, hielt Kontakt mit Sammlern und Verkäufern und machte sich daran, das Gutachten für die Denkmalschutzbehörde zu erstellen. Jedes Mal, wenn das Glockenspiel einen neuen Kunden ankündigte, spitzte er die Ohren. Nicht nur, um herauszufinden, ob jemand etwas zu seinen Ausstellungsstücken wissen wollte, sondern auch, um Fridas Stimme zu hören.

Gott, er war verloren! Wie oft hatte er über Bekannte den Kopf geschüttelt, wenn sie begannen, sich wie bekloppte Teenager zu verhalten, nur weil sie verliebt waren. Jetzt bekam er die Quittung für seinen Spott. Es brauchte nicht mehr als ein Lächeln von Frida, einen Blick in ihr Gesicht oder die Erinnerung an die vergangene Nacht, und er konnte an nichts anderes mehr denken. Wie sollte er ein Gutachten formulieren, wenn eine Horde Schmetterlinge durch seinen Magen flatterte? Wie sollte er sich auf die Vergangenheit konzentrieren, wenn zum ersten Mal in seinem Leben das Jetzt so viel verlockender erschien?

Am frühen Nachmittag hielt er es nicht mehr aus. In der Küche setzte er einen Kaffee auf und suchte in den Oberschränken nach übrig gebliebenen Snacks von der Neueröffnung. Im dritten Hängeschrank wurde er fündig. Eine beinah volle Packung veganer Haferkekse versteckte sich hinter den Henkelbechern.

Er brühte den Kaffee auf, gab einen Schluck Hafermilch in das Gebräu und arrangierte die Kekse hübsch auf einem Unterteller. Durch das Küchenfenster fiel sein Blick auf die Äste eines Fliederbuschs im Hinterhof. Die Blüten reichten beinah bis ans Fenster. Er musste nur das Fenster öffnen, die Hand ausstrecken und …

Gedacht, getan. Die Blüte, die er ergatterte, war nicht mehr die frischeste, aber was zählte, war die Geste, oder nicht? Er legte die Blütendolde auf den Teller mit den Keksen und machte sich auf den Weg zu Frida.

Sie war allein im Laden. Mit grimmiger Miene guckte sie auf ihr Handy und tippte wie wild auf das Display ein.

»Unerfreuliche Neuigkeiten?« Er stellte Kaffee und Plätzchen auf ihren Werktisch, ehe er sich zu ihr beugte, um ihr einen kurzen Kuss auf die Lippen zu drücken.

Hektisch steckte sie ihr Handy ein. »Nein, ähm, gar nicht.« Ihre Miene hellte sich auf, als ihr Blick auf seine Gaben fiel. »Für mich?«

»Für wen sonst?« Er lehnte sich an die Tischplatte. Irgendetwas an ihr stimmte nicht. Immer wieder flatterte ihr Blick zu dem Handy in ihrem Schoß, sie knabberte an der Unterlippe, und auch die Sorgenfalte auf ihrer Stirn war noch nicht verschwunden.

»Bist du sicher, dass alles in Ordnung ist?«

»Ja, klar.« Auch ihre Stimme klang höher als sonst. Sie lachte ein bisschen. Nicht das herzliche, echte Lachen, das er in den letzten Wochen lieben gelernt hatte, sondern ein komischer Ton, der ihm ganz und gar nicht gefiel. »Was soll denn sein?«

»Ich weiß nicht. Du wirkst ...«

»Hattest du diese Woche nicht irgendwann den Termin bei der Denkmalschutzbehörde? Dafür musst du nach Oslo, oder?«

»Ja.« War es das, worüber sie sich Sorgen machte? »Ich hatte geplant, am Donnerstagabend den Nachtzug zu nehmen. Dann bin ich in der Früh in Oslo und kann mich mit ein paar Sammlern treffen und anschließend ins Zentralarchiv gehen, um dort die nötigen Dokumente einzusehen. Es wäre ja nur für einen Tag. Wenn ich auch zurück wieder mit dem Nachtzug fahre, bin ich am Samstag noch vor Ladenöffnung zurück. Hast du Bedenken, den Laden am Freitag allein zu schmeißen?«

»Nein, nein.« Wieder rutschte ihr Blick zu dem Handy. »Ich frage mich nur: Bist du dir sicher, dass du das an einem Tag schaffst? Das klingt fürchterlich stressig.«

»Willst du mich etwa länger loswerden?«

»Nein!« Ihre Antwort kam schnell. Vielleicht zu schnell. »Überhaupt nicht.« Sie stand auf, steckte das Mobiltelefon endgültig in die Rocktasche und schlang ihm die Arme um den Bauch. »Ich werde dich vermissen.«

»Wirklich?«

Sie nickte eifrig. »Jede Minute. Aber ich weiß ja, warum du mich allein lässt.«

»Für Kjersti.«

»Für Kjersti«, bestätigte sie. »Und damit wir es diesem aufgeblasenen Kai zeigen. Und weißt du, was das Gute daran ist, jemanden zu vermissen?«

»Du wirst es mir gleich erzählen.«

»Das Wiedersehen, Dr. Pettersen. Ich verspreche dir, wenn du zurückkommst, werde ich dich auf eine Weise begrüßen, die dir jede Sekunde der Trennung zehnmal vergeltet.«

Lachend legte er seine Stirn an ihre. »Ich nehme dich beim Wort.«

15

Selbst das blöde Windspiel klang anders, wenn ihre Schwester die Tür öffnete. Irgendwie aufgeräumter, eleganter. Nicht das willkürliche Klimbim von Klangstäben, die zufällig aneinanderstießen, sondern ein perfekter Dreiklang aufeinander abgestimmter Töne. Fridas Magen verkrampfte sich. Ihre Schwester war eine attraktive Frau. Thea besaß die Art von kühler Eleganz, die Künstler seit Jahrhunderten versuchten, in Gemälden festzuhalten oder in Marmor zu meißeln. Sie lächelte selten, aber in ihrer Miene lag stets ein durchdringendes Interesse. Ihre blauen Augen nahmen die Welt auf eine kalkulierende, abschätzende Art wahr. Als würde sie den Dingen wirklich auf den Grund gehen wollen. Die zweireihige Perlenkette um ihren Hals, das zart roséfarbene Twinset, das farblich zu ihrer Handtasche und den Schuhen passte, und der maßgeschneiderte graue Rock aus Schurwolle unterstützten diesen Eindruck. Das Outfit wirkte wie aus einem Luxusdesignerkatalog zusammengestellt. Alles passte perfekt zueinander, nicht ein einziger Fussel tanzte aus der Reihe. Solche Nachlässigkeiten würde Thea auch gar nicht zulassen. Sie hielt sich gerade, den Kopf erhoben, das Kinn gereckt. Draußen könnten dreißig Grad sein, oder drei, Thea würde immer so aussehen. Nichtigkeiten wie Wetter würden ihr niemals den perfekten Auftritt vermiesen.

Direkt hinter der Tür blieb sie stehen. Sie ließ den Blick durch den Laden schweifen, ehe sie Frida ins Visier nahm.

»Das ist also dein neustes Spielzeug. Ziemlich voll hier, dafür, dass der Laden noch nicht einmal zwei volle Wochen geöffnet hat. Hast du die ganzen Waren aus deinem Trust Fond bezahlt?«

Frida stand auf. Obwohl Thea sich angekündigt hatte, traf der Auftritt ihrer Schwester sie seltsam unvorbereitet. Sie hatte geplant, vor Theas Ankunft ihre Werkbank aufzuräumen und einmal alle Ausstellungsstücke staubzuwischen. Alles sollte aussehen wie aus dem Ei gepellt. Doch dann hatte sie Sander am Abend zum Bahnhof gebracht und ihn mit langen Küssen verabschiedet. Kaum zurück in seinem Haus, war die Sehnsucht nach ihm so groß gewesen, dass sie ihm eine WhatsApp-Nachricht geschrieben hatte. Erst eine, dann noch eine, und ehe sie es sich versahen, hatten sie die ganze Nacht gechattet, und Frida war erst kurz vor seiner Ankunft in Oslo eingeschlafen.

In der Folge hatte sie natürlich verschlafen und war deshalb zu spät in den Laden gekommen. Ihre Konzentration war am Arsch. Sie hatte vergessen, ihre Medikamente zu nehmen, und jetzt fiel ihr jedes Mal, wenn sie etwas anfing, etwas anderes auf, das sie tun sollte. Statt in einem Ladengeschäft Ordnung zu schaffen, das vor ihren Bemühungen perfekt ordentlich gewesen war, hatte sie Chaos gestiftet. Jetzt versuchte sie ihre Umgebung durch Theas Augen zu sehen und musste plötzlich gegen Tränen ankämpfen. Himmel, niemand interessierte, ob ein verdammtes Staubtuch auf einem Regal im Ausstellungsraum lag, oder ob ihre Duftkerzen ordentlich in einer Reihe oder quer verstreut im ganzen Laden präsentiert waren. Niemand störte sich daran, ob ihre Werkbank mit Quittungen und Papieren übersät war, die eigentlich in einen Ordner sortiert gehörten, oder ob sie es vorzog, ihren Papierkram in einem Schuhkarton zu sammeln. Warum hatte sie überhaupt versucht, in einer Hauruckaktion ihr Leben nach Theas Ansprüchen auszurichten? Sie wusste doch aus Erfahrung, wie das in aller Regel endete. Die Sache war nämlich die: Wenn sie einmal mit etwas anfing, dann wollte sie es perfekt machen. Wenn es ums Aufräumen ging, musste sie zum Beispiel erst einmal alles ausräumen. Aber um Dinge auszuräumen, musste sie sie irgendwo hinräumen, und da wo sie sie hinräumen wollte, lagen meist schon andere Dinge, also kamen die auf den Boden. Auf dem Boden liefen sie aber Gefahr umzufallen, also suchte sie nach Kisten, die als Zwischenlager dienen konnten, und dann vergaß sie, was in welcher Kiste war, und musste von vorne anfangen, und so ging es weiter und weiter, und ehe sie es sich versah, stand sie inmitten eines Wusts aus Papieren und Ordnern und Stapeln und Kartons voll … Zeug und wusste weder ein noch aus.

Sie hätte es besser wissen sollen, als ausgerechnet heute eine solche Mammutaufgabe anzugehen. Sander hatte für solche Dinge bestimmt eine Liste. Wenn er da wäre … Sie stoppte den Gedanken. Sander war nicht da, weil sie sichergestellt hatte, dass er und Thea sich nicht trafen. Ein Blick auf ihre Schwester und ihm wäre zweifellos klar geworden, dass Fridas Familie … nun, dass sie etwas Besonderes war. Und das war das Letzte, was sie gebrauchen konnte. Den Zeitpunkt, wann sie ihm offenbarte, wie die Geschichten ihrer und seiner Familie miteinander verquickt waren, wollte sie immer noch selbst bestimmen. Vielen Dank auch.

Sie riss sich zusammen und schenkte Thea ihr süßestes Lächeln. »Die Hälfte des Ladens gehört ja nicht mir.« Ihrer zur Schau gestellten Selbstsicherheit zum Trotz, fühlten sich ihre Knie an wie Wackelpudding, als sie auf Thea zuging, um sie zu begrüßen. »Hattest du eine gute Anreise? Wo parkst du?«

»Ich habe mir ein Taxi vom Flughafen genommen.« Seit Thea fünfzehn Jahre alt gewesen war, benutzte ihre Schwester dasselbe Parfum. Der vertraute Geruch nach Chanel No. 19 kitzelte Frida in der Nase.

Sie unterdrückte ein Niesen. »Also: Raus mit der Sprache. Was soll der Besuch hier? Haben Mutter und Vater dich geschickt? Sollst du sichergehen, dass ich nicht mein gesamtes Erbe verplempere, indem ich es einer Internetbekanntschaft in den Rachen werfe, und der Laden nur ein Vorwand ist? Wenn das so ist, kannst du direkt wieder umkehren.« Mit zu beiden Seiten ausgestreckten Armen drehte sich Frida einmal im Kreis. »Du siehst, der Laden ist echt. Kein Grund zur Sorge.«

»Bei dir klingt es immer, als wäre unsere Sorge um dich etwas Schlechtes. Wir haben dich lieb, Frida. Warum sträubst du dich so dagegen? Freust du dich gar nicht, dass ich hier bin?«

Oh, zu diesem Thema hätte Frida so viel zu sagen. Dass Liebe wohlwollend sein und sich nicht anfühlen sollte wie ein Stahlkorsett zum Beispiel. Dass auch sie ihre Familie liebte, aber immer das Gefühl hatte, ausgeschlossen zu sein. Immer war sie die Kleine, die Verrückte. Die, die durch eine Glasscheibe von außen zuguckte, während Thea und ihre Eltern, ja sogar Theas Mann, wirklich dazugehörten. Der altbekannte Trotz regte sich in ihr. Wenn das, was ihr wichtig war, so wenig zählte, dann wollte sie gar nicht dazugehören. Nur das kaum merkliche Beben in Theas Stimme, die winzige Spur von Unsicherheit, hielt sie davon ab, all das auszusprechen.

Stattdessen seufzte sie und zog Thea fester in die Arme. »Natürlich freue ich mich!«

Thea erwiderte die Umarmung, und für einen wundervollen Augenblick lang waren sie nur zwei Schwestern. Frida genoss den Moment, dann schob sie Thea auf Armeslänge von sich.

»Gut siehst du übrigens aus. Willst du den Laden sehen? Komm, ich zeig dir all unsere Schätze. Ich wette, auf Sanders Seite findest du das ein oder andere Stück, das dich überrascht.«

»Sander ist dein Kompagnon?« Bereitwillig ließ Thea sich auf Sanders Seite des Ladens führen.

»Ja.« Allein seinen Namen auszusprechen, bescherte ihr ein warmes Gefühl im Bauch. »Dr. Sander Pettersen. Er ist promovierter Kunsthistoriker und Restaurator. Sein Spezialgebiet ist die Gustavianische Ära. Wusstest du, dass zu der Zeit das Bürgertum und sogar die Bauern anfingen, die Lebensweise des Adels immer mehr nachzuahmen? Möbel und Einrichtung mussten nicht mehr nur zweckmäßig sein, sondern sollten auch hübsch aussehen. Siehst du zum Beispiel diese Kommode?« Sie deutete auf ein Möbelstück an der

Wand, das Sander erst vor ein paar Tagen einer Kundin vorgestellt hatte. »Sie ist aus Eiche gefertigt, aber die Farbe, in der sie lackiert ist, nennt sich *Gustavianisch Grau*. Als Sander sie aufgekauft hat, war sie heruntergekommen und hatte eine hässliche braune Lackierung, aber er hat sie nach original historischen Vorlagen und mit alten Handwerkstechniken restauriert. Früher dachte ich immer, alt bedeutet gleichzeitig altmodisch. Aber findest du nicht auch, so, wie sie jetzt aussieht, könnte sie in jeder modernen Wohnung stehen?«

Thea lauschte ihr, und mit jedem Wort, das sie sagte, wurden die Augen ihrer Schwester größer. »Du magst ihn«, stellte sie schließlich fest. »Diesen Sander. Wo ist er jetzt? Lässt er dich allein hier die Arbeit machen und heimst dann die Anerkennung ein?«

»Natürlich nicht!« Gott, das war so typisch Thea. »Warum musst du immer das Schlechteste denken? Er hat einen wichtigen Termin in Oslo.« *Und ich habe Himmel und Hölle in Bewegung gesetzt, damit dein Besuch und seine Hauptstadtreise auf denselben Termin fallen.*

»Wenn du das sagst.« Thea ließ sich weiter von ihr durch den Laden führen. Sie bestaunte Sanders Silbersammlung und nahm sich Zeit, eines der ausgestellten Gemälde eingehend zu betrachten. Zurück auf Fridas Seite, fiel ihr Blick auf das Chaos auf Fridas Werkbank.

»Soll ich dir helfen, das zu sortieren? Was sollen Kunden denken, wenn sie in den Laden kommen!«

»Ach, denen macht das nichts aus.« Grinsend biss sie sich auf die Unterlippe. »Im Gegenteil. Manchmal glaube ich, ein bisschen Unordnung trägt zur Atmosphäre bei.«

»Frida …«

»Okay, okay, okay. Weißt du was? Ich erlaube, dass du mir mit den Papieren hilfst. Und wenn wir das geschafft haben, lade ich dich auf einen Kaffee ein. Du musst doch etwas von Bakklandet sehen, wenn wir schon einmal hier sind. Wie klingt das?«

Thea konnte zwar eine selbstgefällige Kuh sein, aber sie erkannte ein Friedensangebot, wenn es ihr gemacht wurde – und mehr Friedensangebot, als ihrer Schwester die Gelegenheit zu geben, Einblick in ihre Geschäftsbelege zu bekommen, gab es nicht. Thea war eine Magierin, wenn es um Buchhaltung ging. Ein Blick auf Fridas Rechnungen und Kassenbelege, und sie würde ihren Eltern genaustens darüber Bericht erstatten können, ob Fridas neuste Geschäftsidee dazu gemacht war, Erfolg zu haben.

»Klingt nach einem Plan.« Voller Tatendrang rieb Thea sich die Hände. »Also: Zeig mir, nach welchem System du die Belege abheftest. Gemeinsam schaffen wir das schon.«

Tatsächlich machte es die erste Zeit sogar Spaß, gemeinsam mit Thea zu arbeiten. Ihre Schwester war so viel besser in diesen Dingen als sie. Im Nu legte sie ein Ablagesystem an, das es Frida auch in Zukunft leichter machen sollte, Ordnung in ihren Papieren zu halten. Frida nutzte die Zeit, um Thea von Kjersti, Ingrid, Guru, Julian und den anderen zu erzählen. Sie berichtete von der Scheunenauktion in Trondelag und dem Besuch auf dem Solgård und wie gut es ihr tat, wieder zurück in Norwegen zu sein, aber weit genug weg von Oslo, um nicht das Gefühl zu haben, an der Last ihres Namens zu ersticken.

Alles lief wunderbar. Ab und zu lachten sie und Thea sogar gemeinsam, und das war der Fehler. Frida ließ ihre

Abwehrmechanismen fallen, wurde unvorsichtig, und so dachte sie nicht weiter darüber nach, als sie ihrer Schwester die Quittung für das Armband reichte, das sie Sander gekauft hatte.

»Das war eine Privatauslage«, erklärte sie. »Die musst du separat abheften, richtig? Damit der Buchhalter die richtig kontieren kann?«

Thea nahm die Quittung entgegen und überflog die Angaben auf dem Zettel. »Ich wusste es!« Ihre Finger zuckten. Frida befürchtete schon, dass Thea den Beleg zerknüllen würde, also nahm sie ihn ihrer Schwester schnell aus der Hand.

»Was soll das heißen, du wusstest es?«

»Ich bitte dich!« Sie schrie nicht. Thea schrie nie, aber so wie ihre Stimme bebte, wünschte sich Frida beinah, es wäre anders. »So, wie du über diesen Sander geredet hast, war doch sofort klar, dass du dich mal wieder verknallt hast. Sei ehrlich, dieser ganze Laden hier …« Sie machte eine ausladende Geste in den Raum hinein, »… hast du den allein gemietet? Womöglich sogar die teuren Antiquitäten gekauft? Alles nur, um einen Mann zu beeindrucken?«

»Das denkst du von mir?« Im Gegensatz zu ihrer Schwester sah Frida nichts Undamenhaftes darin, die Stimme zu erheben, wenn ihr danach war. Und guter Gott, momentan war ihr danach! Das Ding war nur: Sie konnte nicht. Der Kloß in ihrer Kehle verhinderte es. Mehr als ein Flüstern brachte sie nicht hervor.

»Frida …« Theas Stimme wurde ein wenig sanfter. »Ich will dich doch nicht verletzen. Aber du musst zugeben, das alles ist ein wenig … seltsam. Diese ganze Idee, einen Laden zu eröffnen, nur weil du mit einer Person im Internet kommuniziert hast. Und dann auch noch gemeinsam mit einem Mann, den du zuvor nie erwähnt hattest. Wir beide wissen doch, wie das bei dir läuft. Du lernst einen Typen kennen, und schwupp bist du Feuer und Flamme. Du gibst immer alles von dir, und die Leute nehmen und nehmen. Denn du bist eine Lunde, und die Lundes haben ja genug von allem. Diese Leute nutzen dich aus, Frida, und du lässt es jedes Mal aufs Neue zu.«

»Niemand hier weiß, wer ich bin – noch nicht einmal Kjersti. Lunde ist ein Allerweltsname. Für die Menschen hier, für Sander, bin ich einfach nur Frida, die Dekofee von Instagram, die gerne schöne Dinge bastelt und jetzt einen Laden hat. Sie mögen mich, Thea!« Sie tippte sich mit dem Finger auf die Brust. »Mich, verstehst du? Mutter, Vater und du, ihr könnt euch das vielleicht nicht vorstellen, aber es gibt wirklich Menschen dort draußen, die mich genau so gernhaben, wie ich bin. Willst du mir das wirklich vermiesen? Bist du deshalb nach Trondheim gekommen?«

»Und was ist dann damit?« Thea deutete auf die Quittung.

»Es war ein Geschenk. Ein verdammtes Herrenarmband. Hast du auf den Preis geschaut? Wir reden hier nicht von den Kronjuwelen. Das Ding hat nicht einmal fünftausend Kronen gekostet.«

»Und was hat er für dich getan? Du sprichst in den höchsten Tönen von ihm, und doch bist du es, die hier im Laden steht und die Stellung hält, während er irgendwo seinen Spaß hat. Du bist es, die ihm Geschenke macht. Was schenkt er dir, Frida?«

Seine Liebe. Nie in ihrem Leben war ihr eine Antwort so klar gewesen. Sander hatte zwar noch nicht gesagt, dass er sie liebte, aber er zeigte es ihr auf so viele unterschiedliche Arten. Sander war der erste Mensch in ihrem Leben, der sie nicht ändern wollte. Zu etlichen Dingen hatten sie unterschiedliche Meinungen, aber er hatte niemals versucht, sie von ihrer abzubringen. Selbst wenn sie stritten, geschah das auf Augenhöhe. Diese Art von Respekt und Liebe war ihr vollkommen fremd. Nicht einmal von ihrer Familie hatte sie sie erfahren.

Wütend wischte sie sich mit dem Handrücken Feuchtigkeit von der Wange. Ganz toll, jetzt heulte sie auch noch. Ohne ihre Schwester noch einmal anzusehen, ging sie zur Tür.

Thea sprang von ihrem Stuhl auf und rannte ihr nach. »He, wo willst du hin? Das ist so typisch du. Du kannst nicht immer wenn es ungemütlich wird davonlaufen, Frida! Genau dieses Muster hat dich einmal um die halbe Welt geführt. Wann willst du endlich einmal bleiben und dich deinem Leben stellen?«

»Ich gehe einen Kaffee trinken. Komm mit, oder lass es bleiben. Mir ist beides recht.«

»Und der Laden? Wer passt in der Zwischenzeit hier auf?«

Demonstrativ drehte Frida das Schild in der Tür von »Geöffnet« auf »Geschlossen«.

Mit einem abschätzigen Zischen auf den Lippen folgte Thea ihr. Es war ein viel zu schöner Tag für distanziertes Schweigen, und doch sagten weder sie noch ihre Schwester ein Wort. Falls Thea ein schlechtes Gewissen hatte, ließ sie es sich nicht anmerken. Wahrscheinlich meinte sie es wirklich und wahrhaftig nur gut mit Frida, und das machte alles nur noch schlimmer.

Auf der Straße herrschte reges Treiben. Halb Trondheim schien es ins Freie gezogen zu haben. Menschen in kurzärmligen T-Shirts und fröhlichen Sommerklamotten bevölkerten das Viertel. Viele trugen Tüten mit sich herum. Einkäufe, schätzte Frida, mit denen sie sich selbst oder ihre Liebsten verwöhnten. Eine Gruppe Jugendlicher saß auf einem Mäuerchen. Die Kids aßen ein Eis. Einer der Jungs warf den Möwen Stücke des Waffelhörnchens zu. Augenblicklich versammelte sich eine tierische Fangemeinde um ihn und seine Freunde. Vor dem Falafelladen hatte sich eine Schlange gebildet. Die würzigen Aromen der orientalischen Köstlichkeiten fluteten auf die Straße. Selbst die Tür von Iver Østigårds Angelladen stand weit offen. Im Inneren sortierte der alte Herr die Angelruten. Gerade als Frida und Thea vorbeikamen, sah er auf. Er lüpfte seine Schiebermütze und winkte ihnen fröhlich zu.

»Na, wenn das nicht das hübscheste Mädchen in ganz Bakklandet ist! Wo hast du unseren Sander denn heute gelassen, *lille venn*? Nutzt er das gute Wetter aus und ist zum Angeln gegangen? Wenn er Köder braucht, sag ihm, bei mir bekommt er einen Freundschaftspreis.«

Frida lachte. »Nein, er ist in Oslo. Du weißt schon, bei der Denkmalschutzbehörde, wegen des Umbaus von Kjerstis Wohnung.«

Ivers Miene wurde ernst. »Der Termin ist heute?« Er schüttelte den Kopf, nicht abweisend, eher als könnte er nicht recht glauben, dass er das Datum vergessen hatte. »Ich hab es euch beiden ja schon oft gesagt, aber es gibt Dinge, die kann man nicht oft genug wiederholen: Was ihr für unsere Kjersti auf die Beine stellt, das ist eine wirklich feine Sache. Du bist vielleicht noch nicht lange hier, aber durch diese Sache bist du jetzt für immer eine Bakkländerin.«

Gerührt von den ehrlichen Worten des alten Seebären ging Frida auf ihn zu und drückte ihm einen Kuss auf die Wange. »Danke, Iver.«

Er wurde rot. Ohne Mist, der alte, kauzige Seebär, den normalerweise nichts aus der Ruhe bringen konnte, wurde rot.

»Wir müssen aber weiter, Iver. Bis zur nächsten Møte dann.«

»Bis zur nächsten Møte.«

Sie waren kaum ein paar Schritte weitergekommen, als Cecilie ihnen zuwinkte. Die Boutiquebesitzerin stand gerade mit ein paar Kundinnen bei den Kleiderstangen vor ihrem Laden. »Frida!«, rief sie ihnen zu. »Hast du kurz Zeit?«

»Sicher.«

Dicht gefolgt von Thea betrat Frida den Damenmodenladen. Die Besitzerin sah von einer der Schwestern zur anderen. »Oh, ich wusste nicht, dass du Besuch hast.«

»Thea Lunde.« Thea streckte Cecilie die Hand hin. »Da Frida scheinbar nicht vorhat, uns einander bekannt zu machen, muss ich das wohl selbst übernehmen. Ich bin Fridas Schwester.«

»Oh.« Die Spannung zwischen ihr und Thea war offenbar deutlich sichtbar. Unsicher erwiderte Cecilie Theas Gruß.

»Was gibt es denn?« Frida bemühte sich um ein Lächeln. Heraus kam höchstwahrscheinlich eine Grimasse. Wenn sie etwas wirklich nicht wollte, dann, dass Thea jetzt einen auf große Hose machte und Fragen provozierte. Fragen wie zum Beispiel, wie es kam, dass sie bisher nie über ihre Familie gesprochen hatte. »Du wolltest mir etwas sagen?«

»Ach ja.« Cecilie wischte sich ein paar ihrer wilden Locken aus dem Gesicht. »Stell dir vor, die Kerzen, die ich von dir in Kommission genommen habe, sind alle verkauft. Ich muss dir deinen Anteil noch auszahlen, und natürlich wollte ich weitere in Auftrag geben. Meinst du, das geht?«

»Klar.« Frida biss sich auf die Unterlippe. »Komm am besten heute Abend bei mir im Laden vorbei. Dann können wir alles klären.« Wenn ich wieder allein bin und meine Schwester nicht jede meiner Entscheidungen in Zweifel zieht, fügte sie im Stillen hinzu.

»So machen wir es. Und was habt ihr zwei Hübschen jetzt vor? Ein bisschen Sightseeing? Oder warst du schon mal in Trondheim?« Die letzte Frage richtete sich an Thea. »Himmel«, sie unterbrach sich selbst und wandte sich an Frida, »ich stelle gerade fest, dass ich eigentlich kaum etwas von dir weiß. Vielleicht wohnt deine Familie ja sogar hier.«

»Ich wohne in Oslo und bin nur zu Besuch. In der Firma ist immer viel zu tun, aber ich wollte mich trotzdem mal umsehen, was unser Nesthäkchen so treibt. Wenigstens ist ihr neustes Projekt in Norwegen und nicht …«

»Wir müssen weiter«, unterbrach Frida ihre Schwester. »Wenn wir zu spät kommen, finden wir sicher keinen Platz mehr bei Ingrid. Um die Mittagszeit ist es dort immer rappelvoll.«

»Wenn das so ist, will ich euch nicht aufhalten. Lasst es euch schmecken!« Cecilie winkte ihnen zu, und Frida atmete auf.

Auch *Det Lille Kaffekompaniet* musterte Thea, als sei

es ein Investitionsprojekt. Sie stellte sich Ingrid als Fridas Schwester vor und stellte Fragen, von denen Frida nur zu gut wusste, dass sie im Grunde ein Kreuzverhör waren.

Seit Frida beinah jede Mittagspause bei Ingrid verbrachte, befand sich auf der Tageskarte immer auch ein veganes Gericht, denn so lief es nun mal in Bakklandet.

Sie saßen an einem der Außentische des Cafés. Mit üppig blühenden Hortensien bepflanzte Blumenkästen begrenzten die Terrasse zur Straße hin. Von ihrem Platz aus hatten sie einen wunderbaren Blick auf den Fluss. Zwei Kinder ließen auf dem Bürgersteig einen Kreisel tanzen, und obwohl sie die Passanten damit zwangen, ihnen auszuweichen, verlor niemand ein böses Wort über die Knirpse. Im Gegenteil: Die meisten lächelten den Kindern freundlich zu. Eine ältere Dame mit Pudel an der Leine bückte sich sogar zu ihnen herunter und fragte, ob sie das Spiel auch einmal probieren dürfe. Die Kleinen stimmten zu und staunten nicht schlecht, als es der Älteren auf Anhieb gelang. Nur der Pudel war skeptisch und kläffte den Kreisel an, dass einem die Ohren davon klingelten. Eine Häuserecke weiter hatte sich ein Straßenmusiker mit seinem Cello platziert. Die singenden Töne des Instruments untermalten die Gespräche der Passanten und Café-Gäste. Es war ein perfekter Tag, und doch konnte Frida es kaum erwarten, dass er zu Ende ging. Lustlos stocherte sie in ihrer mit Kichererbsen-Taboulé gefüllten Süßkartoffel herum. Sicher hatte sich Ingrid mit ihren Kochkünsten mal wieder selbst übertroffen, doch Frida schmeckte nur Pappmaché. So konnte das nicht weitergehen. Sie legte das Besteck beiseite, wischte sich den Mund mit der Serviette ab und sah Thea direkt in die Augen.

»Ich habe nie irgendwo dazugepasst, Thea. Nicht zu euch und nicht zu den Kerlen, von denen ich geglaubt habe, dass ich in sie verliebt wäre – an Letzteres hast du mich ja vorhin sehr vehement erinnert. Aber sieh dich doch um! Hier fühle ich mich richtig. Hier fühle ich mich als Teil von etwas. Mach mir das nicht kaputt, ich bitte dich. Red mir nicht ein, dass diese Menschen hier mehr wollen als einfach nur meine Freundschaft. Du hast sie doch heute erlebt. Hattest du wirklich den Eindruck, sie würden mir etwas vorspielen? Ich nicht. Sie sind meine Freunde, Thea, und davon habe ich nicht allzu viele. Nimm mir das nicht weg.«

Wie ein unsichtbarer Stein, der auf ihrer Brust lag und ihr die Luft abdrückte, hingen ihre Worte zwischen ihnen.

Dann hob Thea den Blick, sah Frida direkt in die Augen, und die Tiefe des Mitgefühls, das sie im Blick ihrer Schwester lesen konnte, trieb auch ihr um ein Haar wieder die Tränen in die Augen.

»Ich meine es doch nur gut mit dir, Frida. Ich liebe dich, du bist meine Schwester! Ich will einfach nicht, dass du noch einmal enttäuscht wirst.«

»Wenn du mich liebst, dann lass mich meine Fehler selber machen. Sie gehören zu mir. Und vielleicht …« Sie schluckte. »… vielleicht ist es diesmal anders. Ich will daran glauben, Thea, und ich wünsche mir, du könntest mir vertrauen.«

Eine Sekunde verstrich, dann noch eine, dann nickte Thea und legte ihre Hand auf die von Frida. »Der Laden ist wirklich ein Schmuckstück. Das hätte ich viel früher sagen sollen. Und er ist in einem tollen Viertel. Ich wünsche dir von Herzen viel Erfolg, Frida. Wenn du Fragen hast oder Hilfe brauchst, mit geschäftlichen Dingen, meine ich, dann …«

»Weiß ich, wo ich dich erreiche«, beendete sie den Satz ihrer Schwester. Und zum ersten Mal, seit Thea ihren Besuch angekündigt hatte, war Frida froh, ihre Schwester bei sich zu haben.

16

Heimkommen. In der Vergangenheit bedeutete das für Sander: eine vertraute Wohnung, ein vertrautes Bett. Eine heiße Dusche, um sich den Staub des Tages abzuwaschen. Vielleicht ein Glas Wein am Kamin. Der roten Flüssigkeit zusehen, wie sie in öligen Wolken am Glasrand haftete. Mit Linn die Ereignisse des Tages Revue passieren zu lassen, mit ruhiger Stimme und in ausgewählten Worten, war ihm immer wie der Inbegriff von Luxus vorgekommen. Als Zeichen für das, was er erreicht hatte. Zu oft hatte ihn als Kind nur ein wieder aufgewärmtes Essen und die Einsamkeit einer lieblos eingerichteten Wohnung erwartet. Doch selbst der beste Wein machte aus einem Heimkommen kein Ankommen.

Die vergangenen beiden Nächte und der anstrengende Tag in Oslo hingen ihm in den Knochen, als er am frühen Samstagmorgen aus dem Zug stieg. Normalerweise hatte er nichts gegen den knapp eineinhalb Kilometer langen Fußmarsch vom Bahnhof in die Øvre Bakklandet. Doch er hatte im Zug schlecht geschlafen, und jetzt spürte er jeden Muskel im Leib. Sein Nacken war steif, und obwohl es auch heute wieder versprach, ein sonniger Frühsommertag zu werden, fröstelte er.

Mit ihm verließen hauptsächlich Touristen den Zug – junge Leute in Funktionskleidung mit auffälligen Sonnenbrillen auf der Nase und riesigen Rucksäcken auf den Schultern. Den meisten von ihnen schien die lange Nachtfahrt nichts ausgemacht zu haben. Sie brachen in ein Abenteuer auf, sirrten vor Energie und der Hoffnung auf unvergessliche Erlebnisse. Sander bezweifelte nicht, dass sie ihre Aventüren finden würden. Sein Land hielt für beinah jeden etwas bereit, und vor allem Trondheim vereinte Kultur, Natur und Historie auf eine Weise, der sich kaum einer zu entziehen vermochte. Im Schatten des Nidarsdom waren Könige gekrönt und ermordet worden. Die Kristiansen Festung hatte so manchem Krieg standgehalten. Tausende Lachse reisten Jahr für Jahr durch die Nidelva, der Fjord lockte mit tiefen Wassern, und an Tagen, wenn der Wind auf diese ganz spezielle Weise an den Berghängen entlangstrich, klang es, als würden die Trolle auf den nahegelegenen Gipfeln singen und murren.

Gegen die Sonne anblinzelnd trat er auf den Bahnhofsvorplatz. Dort, direkt vor ihm, mitten im Halteverbot stand ein rosafarbener VW-Bus. Die Lackierung war noch immer schrill, die stilisierten Margeriten auf der Seite unendlich kitschig, und doch hüpfte sein Herz beim Anblick des Gefährts wie ein Frühlingszicklein. Sein Brustkorb weitete sich. Noch immer tat sein ganzer Körper weh, aber auf einmal war es egal. Er beschleunigte seine Schritte, bis er beinah rannte.

Frida musste ihn in der Menge erkannt haben, denn sie öffnete die Fahrertür, sprang aus dem Bus und breitete die Arme für ihn aus.

Sie fanden zusammen wie zwei Magnete. Seine Arme um ihre Schultern, ihre um seine Taille. Ihr Atem an seinem Hals, seine Lippen auf ihrem Scheitel. Ein paar Sekunden nur, doch ein paar Sekunden genügten, um zu begreifen, was *Heimkommen* wirklich bedeutete.

»Ich hab dich vermisst.« Sie schälte sich aus seiner Umarmung, musterte ihn von oben bis unten. »War die Reise okay? Konntest du in Oslo alles erreichen, was du schaffen wolltest?«

Er fuhr sich mit der Hand über die Stirn. »Ja.« Es klang nicht wie eine Bekräftigung, eher wie eine Frage, deshalb nickte er. »Ja, im Grunde können wir jederzeit mit dem Innenumbau beginnen. Für die größeren baulichen Maßnahmen müssen wir noch abwarten.« Er verzog das Gesicht. »Du weißt ja, wie das mit Behörden ist, jeder Beschluss dauert eine Ewigkeit. Aber in diesem Fall könnte das gar nicht so schlimm sein. Für große Umbauarbeiten benötigen wir ohnehin das Geld von dem Spendenfest. Für Kjersti können aber schon kleine Dinge viel bewirken, so Sachen wie eine bodengleiche Dusche oder die Begradigung der Schwellen. Die Liste mit den Handwerkern wurde mir abgesegnet. Das ist schon mal gut, wir müssen nur gut überlegen, was sich jetzt schon machen lässt, ohne später dann, bei den größeren Umbauten, wieder zerstört zu werden.«

Sie zuckte mit den Schultern. »Im Zweifelsfall machen wir das ein oder andere eben doppelt.« Sie küsste ihn auf die Nase. »Du hast das jedenfalls toll gemacht.« Der Belohnungskuss landete statt auf der Nase auf seinen Lippen.

»Und jetzt? Erst nach Hause oder direkt in den Laden? Was meinst du?«

»Lieber direkt in die Arbeit. Wenn ich mich erst mal zu Hause hinsetze, komme ich heute nicht mehr hoch.«

»Dann lade ich dich wenigstens zu einem Frühstück bei Ingrid ein. Koffein weckt die Lebensgeister.«

»In Ordnung. Hoffentlich hast du recht.«

Von der Seite her zwinkerte sie ihm zu. »Mittlerweile solltest du wissen, dass ich immer recht habe.«

»Stimmt – und ein bedauerlich geringes Selbstbewusstsein.«

Lachend und flirtend kutschierte Frida sie nach Bakklandet. Um kurz vor acht in der Früh erwachte das Viertel gerade zum Leben: Studierende auf dem Weg zur Uni, Geschäftsleute auf dem Weg zur Arbeit. Guro wischte mit einem Lappen den Morgentau vom Schaufenster des Wollladens, Marit goss die Blumen in der Auslage ihres Geschäfts. Beide waren so vertieft in die Arbeit, dass sie ihnen nicht einmal zuwinkten.

Anders Ingrid. Kaum hatten Sander und Frida die Schwelle der *Lille Kaffekompaniet* überschritten, winkte sie ihnen freundlich zu.

»Das Übliche?«, rief sie ihnen entgegen, während sie noch einen anderen Kunden bediente.

Sander nickte.

»Einen Americano und eine große Latte mit Popcorngeschmack und Hafermilch kommen sofort. Seid ihr nur zu zweit?« Die Frage stellte Ingrid in Fridas Richtung. »Oder willst du deiner Schwester etwas mitbringen?«

»Nein!«

»Deiner Schwester?«

Er und Frida antworteten gleichzeitig.

Verwirrt schaute Ingrid von einem zum anderen. »Ist Thea schon wieder abgereist? Das ist aber schade. So eine nette Frau, zwar so ganz anders als du, aber das muss ja nichts heißen. Bis sie aufgetaut ist, habe ich gedacht, sie sei etwas sehr etepetete, aber du hast sie schon aus der Reserve gelockt, was, Frida? Am Ende sah sie aus, als würde es ihr richtig gut hier in unserem Bakklandet gefallen.« Die Kaffeemaschine zischte, Ingrid musste kurz Atem holen, dann wandte sie sich Sander zu. »Hattest du überhaupt Gelegenheit, Fridas Schwester kennenzulernen? Du warst doch gestern in Oslo. Wäre ja zu schade, wenn ihr euch verpasst hättet.«

Sander blinzelte. Er hatte keine Ahnung, wovon Ingrid redete. »Ja, ich …«

»Wir halten nur die Schlange auf.« Energisch griff Frida nach den beiden Kaffeebechern und zupfte an Sanders Hemdsärmel. »Schreib die beiden Kaffee einfach auf meine Rechnung. Wir sehen uns, ja? Bis bald.« Ehe er noch einmal zu Wort kommen konnte, zog sie ihn zur Tür.

Was bitteschön war das für eine Aktion gewesen? Kaum standen sie im Freien, stemmte er die Hacken in den Boden und befreite sich aus Fridas Griff.

»Deine Schwester war gestern in Trondheim?«

Frida wich seinem Blick aus. Unbeirrt stapfte sie weiter die Straße entlang.

»Frida!« Diesmal packte er sie am Arm. »Warum hast du mir nichts davon erzählt? Himmel, ich wusste nicht einmal, dass du eine Schwester hast. Und jetzt erfahre ich das von Ingrid?«

»Na und?« Abrupt drehte sie sich zu ihm um. »Was macht es für einen Unterschied, ob ich eine Schwester habe, fünf oder gar keine?«

»Gar keinen. Ich dachte nur ...« Ihm gingen die Worte aus. Auf einmal ergab Fridas Geheimnistuerei in den letzten Tagen so viel mehr Sinn. All die kurzen Augenblicke fielen ihm ein, in denen sie beinah schuldbewusst an ihrem Handy herumgespielt und das Gerät dann versteckt hatte, sobald er einen Raum betrat. Er atmete ein, doch der Sauerstoff schien seine Lungen nicht zu erreichen.

»Du wolltest nicht, dass ich sie treffe.« Er formulierte es nicht als Frage, trotzdem hoffte ein Teil von ihm, dass sie ihm widersprechen würde. Instinktiv machte er einen Schritt rückwärts, brauchte Abstand. Emotionen stiegen in ihm auf, die er lang vergessen geglaubt hatte. »Bin ich dir peinlich?« So wie früher. So, wie seinem Vater ein Fischersohn peinlich gewesen war, der seekrank wurde. So, wie den Kindern in der Schule ein Mitschüler peinlich gewesen war, der lange Wochen im Jahr allein in einer verlassenen Wohnung hauste.

»Quatsch! Das ist ja lächerlich!«

»Ist es das wirklich?«

»Warum fragst du das überhaupt?« Angriffslustig stemmte sie ihre Hände in die Hüfte. »Ich bin dir keine Rechenschaft schuldig, Sander! Mit wem ich mich treffe und wann ich das tue, ist ganz allein meine Sache.«

»Natürlich, es ist nur ...«

»Was? Ich bin eine erwachsene Frau, verflucht noch mal! Ich kann meine eigenen Entscheidungen treffen. Nur weil wir ein paarmal miteinander ins Bett gegangen sind, bedeutet das nicht, dass du mein Babysitter bist!«

Unfähig, ihrem Blick weiter standzuhalten, sah er auf seine Schuhspitzen. »So siehst du das also.« Mit den Fingern der Rechten tastete er an sein linkes Handgelenk, erfühlte dort ihr Geschenk an ihn. Eine Lüge. Alles war nur eine Lüge.

Sie warf eine Hand in die Luft, machte eine abwehrende Geste. »Und genau das ist der Grund, warum es zwischen mir und den Männern einfach nie klappt. Kaum fängt es an, ernster zu werden, denken alle, ich muss genau ihren Vorstellungen entsprechen.« Sie schluckte, ihre Stimme wurde leiser und leiser, bis nur noch ein Flüstern ihre Lippen verließ. »Ich dachte, du seist anders, Sander. Ich dachte, du willst wirklich mich.«

Er schloss die Augen. Dieselben Worte. Exakt dieselben Worte hatte Linn ihm an den Kopf geworfen, als sie ihre Beziehung beendet hatte. Damals hatte er sich verunsichern lassen. War es wirklich Linn gewesen, die er liebte, oder die Welt, die sie teilten? Oh ja, bei allen Unterschieden hatten Frida und er eines gemeinsam: Auch er hatte geglaubt, mit ihr sei alles anders. Wie es aussah, hatte er sich getäuscht.

Mit dem Daumen und Zeigefinger massierte er sich die Schläfen, dann rückte er die Brille zurecht und straffte die Schultern. »Wir sollten in den Laden gehen. Bald müssen wir aufschließen.«

Seit Sander auf der Suche nach Wärme zum ersten Mal in den *Laden der schillernden Schätze* gestolpert war, konnte er sich an keinen einzigen Tag erinnern, an dem ihm dieser Ort keinen Frieden geschenkt hatte. Hier hatte er gelernt, zu vertrauen und zu träumen. Wie die Bauern und Bürger aus früheren Zeiten hatte er auf der Suche nach mehr angefangen, nach den Sternen zu greifen. Niemals wieder wollte er nur der verlotterte Bub sein, dem alle eine Karriere als Knastbruder prophezeiten. Ihn drängte es nicht danach, selbst Geschichte zu schreiben, aber er wollte sich als Teil von etwas fühlen. Kjersti hatte ihn das gelehrt. Mit ihren Geschichten und Anekdoten hatte sie ihn mit auf eine Reise in die Vergangenheit genommen und ihm so einen Weg in eine bessere, glänzendere Zukunft gewiesen. Im *Laden der schillernden Schätze* konnte er sich in seiner Arbeit verkriechen und aus sicherer Entfernung in die Welt blicken. Hier konnte er mit Menschen ins Gespräch kommen, die ihn verstanden. Hier war er immer sicher gewesen.

Bis jetzt.

Das Schweigen zwischen ihm und Frida war an diesem Tag mehr als die Abwesenheit von Wörtern. Es hatte einen eigenen Geschmack, eine beinah körperliche Präsenz, die sich wie bleierne Gewichte um seine Gedanken legte und jede Konzentration unmöglich machte.

Der Samstag kam und ging. Frida verkaufte, schäkerte und lachte mit Menschen, die in den Laden kamen, als wäre es ein ganz normaler Tag.

Sander verkaufte nichts. Nur eine Kundin interessierte sich für ein von ihm ausgestelltes Lampett. So gut er konnte, heuchelte er Begeisterung, während er von der über Jahrhunderte entstanden Patina berichtete. Das alte Spiegelglas war beinah erblindet, was in einem interessanten Gegensatz zu der Polimentvergoldung auf rotem Bolus stand. Nicht nur der Glanz der Vergoldung, auch die Bekrönung des Rahmens mit einem stilisierten Schleifenband sowie das geschnitzte Blattwerk unterhalb des Spiegelglases verliehen dem Lampett royale Eleganz. Der Name kam von dem doppelten Bronzekerzenhalter, der am unteren Spiegelrand befestigt war. Früher, als echte Kerzen in dem Halter gebrannt hatten, wurde ihr Licht vom Spiegelglas tausendfach reflektiert und gebrochen und warf so funkelnde Lichterdiamanten in den ganzen Raum.

»Hm«, machte die Kundin. Mit den Fingern fuhr sie über das Preisschild. Fünfunddreißigtausend Kronen war ein stolzer Preis für das Stück, aber in diesem Zustand mehr als angebracht. Er hatte Stunden in seiner Werkstatt investiert, um selbst die kleinsten Katschen auszubessern, ohne dabei die Patina anzugreifen.

»Ich überlege es mir.« Sie machte auf dem Absatz kehrt. Er würde sie nicht wiedersehen, und was ihn an jedem anderen Tag nicht weiter bekümmert hätte, fühlte sich heute an wie eine Niederlage. Er wusste doch, wie es war. Die Hemmschwelle war niedriger, wenn es darum ging, eine Duftkerze für ein paar Hundert Kronen zu kaufen als ein antikes Lampett, das viel mehr Geld kostete. Natürlich schafften sich Menschen eher ein Baumscheibentablett an, auf dem ein halbes Dutzend ausgeblasene und vom Deckel befreite Hühnereier als Vasen für Mini-Trockenblumensträuße dienten, als eine Sitzbank mit geschnitzten Balustern in Form von Ehrenbündeln und umlaufenden Zargen in Blatt- und Eierstabsmotiv, für die sie gut und gerne fünfundzwanzig Riesen hinblättern mussten. Dennoch drehte sich jedes Mal, wenn er an diesem Tag die Registrierkasse klingeln hörte, der Magen um. Höhnisch schien sie ihm zuzusäuseln: »Alle lieben Frida, und sie liebt alle zurück. Nur dich liebt sie nicht.«

Noch Stunden vor Ladenschluss gab er auf.

»Ich sehe nach Kjersti«, informierte er seine Teilhaberin. »Wenn du mich hier brauchst, hast du meine Handynummer.«

Mit einer Antwort beehrte sie ihn nicht. Sie beide wussten, dass sie wunderbar ohne ihn zurechtkam. Das hatte sie mehr als deutlich klargestellt.

Über die Hintertreppe betrat er Kjerstis Wohnung. Wie immer knarzten die dritte und die siebte Stufe. Vorsichtig schob er die Tür auf.

»Hei, ich bin's, Sander. Ich wollte nur sehen, wie es dir geht.«

»Hier. Im Wohnzimmer.«

Statt auf dem Sofa fand er seine Nenntante heute in ihrem Rollstuhl. So weit wie möglich hatte sie ihn ans Fenster geschoben. Auch als Sander den Raum betrat, wandte sich Kjersti nicht zu ihm um.

Auf dem Weg zu ihr musste er über mehrere Katzen steigen. Alle sieben hatten es sich in der Sonne gemütlich gemacht. Geradezu unanständig selbstvergessen rekelten sie sich in den Pfützen aus Sonnenlicht auf dem Wohnzimmerparkett. Bei ihr angekommen, legte er Kjersti eine Hand auf die Schulter und küsste sie zur Begrüßung auf die Wange. Schwach erwiderte seine alte Freundin den Händedruck. Die Haut ihrer Finger fühlte sich an wie altes Pergament. Ein bisschen zu viel Druck, und sie würde sich unter seiner Berührung in Staub auflösen. Und was dann? An wem würde er sich dann noch festhalten können, wenn der Boden unter seinen Füßen einmal mehr zu schwanken begann und er den Halt zu verlieren drohte?

Himmel, er war ein egozentrischer Idiot! Als ob sich alles um ihn drehte. Nachdrücklich verscheuchte er die selbstmitleidigen Gedanken, richtete sich auf und zog sich einen Stuhl heran, um neben Kjersti Platz zu nehmen.

»Ich war gestern in Oslo.« Er folgte ihrem Blick hinaus aus dem Fenster. Draußen gab es nichts Bemerkenswertes zu sehen. Nur den Alltag auf der Øvre Bakklandet an einem sonnigen Sommertag Anfang Juni. »Wir können jederzeit mit dem Innenumbau beginnen. Kais Bedenken sind haltlos.«

»Ich möchte so gerne mal wieder spazierengehen.« Sie gab einen wackligen Ton von sich. Halb Seufzen, halb Lachen. »Seit Wochen habe ich diese Wohnung nicht mehr verlassen. Ich bin das alles so satt. Die ewig gleichen vier Wände, die Mühe, die es mich kostet, von einem Zimmer ins andere zu gelangen ... Ich habe immer gesagt, in diesem Haus bin ich geboren, hier will ich sterben. Davon, hier drinnen bei lebendigem Leib begraben zu werden, war nie die Rede. Ich fühle mich jeden Tag mehr wie in einem goldenen Käfig.«

Schlechtes Gewissen nahm ihm den Atem. »Es tut mir leid, Kjersti. Ich hätte viel öfter kommen müssen. Ich ...« Er konnte nicht weiterreden. In seinem Hals kratzte es, seine Nebenhöhlen machten dicht, und seine Augen juckten.

»Papperlapapp«, nutzte Kjersti sein Ringen um Luft für sich. »Du und Frida, ihr müsst euch um den Laden kümmern. Und ihr habt euer eigenes Leben. Das müsst ihr leben! Meinst du, es würde mich glücklich machen, eine Belastung für die Menschen zu sein, die ich liebe?«

»Hatschi!« Er konnte das Niesen nicht mehr zurückhalten. Es war laut genug, um die Kristalle der Lüster und die Gläser in der Vitrine zum Wackeln zu bringen.

»Und außerdem hasse ich es, zu sehen, wie schlecht es dir geht, wenn du hier bist und vorher keine Antihistaminika genommen hast.« Sie runzelte die Stirn nachdenklich. »Was für eine grausame Macht des Universums ist das überhaupt, die bestimmt, dass manche Menschen auf Katzen allergisch sein können. Und dann auch noch auf meine Katzen! Komm her, du Süßer …« Eines der Katzentiere lag nah genug bei Kjerstis Rollstuhl, damit sie sich nur bücken musste, um es sich auf den Schoß zu heben. »… mein lieber, kleiner Azrael. Dabei würden du und deine Brüder und Schwesterchen niemals absichtlich jemandem etwas zuleide tun.« Azrael fauchte kurz in Sanders Richtung, ließ sich dann jedoch schnurrend auf Kjerstis Schoss nieder. Nur die Augen behielt er einen Spalt breit offen, gerade weit genug, um Sander mit seinen grüngrauen Augen zu fixieren. Er schauderte. Und nieste. Und schauderte noch einmal.

Dann schnäuzte er sich in ein Taschentuch. »Du könntest niemals eine Last sein, Kjersti.« Seine Nebenhöhlen waren mittlerweile so verstopft, dass er klang wie ein rüsselkranker Elefant.

Endlich sah Kjersti ihn an. Sie musterte ihn mit hochgezogenen Augenbrauen, dann schüttelte sie leise lachend den Kopf. »Mein armer Junge. Ich sollte dir verbieten, ohne Medikamente nach oben zu kommen. Was machst du hier eigentlich? Solltest du nicht bei Frida sein?«

»Frida kommt bestens ohne mich aus.« Das kam schärfer raus als beabsichtigt.

»Aha, daher weht also der Wind. Habt ihr euch wieder gestritten?«

»Seit wir uns zum ersten Mal begegnet sind, tun wir nichts anderes, als uns zu streiten.«

»Oh, das ist doch nicht wahr. In den letzten Wochen …« Sie legte nachdenklich den Kopf schief, »… eigentlich schon in der Zeit vor dem Nationalfeiertag habt ihr euch höchstens noch gefoppt. Um ehrlich zu sein, dachte ich, es hätte zwischen euch gefunkt.« Vielsagend hob sie die Augenbrauen.

»Ja, das dachte ich auch.« Er flüsterte die Worte zu sich selbst, aber natürlich entgingen sie auch seiner Nenntante nicht.

Sie hob sich den Kater vors Gesicht und sagte, laut genug, damit auch Sander jede Silbe verstand: »Sieh an, sieh an, unser Sander hat Liebeskummer. Was meinst du sollen wir mit ihm machen?«

»Ich habe keinen Liebeskummer!« Er hätte kaum weniger überzeugend klingen können.

»Er sagt, er hat keinen Liebeskummer, aber er ist abgelenkt genug, um Trost bei seiner Tante Kjersti zu suchen, ohne vorher an seine Medikamente zu denken. Was sagt uns das, Azrael, hm?«

»Miau«, machte Azrael.

»Genau!« Als würden sie Kjerstis Unterhaltung mit dem Kater Wort für Wort verstehen, setzten sich die anderen sechs Katzen in Bewegung. Es wirkte wie eine eingeübte Choreografie: edle Raubtiere, die sich auf samtigen Pfoten Schritt für Schritt dem Rollstuhl näherten, bis sie alle um Kjersti versammelt waren und zu ihr aufsahen. Manche leise schnurrend, manche miauend. Eins der Tiere rieb sich sogar an Sanders Bein.

»Genau, es sagt uns, dass etwas in seinem Kopf vorgeht. Aber er ist wohl noch nicht so weit, die Gedanken in Worte zu fassen. Sag mir, Azrael, was tust du in so einem Fall?«

»Kjersti, ehrlich. Du erwartest doch nicht von einem Kater eine Antwort, du …«

»Miaaaau!« Prima, jetzt fiel ihm schon ein Tier in den Rücken.

»Du hast recht. Das Beste bei Liebeskummer ist Ablenkung.«

Eine der anderen Katzen tippte Kjerstis Bein an, auch sie gab ein Miauen von sich.

»Nein, meine Liebe. Ich glaube, Mäusefangen ist nichts für unseren Sander.«

Die Angesprochene wandte sich ab, hob ihren Schwanz, um Kjersti ihr Hinterteil zu präsentieren, und stolzierte davon.

Kjersti lachte. »Ach Grizabella, nun sei doch nicht gleich beleidigt.« An Sander gerichtet und in einem verschwörerischen Tonfall fügte sie hinzu. »So ist sie immer. Das ist eine Schwäche von ihr. Sie fühlt sich unsicher, und sobald sie nur das vageste Gefühl hat, jemand könnte sie nicht ernst nehmen oder ihr Vorwürfe machen, reagiert sie vollkommen über. Dann ist es am besten, ihr ein wenig Zeit zu geben. Fast immer kommt sie nach einer Weile von allein.«

Sander war sich ziemlich sicher, dass dieses Gespräch sich nicht mehr um Katzen drehte.

Azrael befreite sich aus Kjerstis Umarmung und machte einen Satz auf die Fensterbank, um sich dort zwischen einem silbernen Kerzenleuchter und einer Vase niederzulassen.

»Ihn und die anderen zieht es nicht nach draußen. Sie sind an das Leben in der Wohnung gewöhnt«, sinnierte Kjersti weiter. »Aber ich würde so gerne das Gesicht in den Fjordwind halten. Und wenn es nur für ein paar Minuten ist.«

»Wir können gemeinsam einen Spaziergang machen«, schlug Sander vor. »Ich trage dich und den Rollstuhl nach unten, und dann suchen wir uns einen hübschen Platz im Gåsaparken, sehen den Entenmüttern und ihren Jungen beim Baden zu, werfen am Flussstrand Kiesel ins Wasser und lassen Blätter wie Boote treiben. So wie früher. Erinnerst du dich?«

Diesmal war sie es, die nach Sanders Hand griff. »Das wäre schön, aber ich will dich nicht von etwas anderem abhalten.«

»Du hältst mich von nichts ab. Ich mache alles gerne für dich.«

»Wirklich alles?« Sie legte den Kopf schief, ihre Augen funkelten. Warum bloß hatte er mit einem Mal das Gefühl, in eine Falle getappt zu sein?

»Na ja …« Er rieb sich den Nacken. »Innerhalb gewisser Grenzen …«

»Am meisten würde es mir helfen, wenn ich wenigstens ein bisschen mobiler in der Wohnung wäre. Aber diese Schwellen … Ich habe jedes Mal Angst, darüber zu stolpern, wenn ich den Rollator benutze.«

»Ich kann die Schwellen entfernen«, bot er sofort an, übereifrig wie ein aufgeregter Welpe. »Das wollte ich dir ohnehin erzählen. Die großen Arbeiten sollten wir besser externen Handwerkern überlassen, aber Kleinigkeiten wie die Schwellen, das schaffe ich im Handumdrehen. Und weißt du was?«

Lächelnd schüttelte sie den Kopf.

»Warum nicht das Nützliche mit dem Nötigen verbinden? Ich habe einen Vorschlag: Du rufst Ingrid an und fragst sie, ob sie die *Kaffekompaniet* nicht eine Weile ihren Angestellten überlassen will und mit dir spazieren geht. In der Zwischenzeit hole ich mir das wichtigste Werkzeug aus meiner Garage. Wenn ich zurückkomme, helfe ich dir für deinen Spaziergang mit Ingrid nach unten. Ihr zwei macht euch ein paar schöne Stunden, in denen ich zumindest mit den Wohnzimmer- und Küchenschwellen anfange. So belaste ich dich auch nicht mit dem Lärm. Was sagst du dazu?«

»Ich sage, dass du ein lieber Junge bist. Jede Frau, die einmal dein Herz gewinnt, kann sich glücklich schätzen.« Sie hob die Hand, streichelte seine Wange, wie sie es getan hatte, als er noch klein gewesen war. »Gib Frida Zeit. Wenn sie deine Gefühle wert ist, wird sie von sich aus zu dir zurückkommen. Und wenn sie es nicht tut, ist es ohnehin besser, wenn das mit euch endet.«

»Ich wollte sie nie einengen. Es stimmt einfach nicht, dass ich ihr Vorschriften machen will. Ich wollte nur …«

»Pssst.« Mit dem Zeigefinger verschloss Kjersti ihm die Lippen. »Es spielt keine Rolle, was du wolltest. Was jemand fühlt, hat viel mehr mit einem selbst als mit dem Gegenüber zu tun. Gib ihr Zeit!«, wiederholte sie ihren Rat. Ihre Augen funkelten. »Und in der Zwischenzeit warten ein paar Schwellen auf dich. Versprochen ist versprochen, nicht wahr?«

»Und wird auch nicht gebrochen.« Leise in sich hineinlächelnd erhob er sich. Von der Kommode holte er Kjerstis Telefon und brachte den Hörer zu seiner Freundin. »Ruf Ingrid an. Spätestens in einer Stunde bin ich zurück, dann kann es losgehen.«

»Vergiss deine Allergiemedikamente nicht, bevor du zurückkommst.«

Wie aufs Stichwort überfiel ihn ein Niesen, und um die Schwellen zu entfernen, müsste er auf dem Boden kriechen, wo zu den Katzenhaaren noch Staub dazukam. Es würde herrlich werden, absolut großartig. Und er wollte nichts lieber tun. Für Kjersti würde er noch ganz andere Unannehmlichkeiten in Kauf nehmen. Er liebte sie nämlich. Und wenn man jemanden liebte, dann stellte man keine Bedingungen. So einfach war das doch, oder? Und wie ist das bei Frida, fragte eine leise Stimme in seinem Hinterkopf. Hast du ihr wirklich gezeigt, dass du sie liebst, einfach so, oder hast du deine Liebe an Bedingungen geknüpft?

Bevor er darauf eine Antwort finden konnte, gab es Wichtigeres zu tun.

17

Über ihr rumpelte und krachte es, als würde jeden Augenblick das Haus einstürzen. Seit mehreren Stunden war Sander verschwunden. Er wollte sich um Kjersti kümmern, hatte er gesagt. Jetzt klang es eher so, als wäre er drauf und dran, ihrer Freundin das Dach über dem Kopf einzureißen.

Bahhm. Ein neuer Schlag, direkt über Fridas Kopf. Sämtliche Wände vibrierten, ihre Hand rutschte aus. Statt mit einem Drahtstift ein Loch in die Dose zu bohren, die sie in der anderen Hand hielt, landete die Nagelspitze in ihrem Daumenballen.

»Au, verdammter Mist!« Sie ließ Drahtstift und Dose fallen, begutachtete die Verletzung an ihrer Hand. Blut quoll aus einem kleinen Loch im Daumen. Sie leckte es ab, saugte ein wenig an der Wunde. Das hatte sie davon, wenn sie bei diesem Getöse versuchte, sich auf die Arbeit zu konzentrieren. Dabei hatte sie sich schon für ein ganz simples DIY-Vorhaben entschieden. Die Weißblechdosen hatte sie letztens im Müllcontainer hinter dem indischen Curry-Laden gefunden. Damals waren noch die Aufkleber dran gewesen, und sie hatten nach nichts Besonderem ausgesehen. Dennoch hatten sie Fridas Inspiration geweckt. In einem ersten Schritt hatte sie die Etiketten abgelöst und die Dosen gereinigt, bis das Blech glänzte. Nun war sie dabei, mit einem Nagel hübsche Lochmuster in das Metall zu stanzen. Anschließend hatte sie geplant, die Kanten innen glatt zu feilen, auf den Dosenboden niedrige Halterungen für Teelichter zu löten und zum Schluss das Ganze mit Kreidefarbe zu lackieren. Natürlich filmte sie jeden Arbeitsschritt, was ein hübsches How-to-Video abgeben würde. Besser gesagt, abgegeben hätte – wäre da nicht dieser verfluchte Sander gewesen, der offenbar vorhatte, ihr mit seinem Krawall den letzten Rest Verstand zu rauben.

Was machte er da oben überhaupt? Randalierte er, nur weil sie einmal nicht das liebe, brave Fräulein gespielt hatte? Pah! Wenn er wirklich noch länger mit ihr zusammen sein wollte, müsste er sich an ganz andere Dinge gewöhnen! Sie ließ sich nicht in eine Form pressen. Das hatten schon ganz andere versucht: ihre Eltern, Thea … Selbst ihre Ex-Freunde hatten stets die Frage gestellt, was Frida für sie machen konnte, statt umgekehrt. Thea hatte schon recht, wenn sie behauptete, in der Vergangenheit hätte Frida nicht das beste Händchen für Männer bewiesen. Aber deshalb war sie ja nach Trondheim gekommen. Zum ersten Mal in ihrem Leben tat sie etwas nur für sich. Und siehe da: Sie hatte Erfolg damit! Die Menschen liebten ihre Deko-Artikel und waren sogar bereit, dafür Geld auszugeben. Die Abonnentenzahl ihres Profils war zudem explodiert. Sie hatte Kooperationsanfragen von allen möglichen Firmen und den Kopf voller Ideen, wie sie diese zum Nutzen des Ladens umsetzen könnte. Sie dachte an Dekokurse, Kunst-Dinner und jede Menge anderer Sachen. Das Wichtigste war jedoch: Zum ersten Mal in ihrem Leben dachte sie an die Zukunft.

Bis Sander kommen und alles kaputtmachen musste, indem er sie nach ihrer Familie fragte und ihr vorwarf, sie hätte Geheimnisse vor ihm.

Die Wunde am Daumenballen pochte, und so oft sie sie auch ableckte, immer wieder kam Blut nach. Sie brauchte ein Pflaster. Dummerweise wurde sie in den Schubladen ihres Werktisches nicht fündig. Das war so typisch – kaum räumte man auf, fand man nichts mehr. Vielleicht in der Küche?

In Kjerstis Wohnung war kurzfristig Ruhe eingekehrt. Offenbar war Sander die Puste ausgegangen. Oder er hatte beschlossen, dass Kjersti nichts dafür konnte, wenn Frida sich wie eine Zicke verhielt, und ihre Ruhe verdiente. Weil, wenn man mal ehrlich war, so ein kleines bisschen hatte sie sich vielleicht tatsächlich wie eine Zicke verhalten. Sie hatte sich angegriffen und in die Ecke gedrängt gefühlt, und sie fand immer noch, dass sie Sander keinerlei Rechenschaft schuldig war. Trotzdem hatte er mit einer Sache durchaus recht gehabt, auch wenn sie das niemals würde zugeben wollen: Sie hatte Theas Besuch absichtlich vor ihm verheimlicht und ziemlich viele Strippen gezogen, damit die beiden sich nicht begegneten. Nicht, weil Sander ihr peinlich war, sondern weil sie nicht wollte, dass Thea sich verplapperte und er auf diese Weise erfuhr, womit ihre Eltern ihr Geld verdienten. Doch je länger sie mit der Wahrheit hinterm Berg hielt, desto komplizierter wurde es, das Thema aufzugreifen.

In der Küche durchwühlte sie diverse Schubladen und Oberschränke, aber auch hier fand sich kein Pflaster. Was für ein Laden war das, in dem es weit und breit kein Pflaster gab?

Die Tür zum hinteren Treppenhaus stand offen. Eine Einladung? Wenn Frida jetzt dort hoch ging, lief sie Sander nicht nach, richtig? Sie machte es ja nur wegen des Pflasters. Weil sie nicht verbluten wollte. Auch wenn sie bisher höchstens einen Teelöffel voll Blut verloren hatte, war auch mit kleinen Verletzungen nicht zu spaßen. Sie mussten gereinigt und verbunden werden, sonst könnte sich eine Entzündung bilden, aus der dann eine Blutvergiftung wurde und …

Sie kniff kurz die Augen zu. Weniger denken, mehr handeln. Der Radau fing wieder an. Das Knarzen der Treppenstufen ging in dem Krachen und Vibrieren unter. Sie schob Kjerstis Wohnungstür auf, trat ein.

»Kjersti, alles klar bei dir?«

Keine Antwort.

»Ich hab mir ein bisschen wehgetan und bräuchte ein …« Sie stockte mitten im Satz. Blinzelte. Traute ihren Augen kaum. War es mit ihrer Blutvergiftung schon viel schlimmer als gedacht und sie halluzinierte? Oder war das wirklich Sander, Antiquitäten-Nerd-Sander, der nie ohne gebügeltes Hemd und Fliege das Haus verließ, der da in tief sitzenden, verwaschenen Jeans, schwarzem T-Shirt und einem Stemmeisen in der Hand vor ihr stand? Eine feine Schicht weißen Staubs benetzte seine Haut und die Haare. Was auch immer er da gerade machte, er musste schon eine ganze Weile dabei sein. Die Muskeln in seinen Armen traten deutlich unter der Haut hervor, wölbten seine Oberarme auf eine Weise, die Frida den Mund trocken werden ließ.

Er drehte sich zu ihr um. Über seiner Alltagsbrille trug er

eine Schutzbrille aus durchsichtigem Plastik. Mit einer lässigen Bewegung schob er sich diese ins Haar.

Noch immer fand sie keine Worte. Das war … Sie schluckte. Okay, vielleicht war es oberflächlich und dumm und noch eine ganze Menge anderer Sachen von ihr, aber er sah unglaublich sexy aus, wie er da vor ihr stand. Auf eine komplett andere Art sexy wie der Sander, den sie sonst kannte.

»Kjersti ist nicht da, falls du sie suchst.« Auch seine Stimme klang anders als normalerweise. Tiefer irgendwie, rauer, sogar eine Spur arrogant.

»Ich suche ein Pflaster.« Wie zur Erklärung hob sie die verletzte Hand. Ausgerechnet jetzt hatte die Wunde aufgehört zu bluten. Überhaupt war kaum noch etwas von der Schramme zu sehen.

Sander kniff die Augen zusammen, richtete den Blick auf ihre Hand und kam offenbar zu demselben Schluss wie sie. Da war nichts, das verarztet werden musste. Womöglich hatte sie die ganze Sache ja etwas überdramatisiert. Ganz vielleicht hatte sie sogar nur einen Vorwand gesucht, um mit Sander zu reden und ihm zu sagen, dass … Sie stockte. Ja, was genau wollte sie ihm sagen? Wer sie wirklich war? Warum sie Theas Besuch vor ihm verheimlicht hatte? Nein, dazu war sie noch nicht bereit.

»Ich denke, im Schränkchen im Bad findest du einen Verbandskasten.« Seine Stimme riss sie aus den Gedanken.

»Was … Was machst du hier eigentlich?« Sie malte mit der Spitze ihres Schuhs ein Muster in den Dreck auf den Bodendielen. »Außer Staub aufwirbeln, meine ich.«

»Die Türschwellen entfernen.« Er fuhr sich mit der Hand

durchs Haar. »Das alles dauert länger, als ich geplant hatte. Ich musste ein paar von den Zargen ansägen, um an die alten Schwellen ranzukommen. Zum Glück sind die Zimmer alle auf einer Höhe. Da ist der Rest dann leicht. Ein bisschen Höhe wegnehmen und die Kanten abflachen sollte genügen, damit Kjersti künftig gut mit dem Rollstuhl oder Rollator drüber kommt. Besser wäre es natürlich, die Türen zu verbreitern, aber da trau ich mich nicht allein dran.«

»Du … du kannst solche Sachen?«

Er schwieg eine Weile, dann wich er ihrem Blick aus. Nicht schnell genug, um das kurze Aufflackern von Schmerz zu verstecken.

»Ich …«, begannen sie gleichzeitig zu sprechen. Frida biss sich auf die Unterlippe, ließ ihn weitersprechen.

»Ich muss weitermachen«, sagte er. Sie erkannte eine Abfuhr, wenn sie ihr entgegengeschleudert wurde. Was spielte es da für eine Rolle, dass sie es hasste, wenn sie einander so behandelten? Als wären sie Fremde. Als wären die Tage, die sie gemeinsam verbracht hatten, nicht die schönsten in ihrem Leben gewesen.

Wenn er nicht mit ihr reden wollte, musste sie das akzeptieren. Sie wandte sich von ihm ab und ging davon. An Arbeit war nicht mehr zu denken.

Sie sperrte den Laden ab und floh nach draußen. Wenn der Bulli da gewesen wäre, hätte sie den genommen. Sie wollte einfach nur weg. So war es bei ihr schon immer gewesen: Sobald ihr das Leben zu viel wurde, brauchte sie Abstand. Als

Kleinkind hatten ihre Eltern ihr immer die Handynummer ihrer Mutter auf die Innenseite ihres Armes geschrieben, damit sie bei Erwachsenen um Hilfe bitten konnte, wenn sie sich mal wieder allein auf der Flucht befand. Damals hatten es ihre Eltern und älteren Geschwister noch lustig gefunden, dass Frida ihnen regelmäßig abhandengekommen war. Heute lachte niemand mehr über ihre Angewohnheit.

Mit wild klopfendem Herzen setzte sie einen Fuß vor den anderen. Einfach die Straße entlang, bergauf. Ihre Augen brannten, ihre Brust tat weh. Warum hatte sie Sander nicht um Entschuldigung bitten können? Warum war sie nur so starrköpfig? Was hinderte sie daran, einen Fehler zuzugeben, wenn sie doch wusste, dass sie einen gemacht hatte?

Aber jedes Schuldeingeständnis würde sich anfühlen, als würde sie zugeben, falsch zu sein. Als würde sie all denen, die in ihr immer nur das schwarze Schaf, die verrücke Frida sahen, Recht geben.

Sie blieb stehen, beugte sich vornüber und stützte die Hände auf die Oberschenkel. Zum letzten Mal so außer Atem war sie bei der Hast durch den Regen mit Sander gewesen. Sander, Sander, Sander. Egal, woran sie dachte, ständig tauchte sein Name in ihren Gedanken auf. Er war überall. Sie wurde ihn nicht los, und wenn sie ehrlich war, wollte sie das auch gar nicht.

Langsamer jetzt ging sie weiter, nahm ihre Umgebung in sich auf. Beinah bis zur Festung hatte ihre Flucht sie getrieben. Trutzig blickte der weiße Donjon von seinem Felsen auf die Stadt hinab. Die *Kristiansen Festning* war vor über dreihundert Jahren erbaut worden, um Trondheim vor Feinden zu schützen. Heute erinnerten nur die dicken Mauern sowie die ausgestellten Kanonen an den ursprünglichen Zweck des Bauwerks. Auf hübsch angelegten Kieswegen flanierten Besucher über die Burganlage. Gassigänger führten ihre Hunde aus, die meisten der aufgestellten Bänke und Picknicktische waren belegt.

Sie ging auf eines der Fernrohre zu, mit denen man für fünfzig Kronen die Aussicht angeblich noch besser genießen konnte als mit bloßem Auge. Zwei Kinder im Grundschulalter kletterten auf dem Sockel herum, blickten immer wieder ins Guckloch des Fernrohrs und erzählten sich die wildesten Geschichten davon, was sie sahen. Ritter und Drachen kamen in ihren Geschichten vor, Wikinger und Piraten. Sie erzählten sich von Olav dem Roten, der Trondheim gegründet und alle Ungläubigen mit dem Schwert bekehrt hatte, und warnten einander vor dem Feuer in der Stadt, das sie angeblich durch das Fernrohr sahen. Frida war sich ziemlich sicher, dass sie kein Geld eingeworfen hatten und die Linse daher blind war. In ihrer Fantasie vermischten sich Geschichten, die sie wahrscheinlich einmal gehört hatten, mit ihren Träumen und Wünschen. In diesem Moment schien für sie alles möglich zu sein, und Frida beneidete sie darum. Wann hatte sie aufgehört, an sich selbst zu glauben, sodass ihr die Zweifel ihrer Familie beinah schon vorkamen wie ihre eigenen?

Sie drehte sich um und machte sich an den Abstieg. Es wurde Zeit, nach Hause zu gehen, ihre Sachen aus Sanders Haus zu holen und sich vom Acker zu machen. Mit Sicherheit war sie heute nicht in seinem Heim und schon gar nicht in seinem Bett willkommen.

Gott! Vor gerade einmal zwölf Stunden hatte sie sich

so sehr auf seine Rückkehr aus Oslo gefreut. Sie war mit Schmetterlingen im Bauch und einem erwartungsvollen Grinsen auf dem Gesicht vor dem Bahnhof gestanden und hatte es gar nicht erwarten können, ihren Sander wieder in den Arm zu nehmen. Und dann? Dann hatte ein Wort das andere gegeben, und alles war den Bach runtergegangen, und jetzt fühlte sich alles falsch und schrecklich an.

Jemand rief ihren Namen. Sie achtete nicht weiter darauf. Sicherlich war sie nicht die einzige Frida weit und breit. Erst beim zweiten Mal erkannte sie die Stimme der Rufenden.

Wie vom Blitz getroffen sah sie sich um. Tatsächlich! Dort in dem Rollstuhl neben der Bank mit der wundervollen Aussicht auf den Dom auf der anderen Flussseite saß niemand anderes als Kjersti, und sie war auch nicht allein. Neben ihr schleckte Ingrid an einem Softeis. Die Abendsonne schien den beiden Frauen ins Gesicht. Sie sahen vollkommen zufrieden aus.

»Wie seid ihr denn hier hochgekommen?«

»Ich habe meinen Stolz runtergeschluckt und Sander erlaubt, mich aus der Wohnung nach unten zu tragen.« Die Katzenoma legte den Kopf in den Nacken und atmete tief ein. »Wenn ich das jetzt so erlebe, muss ich mir eingestehen, dass ich das viel früher hätte tun sollen. Der Junge hat es mir zig mal angeboten.« Seufzend zuckte sie mit den Schultern. »Aber so ist das mit dem Stolz. Meist steht er einem im Weg und ist nichts als ein ärgerliches Hindernis. Warum setzt du dich nicht zu uns?«

»Hier ist locker genug Platz für zwei.« Ingrid rutschte ein Stück zur Seite und tappte mit der Hand neben sich auf die Bank.

»Was hat sich denn geändert?«, wollte Frida wissen. »Ich meine, nicht, dass ich dir deinen Ausflug nicht gönne. Aber Mensch, Ingrid, das war sicher ganz schön anstrengend, den Rollstuhl hier hoch auf den Berg zu schieben.«

»War es«, gab die Café-Besitzerin zu. »Aber gemeinsam haben Kjersti und ich es geschafft. Wir hatten ja alle Zeit der Welt.«

»Und was das andere angeht«, spann Kjersti den Gesprächsfaden weiter. »Ich habe wohl einen kleinen Schubs gebraucht, um über meinen Schatten zu springen. Als ich dann plötzlich vor der Wahl stand, mir den Lärm anzuhören, den Sander veranstaltet, um die Fußleisten in meiner Wohnung zu entfernen, oder zuzugeben, dass Hilfe zu brauchen nichts mit fehlender Würde zu tun hat, konnte ich plötzlich ganz einfach zulassen, dass Sander mich die paar Stufen nach unten trägt.« Sie lachte ein wenig. »Am Ende war es gar nicht so schwer, mir einzugestehen, dass ich mit meinem Stolz falsch gelegen habe. Aber sag: Was treibt dich in den Park?«

Frida hatte jetzt genau zwei Möglichkeiten. Erstens: Sie könnte weiterhin so tun, als sei es reiner Zufall, dass Kjersti von eingestandenen Fehlern, unangebrachtem Stolz und dem ganzen Zeug sprach. Oder zweitens: Sie könnte sich ein Herz fassen und die Hilfe annehmen, die die ältere Dame ihr zwischen den Zeilen anbot.

Die Welt gehörte den Mutigen, richtig? Sie schöpfte einmal tief Atem, dann gab sie zu: »Sander und ich haben uns gestritten.«

Aus dem Augenwinkel sah sie, wie Ingrid sich die Hand vor den Mund schlug. »Doch nicht etwa wegen meines dummen Kommentars zu deiner Schwester? Um Himmels willen, Frida, das tut mir so leid! Wenn ich gewusst hätte …«

»Es ist nicht deine Schuld«, unterbrach sie die Cafébesitzerin. »Früher oder später wären wir so oder so an den Punkt gekommen, dass Sander Ansprüche stellt, die ich nicht erfüllen möchte.« Sie verzog die Mundwinkel nach unten. »So ist es immer.«

»Aber bei Sander?« Kjersti klang wenig überzeugt. »Ich kenne den Jungen beinah sein ganzes Leben lang, und ich habe ihn nie als jemanden kennengelernt, der seine Liebe an Bedingungen knüpft. Im Gegenteil. Sander ist wie eine Weide: Gegenwind begegnet er, indem er sich ihm beugt, ohne aufzugeben.«

Das Bild gefiel ihr. Es passte zu Sander. Sander mit seinen kupferfarbenen Locken und den langen, schlanken Gliedern.

»Er wollte, dass ich ihm mehr über mich erzähle. Über meine … Familie.« Das letzte Wort spuckte sie aus, als hätte es einen bitteren Geschmack.

»Und das findest du schlimm?«

»Ich will, dass er mich *für mich* mag!« Himmel, war es wirklich so schwer, das zu verstehen? »Was spielt es für eine Rolle, wer meine Familie ist?«

»Dir mag es gefallen oder nicht, aber du bist ein Teil dieser Familie. Sie haben dich mit zu dem gemacht, was und wer du heute bist.«

»Jaja, das sagen immer alle. Kein Wunder, dass Sander das auch so sieht. Schließlich ist es sein Ding, Sachen danach zu bewerten und beurteilen, woher sie kommen und welche Geschichte sie haben. Aber ich bin doch kein Sammlerstück! Ich werde nicht erst durch meine Provenienz wertvoll.

Meine Vergangenheit ist kein Puzzle, das er Stück für Stück zusammensetzen muss, um entscheiden zu können, ob er mich behalten will oder nicht.«

Kjersti seufzte. »Warum gibt es für euch jungen Leute immer nur alles oder nichts? Niemand sagt, dass du ihm all deine Geheimnisse offenbaren musst. Doch Vertrauen hat noch keiner Beziehung geschadet. Ich habe viele Liebespaare kommen und gehen gesehen, das glaub mir lieber. Als Ladenbesitzerin hört und sieht man vieles. Und eines hat sich immer wieder bestätigt: Wenn Menschen aufhören, miteinander zu reden, ist das Ende nah.« Sie streckte ihre Hand aus, griff nach der von Frida und drückte sie kurz. Kjerstis Finger fühlten sich alt und zerbrechlich an, doch ihr Händedruck war stark. »Ich mag dich, kleine Dekofee«, beschwor sie Frida. »Egal woher du kommst oder wer du bist, wenn du nicht gerade unsere lustige, fröhliche Frida bist. Aber ich sehe auch die Dunkelheit in deinen Augen. Glaube nur nicht, dass mir verborgen geblieben ist, dass es da eine Last gibt, die du mit dir herumschleppst. Du musst sie nicht alleine tragen, weißt du? Du hast Freunde hier. Und einen Mann, der ganz vernarrt in dich ist. Wenn Sander sagt, er will mehr über dich erfahren, dann tut er das, weil er sich für dich interessiert. Es ist seine Art, dir zu zeigen, dass er dich mag, mit allen Dellen und Katschern, die das Leben in dein Herz geschlagen haben mag. Er streckt die Hand nach dir aus. Was du daraus machst, ist deine Entscheidung. Niemand redet dir da rein.« Der letzte Satz gehörte zu den nettesten Dingen, die jemals jemand zu Frida gesagt hatte.

Frida nahm sich Zeit, über Kjerstis Worte nachzudenken. Tief in Gedanken versunken stromerte sie durch den Park, beobachtete Tauben auf Futtersuche und Wolken bei ihrem Zug über den Himmel. Ihr erster Impuls war es gewesen, sofort zu Sander zu rennen und ihn zu bitten, ihren dummen Streit zu vergessen. Tief in ihrer Brust spürte sie allerdings, dass das nicht der richtige Weg wäre.

Es war Anfang Juni, und der Tag verabschiedete sich nur widerwillig, um der Nacht mit ihrer Stille die Bühne zu überlassen. Dennoch war die Sonne bereits untergegangen, als sie das Haus erreichte, das ihr in den vergangenen eineinhalb Wochen zu einem Zuhause geworden war. »Weiße Nächte« nannte man diese Zeit im Jahr, wenn die Sonne erst weit nach Mitternacht unterging und sich nur für kurze Episoden versteckt hielt. Künstler hatten sich von ihnen inspirieren lassen, ganze Romane waren diesen besonderen Wochen gewidmet worden, in denen die Grenzen zwischen Morgen- und Abenddämmerung verwischten und die Luft wirkte, als wäre sie von Magie durchtränkt. Wenn ein Mädchen in den weißen Nächten sieben Wiesenblumen pflückte und sie unter ihr Kopfkissen legte, so würde sie in der Nacht von ihrem Liebsten träumen, lautete ein alter Volksglaube. Gedankenverloren ertappte sich Frida dabei, wie sie im Gehen Blumen vom Wegrand pickte. Er liebte sie. Er liebte sie nicht. Sie brauchte keinen Aberglauben, um zu wissen, wem ihr Herz gehörte.

In der ganzen Straße war nur ein einziges Fenster erleuchtet. Flackernd warmes Licht floss daraus hervor und malte ein glänzendes Viereck auf den Asphalt von Sanders Einfahrt.

Sie folgte dem Licht. Statt die Treppe zur Haustür zu erklimmen, legte sie die Hand auf die Klinke der Tür, die zur Garage führte, zu Sanders Werkstatt. So lange sie bei ihm wohnte, hatte sie ihn nicht darin arbeiten gesehen. Auch jetzt tönte kein Ratschen von Hobeln, kein Hämmern oder Sägen ins Freie. Nur Licht. Langsam, nicht sicher, ob sie wirklich hier sein sollte, schob sie das Türblatt auf und trat ein.

Als sie zum ersten Mal Sanders Heim betreten hatte, hatte sie sich gewundert, wie wenig die Einrichtung zu ihm passte. Diese Werkstatt hingegen passte so gut zu ihm, dass es beinah wehtat. Möbel, halb auseinandergenommen, stapelten sich auf jedem freien Quadratmeter des Bodens. An den Wänden lehnten Leisten, alte Türen, Bodendielen und Bretter. Es gab eine Werkbank und ein riesiges Regal mit Werkzeugen, von denen sie nicht einmal die Hälfte benennen könnte. Ganz hinten im Raum, vor dem Fenster, stand ein Schreibtisch, umgeben von randvoll mit ledergebundenen Bänden gefüllten Bücherregalen. Dort saß Sander, den Kopf auf die Arme gebettet, sodass nur die Haare sichtbar waren. Im Rhythmus seiner Atemzüge hob und senkte sich sein Rücken, das Licht der Schreibtischlampe intensivierte das Rot im Kupferton seiner Locken.

Eine Welle unendlicher Zärtlichkeit überrollte sie. Das war der Sander, den sie kannte: der Bücherwurm mit Pullunder und Fliege, der Paragraphenreiter und Denker. Doch wer war sie, zu glauben, sie würde ihn wirklich kennen? Der Sander heute Morgen, der von ihrem Schweigen verletzt war, war ebenso ein Teil von dem Mann, den sie lieben gelernt hatte, wie der sexy Bauarbeiter vom Nachmittag und der hart arbeitende Professor in der Nacht. Sie ging zu ihm, legte ihm eine Hand auf die Schulter.

»Hey«, sagte sie, so sanft sie konnte. »Du bist eingeschlafen.«

Erst beim dritten Mal Rütteln wachte er auf. Er hob den Kopf. Seine Brille saß schief auf der Nase. Orientierungslos blinzelnd rutschte er sie zurecht.

»Du bist zurückgekommen.« Seine Stimme ein Wispern voller Sehnsucht.

Sie nickte, streichelte seine Wange, wo kurze Stoppeln verrieten, dass er sich eine ganze Weile lang nicht rasiert hatte. »Zeit fürs Bett.«

»Wir müssen reden. Ich will nicht im Streit …«

»Psst«, machte sie und verschloss ihm die Lippen mit einem keuschen Kuss. »Morgen haben wir den ganzen Tag Zeit, um über alles zu reden. Jetzt ist Zeit zum Schlafen.«

»Es gibt ein Morgen für uns?« Seine Augen glänzten feucht, Müdigkeit spiegelte sich in den nachtdunklen Seen seiner Pupillen.

Sie lächelte. »Es gibt immer ein Morgen, Sander. Auch für uns.«

18

Sander konnte nicht wieder einschlafen. Er rollte sich von einer Seite auf die andere, ordnete die Kissen neu, versuchte es mit Decke, dann ohne. Auf dem Bauch, auf der Seite, auf dem Rücken. Was er auch tat, das Sandmännchen hatte einfach kein Einsehen mit ihm. Sein Nickerchen in der Werkstatt hatte die schlimmste Erschöpfung vertrieben. Jetzt war er zwar immer noch müde, aber innerlich zu angespannt, um loslassen zu können. Zu bewusst war er sich über Fridas Körper neben ihm im Bett. In der letzten Zeit war es auch zu ihrem Bett geworden. Seine Muskeln zuckten, zitterten, so sehr wünschte er sich, Frida an sich zu ziehen. Sie waren gut darin, gemeinsam zu vergessen. Wenn sie zusammen waren, spielte es keine Rolle, wie wenig sie voneinander wussten oder wie unterschiedlich sie waren. Mit Frida zu schlafen erfüllte ihn auf eine Weise, wie er es bei keiner anderen Frau erlebt hatte. In diesen Momenten fühlte er sich richtig. Ohne Zweifel, ohne Wenn und Aber.

Doch ehe sie dorthin zurückkehren konnten, gab es Dinge zu klären. Es wäre falsch, so zu tun, als könnten sie mit ein wenig Nähe kitten, was bei ihrem Streit zu Bruch gegangen war. Fridas Wut hatte ihn getroffen. Niemals hätte er erwartet, dass sie so sein könnte. Was auch immer er getan hatte, um diese Reaktion hervorzurufen, er musste meilenweit übers Ziel hinausgeschossen sein. Und verdammt, war es nicht auch viel zu warm im Schlafzimmer? Selbst wenn er endlich aufhören könnte zu grübeln, wer sollte in dieser Sauna schlafen?

Wütend schlug er die Decke bis zu den Beinen zurück. Einen Teil seines Frusts ließ er an dem Kissen aus. Das war viel zu klein, um gemütlich darauf zu liegen.

Eine sanfte Berührung an der Schulter ließ ihn innehalten.

»Sander …«

»Entschuldigung.« Erledigt gab er auf. »Ich wollte dich nicht wecken.«

»Warum stehen wir nicht auf?« Sie wartete nicht auf seine Antwort, sondern schwang bereits die Beine über die Bettkante und ging zum Fenster, um die Rollos so zu drehen, dass die Lamellen horizontal standen.

»Es ist immer noch dunkel draußen«, stellte Sander fest. Das bedeutete, sein Kampf mit dem Einschlafen hatte maximal eine Stunde gedauert.

»Umso besser.« Munter wie ein Eichhörnchen auf Futtersuche huschte Frida auf der Suche nach passenden Klamotten durchs Zimmer. Nach und nach waren die meisten ihrer Sachen vom Gästezimmer in sein Schlafzimmer gewandert. Die Zeit, sie ordentlich in den Schrank einzuräumen, hatte sie sich nicht genommen, und so türmten sich nun diverse Stapel Frauenbekleidung an mehreren Orten im Raum.

Sander gelang es bei Weitem nicht so schnell, die Benommenheit abzuschütteln. »Ich sollte auf die Couch gehen. Dann störe ich dich wenigstens n…«

»Papperlapapp. Wenn du trotz Müdigkeit nicht schlafen kannst, habe ich eine bessere Idee. Aber du musst dich beeilen. Hopp, hopp, aus den Federn mit dir.« Um sicherzugehen, dass er sie ernst nahm, zog sie ihm mit einem Ruck die Bettdecke weg.

»He!« Instinktiv zog er die Beine an.

Sie lachte. »Keine Sorge. Nichts, was ich nicht schon gesehen hätte.« Sie grinste frech. »Doch so appetitlich dieses Angebot auch ist, wir haben etwas anderes vor. In fünf Minuten vor dem Haus!«

»Was …« … muss ich mitbringen, hatte er sie fragen wollen, aber dafür war es zu spät. Frida war bereits aus dem Zimmer geflattert.

Fünf Minuten, hatte sie gesagt? Das hieß dann wohl, er musste sich wirklich beeilen. Ganz schaffte er es trotzdem nicht. Der Motor des VW-Busses tuckerte schon, als er vors Haus trat. Offenbar machten sie einen Ausflug.

Mittlerweile war er oft genug mit dem Bulli gefahren, um das Rumpeln und Hoppeln des alten Gefährts als angenehm zu empfinden. Die Straßen waren leer, die Nacht samtig und still. Erst als sie die Stadtgrenze passierten, richtete Sander erneut das Wort an Frida.

»Verrätst du mir jetzt, wo wir hinfahren?«

»Bergauf. So bald es geht, meine ich.« Noch ging es nicht. Links der Fahrbahn erhoben sich Felsen meterhoch in den Himmel, rechts fiel der Hang direkt in den Fjord. Hin und wieder verfing sich das Licht der Scheinwerfer in den Fäden eines Wasserfalls. Dann leuchtete die Gischt goldhell, als seien es Sterne, die vom Firmament zu ihnen auf die Erde tanzten.

Irgendwann kamen sie zu einer Abzweigung. Frida wählte den linken Arm. Die Straße verengte sich. In Haarnadelkurven schraubte sie sich den Hang hinauf. Der Fjord lag nun so tief unter ihnen, dass er wirkte wie ein geheimnisvolles schwarzes Loch oder ein magisches Portal in die Welt der Trolle und Wichtel. Selbst jetzt im Sommer hielt sich der Schnee auf den gegenüberliegenden Gipfeln. Er war das einzig Helle in der Nacht. Hier und da wuchsen Kiefern aus dem kargen Fels. Mit allem, was sie hatten, krallten sich ihre Wurzeln in winzige Gesteinsvorsprünge, ihre gekrümmten Stämme wie gichtige Knochen eines Greises.

Rund eine Dreiviertelstunde nach ihrem Aufbruch erreichten sie eine Hochebene. Hier erstreckten sich Wiesen rechts und links der Straße. Darauf ab und zu eine Hütte, die Dächer dick mit Moos bewachsen, und, ganz selten, ein Gehöft. Die Uhr im Armaturenbrett zeigte kurz vor drei.

Unvermittelt stieg Frida auf die Bremse und riss das Lenkrad herum. Sander wurde in den Sicherheitsgurt geschleudert, nur mit Mühe konnte er sich am Türgriff festhalten.

»Was …«

»Da!«

Der Bus kam zum Stehen. Sander fiel zurück in den Sitz. Nur ein Haar passte zwischen die Schnauze des Bullis und die Leitplanke. Dahinter ging es beinah senkrecht in die Tiefe.

»Bist du wahnsinnig? Was soll das? Wolltest du uns in den Abgrund hinunterstürzen?« Sein Atem ging zu schnell. Sein

Herz pochte. Dank des Adrenalinkicks war nun auch der letzte Rest Müdigkeit verschwunden.

»Sei nicht so dramatisch.« Frida schaltete erst den Motor aus, dann das Aufblendlicht. »Das hier ist ein ganz regulärer Parkplatz. Schau, dort drüben hängt sogar eine Infotafel.«

Sander sah gar nichts. Seine Augen hatten sich noch nicht an die Dunkelheit gewöhnt.

Er schloss sie und ließ den Kopf gegen die Nackenstütze des Sitzes fallen. »Was machen wir hier?«

»Wir warten auf den Sonnenaufgang.«

»Nur das?«

»Nur das.«

Frida kurbelte das Fenster in der Fahrertür herunter, ließ die Beine hinausbaumeln und angelte im Handschuhfach nach ihrer E-Zigarette. Bald schon füllte süßer Popcorngeruch die Fahrerkabine. Auch Sander öffnete das Fenster. Frische Nachtluft vermischte sich mit dem Aroma aus dem Verdampfer. Schweigend blickten sie in die Nacht.

Ganz langsam veränderte sich das Licht. Aus Schwarz wurde Blau, dann Violett, Pink und Orange. Umrisse begannen sich aus der Nacht zu schälen. Bergkuppen wie gebeugte Rücken schlafender Riesen, zugedeckt mit Nebelschwaden, die langsam vom Wasser des Fjords aufstiegen und dort, wo der Himmel die Welt berührte, zu Wolken wurden. Mit der Sonne erwachte auch der Tag. Von ganz weit weg drang das rhythmische *Tucktucktuck* eines Bootsmotors zu ihnen. Ein Seevogel stieg kreisend in die Luft. Hinter ihnen, auf der Straße, näherte sich ein Wohnmobil, passierte die Aussichtsplattform und fuhr weiter.

»Ich habe einen Bruder und eine Schwester«, begann Frida schließlich zu sprechen. Sie sah ihn nicht an dabei. Das musste sie auch nicht. Sander verstand auch so, warum sie ihn hierher gebracht hatte, um das Gespräch mit ihm zu suchen. Weiße Nächte hatten etwas Magisches. Die Mitternachtssonne schliff die Kanten des Lebens weich, verlieh den Menschen Mut. In solchen Nächten schien alles möglich.

Um es ihr leichter zu machen, griff er nach ihrer Hand, doch sie ließ es nicht zu und entzog sich ihm. Stattdessen fuhr sie mit dem Zeigefinger die Linien des Verdampfers nach, ihre Zähne knabberten an dem Mundstück.

»Thea und Vetle, mein Bruder, sind beide die totalen Überflieger. Echte Goldkinder. Du weißt schon, wenn Freunde deiner Eltern sagen: ›Oh, da kannst du aber wirklich stolz sein‹, und deine Eltern dann ganz hoheitsvoll lächeln und so tun, als ob es keine große Sache wäre, obwohl es eine riesige Sache ist und sie auch ohne diese Erlaubnis vor Stolz beinah umgekommen sind, weil eben immer nur ein Junge im Jahrgang der Beste im Rudern sein kann und nur ein Mädchen die Beste im Debattieren und es ein echt großes Ding ist, wenn deine beiden Kinder jeden, aber auch wirklich jeden Preis Jahr für Jahr abräumen und dabei auch noch ganz wunderbar niedlich aussehen? Genau so sind Thea und Vetle. So ein bisschen wie diese lebensechten Porzellanpuppen, die alte Ladys im Shoppingfernsehen verkaufen, nur, dass sie keine Puppen sind, sondern echt und nicht nur klug und hübsch und niedlich, sondern auch noch redegewandt und zielstrebig und loyal und alles. Du weißt, was für Leute ich meine, oder?«

Er schüttelte den Kopf, weil er wirklich keine Ahnung hatte. Außerdem hatte er nur die Hälfte von dem Wortwasserfall verstanden, aber das Kopfschütteln ging direkt in ein Nicken über. Denn ja, auch wenn er selbst keine Geschwister gehabt hatte und es auf den Schulen, die er besucht hatte, weder ein Ruder-Team gab noch einen Debattierklub, so wusste er doch, wie sich Neid anfühlte.

Frida fuhr fort. »Okay, dann kannst du dir sicher auch vorstellen, wie ätzend es ist, wenn du als drittes Kind geboren wirst und einfach nichts von alldem bist. Solange ich ein Baby war, fanden es alle noch ganz putzig, dass ich irgendwie tollpaschiger war. Aber das hat nicht lange angedauert, und ziemlich schnell wurde ich das Sorgenkind in unserer Familie. Ich war schlicht und ergreifend kein süßes Kind. Ich war laut, habe viel geschrien und nicht gerne lange mit einer Sache gespielt. Ich war nicht so niedlich wie meine Geschwister, sondern pummelig, obwohl ich ständig rumgelaufen bin und gezappelt habe. Ich habe länger gebraucht, um lesen und schreiben und rechnen zu lernen, als die anderen Kinder in der Klasse. Wenn mich etwas geärgert hat, wurde ich jähzornig. Meine Eltern – vor allem meine Mutter – haben sich wirklich bemüht und versucht, für mich Freunde zu finden, aber bis sie herausgefunden haben, was wirklich mit mir los ist, hatten die anderen Kinder keine Lust mehr, meine Freunde zu sein.«

»Was mit dir los ist?« Sander hob eine Augenbraue.

»Ich habe ADHS, Sander. Aber ich hasse es, auch nur den Namen auszusprechen. Ich will mich nicht hinter irgendwelchen Diagnosen verstecken oder in Raster pressen lassen. Dank meiner Medikamente komme ich gut zurecht, aber sag nicht, dass dir bisher nicht aufgefallen ist, dass etwas mit mir nicht stimmt. Meine Schwierigkeit, Dinge zu Ende zu bringen? Meine Impulsivität? Dass ich mich für alles Mögliche wahnsinnig schnell begeisterte und es mir dann schwerfällt, es auch zu Ende zu bringen?« Halb spöttisch, halb fragend sah sie ihn an. Und ja, wenn sie es so verpackte, waren ihm diese Dinge an ihr aufgefallen, doch nie in einem negativen Licht. Sie gehörten zu ihr. Manchmal ärgerten sie ihn, und manchmal faszinierte ihn ihre Art zu denken und zu leben so sehr, dass es sich anfühlte, als würde er durch sie neu geboren werden.

»Diese Eigenschaften machen dich nicht zu einem schwierigen Menschen. Sie machen dich zu dir selbst.«

Sie schnaubte. »Süß, dass du das sagst. Aber in erster Linie machen sie mich zu einem Ärgernis. Zumindest, wenn es nach meiner Familie geht. Ich weiß, sie lieben mich und sie meinen es gut, aber ich habe schon so viele schlechte Entscheidungen getroffen, dass sie mir nicht zutrauen, auch mal eine gute zu treffen.« Sie machte eine kurze Pause, atmete hörbar ein. Viel leiser dann, so leise, dass Sander Mühe hatte, sie zu verstehen, fügte sie hinzu: »Deshalb wollte ich nicht, dass du Thea triffst. Ich wollte nicht, dass sie mir einredet, dass auch du nur eines meiner Hirngespinste bist. Dass sie meine Arbeit nicht ernst nimmt, damit komme ich zurecht. Ich glaube an den *Laden der schillernden Schätze*, und ich werde ihr und meinen Eltern beweisen, dass es sehr wohl möglich ist, mit DIY-Dekoartikeln Profit zu machen.«

»Vor allem, wenn man sich die Ausstellungsfläche mit einem Antiquitätenhändler teilt, der für die nötige Seriosität sorgt.« Spielerisch tippte er ihr mit dem Ellenbogen in die Seite.

Sie verdrehte die Augen. Das goldene Licht der Sommernacht malte Lichtreflexe auf ihre Pupillen. »Natürlich. Vor allem dann.«

»Aber eigentlich wolltest du etwas anderes sagen, oder?«, lockte er sie, weiterzusprechen.

»Ich wollte nicht nur nicht, dass Thea dich sieht und beurteilt, ich wollte auch nicht, dass du sie siehst und beurteilst. Ich wollte nicht, dass du Rückschlüsse ziehst und ich anschließend eine andere für dich bin. Ich wollte nicht, dass du mich mit ihr vergleichst und ich am Ende wie der Trostpreis aussehe. Thea ist kultiviert und geistreich und klug, genauso wie du. Ich bin das alles nicht. Und als du dann so verwirrt und sauer warst und mir Fragen gestellt hast, mit diesem vorwurfsvollen Unterton, da habe ich mir nur gedacht, dass ich jetzt auch dich enttäuscht habe. Dass ich jetzt auch für dich zu viel von all den Dingen bin, die es schwer machen, mich gern zu haben, und zu wenig von dem, wofür man einen Menschen liebt.«

Er hielt die Luft an, wartete, ob sie noch etwas sagen würde, doch das tat sie nicht.

»Frida?«, sagte er schließlich, ebenso leise, wie sie zuvor gesprochen hatte. »Kannst du mir einen Gefallen tun?«

»Ich weiß nicht. Ich kann es versuchen, ich …«

»Tu das nie wieder.« Jedes bisschen Nachdruck, das er besaß, legte er in seine Aufforderung. »Denk nie wieder, so wie du bist, seist du zu viel oder zu wenig. Du bist du, und genau so liebe ich dich. So, hörst du? Nicht anders.«

»Du liebst mich?« Hoffnung schwang in ihrer Stimme, brachte ihren ganzen Körper zum Vibrieren, bis sie nicht mehr still auf dem Fahrersitz sitzen konnte, sondern zappelte, als hätte sie ein Floh in den Po gebissen.

Lachend legte er einen Arm um ihre Schultern, zog sie zu sich und tippte ihr mit der Zeigefingerspitze auf die Nase. »Natürlich, du verrücktes Huhn! Ich liebe dich beinah seit dem ersten Moment, als ich dich gesehen habe und du meine Welt von einem Augenblick auf den anderen vollkommen durcheinandergebracht hast.«

»Du schwindelst«, begehrte sie auf. Eine Hand in seinen Bauch gestemmt, stieß sie sich von ihm ab, um ihm besser ins Gesicht blicken zu können. »Du konntest mich am Anfang nicht ausstehen.«

»Ich dachte, ich könnte dich nicht ausstehen.«

»So?«

»In Wahrheit ist es aber egal. Das Gegenteil von Liebe ist nämlich nicht Hass, Frida, es ist Gleichgültigkeit. Und eines kann ich dir von ganzem Herzen versichern, ohne Angst haben zu müssen, dass sich nur die klitzekleinste Lüge dabei einschleicht.«

»Und was ist das?«

»Gleichgültig warst du mir nie und wirst du mir nie sein.«

Sie sah ihm in die Augen, tief und forschend. Eine Sekunde verging, dann zwei, dann erblühte ein Lächeln auf ihrer Miene, so breit und rein und fröhlich, wie er es womöglich noch nie an ihr gesehen hatte.

»Du liebst mich wirklich«, stellte sie fest.

»Ich liebe dich wirklich.«

»Und ich liebe dich. Das muss ein Zauber sein. Irgendeine Magie. So viel Glück kann ich gar nicht in echt haben.«

Kopfschüttelnd lachte er. Er hatte recht gehabt: Solange Frida in seinem Leben war, würde es keinen einzigen Moment der Langeweile oder Gleichgültigkeit geben.

19

Gemeinsam beobachteten sie, wie es über dem Fjord heller und heller wurde, bis sich die weiße Nacht in einen sonnigen Tag verwandelte. Ein Tag voller Möglichkeiten, voller Abenteuer und Liebe. Besonders bequem waren die Stunden auf dem Fahrersitz des Bullis nicht gewesen, dennoch fühlte Frida sich leicht und wach. Sie hatte Sander von sich erzählt, und er hatte sie nicht verurteilt. Im Gegenteil, er hatte die wundervollsten Dinge zu ihr gesagt, und auch wenn es natürlich nicht das erste Mal war, dass jemand ihr versicherte, sie zu lieben, war es das erste Mal, dass sie es wirklich glaubte. Er liebte alles an ihr, sogar die Dinge, für die sie sich schämte, das hatte er ihr versichert. Thea hatte unrecht. Frida könnte ihm alles sagen oder die gesamte Welt zu Füßen legen, und er würde nicht rücksichtslos nehmen, sondern immer auch darauf achten, dass es ihr dabei gut ging. Dass sie ihm nicht auch offenbart hatte, wie ihre und seine Familie miteinander verknüpft waren, hatte nichts mit fehlendem Vertrauen zu tun. Wieder und wieder hatte er ihr bewiesen, dass er ihr Vertrauen verdiente. In der letzten Nacht hatte sie sich ihm so sehr anvertraut wie womöglich noch niemandem zuvor. Sie hatte ihm all die Dinge über sich erzählt, die wirklich sie betrafen. Mehr hatte sich einfach nicht ergeben. Das war alles. *Bald*, sagte sie sich. *Bald schon werde ich ihm auch den Rest erzählen. Dann gibt es kein einziges Geheimnis mehr zwischen uns, und die Welt mit ihren Vorurteilen und Annahmen kann einpacken.* Sander und sie, das war für immer. Und wenn schon nicht für die Ewigkeit, dann zumindest für eine Zeit, die sich anfühlte, als könnte sie die Ewigkeit sein.

Sie dehnte ihren Nacken, löste sacht seinen Arm von ihrer Schulter. In der letzten Stunde waren immer öfter Autos und Wohnmobile an der Aussichtsplattform vorbeigekommen. Ihr kleines, geschütztes Paradies fernab vom Rest der Welt war nicht mehr ganz so geschützt und fernab der Welt.

»Ich muss mich mal ein bisschen bewegen«, erklärte sie auf seinen fragenden Blick hin und kletterte aus dem Bus ins Freie. Sie reckte und streckte sich. Tadasana, Urdhva Vrikshasana, Uttanasana. Zu einer gesamten Sonnengruß-Routine brachte sie es heute nicht, aber schon die wenigen Posen genügten, um ihren Kreislauf in Schwung zu bringen und die vom langen Sitzen steifen Muskeln zu dehnen. In ihrem Rücken hörte sie eine sich öffnende Tür. Sander, der ihr ins Freie folgte.

Langsam schlenderte sie zu der Infotafel am Rand der Aussichtsplattform. Laut derer befanden sie sich auf einer Teilstrecke der Verbindung zwischen Trondheim und Kristiansund, die über Imarsund führte. Es sei die beste Straße für Reisende, die eine abenteuerliche Fahrt erleben wollten, denn sie zeigte eindrucksvoll, wie abwechslungsreich und einzigartig die Landschaften in Norwegen seien.

Sie spürte Sanders Anwesenheit hinter sich und streckte eine Hand nach ihm aus, ohne sich von der Tafel abzuwenden.

»Von Aure aus kann man wohl Wanderungen zu drei der höchsten Berge des Landes machen. Auf den Strecken gibt es offenbar jede Menge zu entdecken. Hier in dieser Region wurden die ersten Funde einer Besiedlung gemacht. Hast du schon mal von der Fosnakultur gehört?« Über die Schulter hinweg sah sie ihn fragend an.

Er schüttelte den Kopf. »Nicht bewusst. Urgeschichte ist nicht mein Interessensgebiet.«

»Dachte ich mir. Aber Mittelalter ist dein Ding, oder? Dann müsstest du nämlich wissen, das Harald Schönhaar hier am Imarsund eine der wichtigsten Schlachten der norwegischen Geschichte geschlagen hat.«

»Du meinst die Schlacht am Hafrsfjord?« Er machte ein Klackgeräusch mit der Zunge. »Immer noch zu früh für mich. Aber die Schlacht nimmt in der Skaldendichtung eine zentrale Rolle ein, deshalb weiß ich wenigstens ein bisschen was darüber. Nur bitte mich jetzt bloß nicht, dir die entsprechenden Strophen zu zitieren. Ich habe sie sicher mal gelesen, aber weiß kein Wort mehr davon.«

»Doktor Sander Pettersen hat sich etwas nicht gemerkt, was er mal gelesen hat?« Sie riss die Augen auf. »Ich bin entsetzt.«

Er kniff sie leicht in den Hintern, sie japste auf, entschlüpfte seinem Griff und revanchierte sich mit einem Knuff in seine Seite.

»Frech bist du«, stellte er richtig. »Und ganz schön wendig.«

»Frieden!«, rief sie und stoppte seine nächste Attacke so bereits im Entstehen. »Aber jetzt mal im Ernst: Was hältst du davon, dass wir nach Aure weiterfahren? Laut dieser Tafel hier gibt es da Campingplätze und Restaurants und alles Mögliche. Wir könnten frühstücken und uns umsehen. Vielleicht finden wir ja irgendetwas, worauf wir Lust haben. Eine Wanderung oder ein Museum oder irgendwas.«

»Einfach so?«

Sie lachte. »Ja, Sander. Einfach so. Weil Sonntag ist. Und weil wir zusammen sind.«

»Ich habe noch einiges für das Spendenfest zu erledigen. Mit dem Skript für die Kostümführung bin ich auch noch nicht ganz fertig. Ich muss ...«

»... auch mal spontan sein. Erinnerst du dich an die Fahrt zu der Auktion? Oder unseren Ausflug nach Munkholmen? Jedes Mal, wenn wir den Tag einfach so am Schopf gepackt haben, sind die tollsten Dinge passiert.«

Er zögerte kurz. »In Ordnung. Solange du mich nicht auf ein Boot zerrst, lass ich mich überraschen.«

»Kein Boot?« Sie ließ ihre Lider flattern und machte einen Schmollmund. »Nicht mal ein klitzekleines?«

»Kein Boot.« Streng schüttelte er den Kopf. »Jetzt aber los, Fräulein Lunde, bevor ich es mir anders überlege. Du fährst.«

Ihr Herz machte einen Satz bei der Selbstverständlichkeit, mit der er ihren Nachnamen aussprach, und für die Dauer einer wundervollen Sekunde machte sie sich vor, dass es gar nichts mehr zu beichten gab. Dass er ohnehin schon wusste, zu welcher Familie Lunde sie gehörte, und es genauso wenig daran änderte, wie er sie sah, wie ihre gestrigen Geständnisse etwas an seiner Liebe zu ihr geändert hatten. Aber dann erinnerte sie sich daran, dass gefühlt jeder fünfte in Norwegen Lunde hieß und dass es nichts zu bedeuten hatte, dass er sie so nannte, und stieß einen Seufzer aus.

Bald, sagte sie sich. Nur nicht heute, wo sie doch so glücklich waren.

»Das ist ein Boot«, protestierte Sander eine gute Stunde später. Ihr Frühstück hatten sie in einer Raststation eingenommen. Alles dort war auf Touristen ausgelegt gewesen, von der rustikalen Holzeinrichtung bis zu dem zum Verkauf stehenden Kitsch. Schrecklich überteuerte Preise verdarben selbst den hungrigsten Reisenden den Appetit, also hatten Frida und Sander sich mit jeweils einer großen Tasse Kaffee und Knäckebrot zufriedengegeben. Als Aufstrich gab es Kaviar-Kavli für Sander und Himbeermarmelade für Frida. Ob Sander den Streichkäse aus der Tube mit genauso viel Appetit verspeist hätte, wenn er wüsste, von welcher Fischerei der Hersteller den Fischrogen für den Käse bezog?

Nachdrücklich vertrieb sie den Gedanken. Bald, hatte sie sich geschworen, und bald war noch nicht jetzt. An diesem Tag wollte sie genau das tun, was sie Sander versprochen hatte: den Tag genießen, wie er kam. Spontan sein. Lachen und Lieben. Bisher funktionierte das ganz wunderbar. Wenn sie jetzt auch noch Sander dazu überreden konnte, mit ihr paddeln zu gehen, wäre ihre Welt perfekt.

»Kein Boot, ein Kajak«, verbesserte sie deshalb. »Das liegt so tief auf dem Wasser, da kannst du gar nicht untergehen.«

»Nur reinfallen.«

»Bist du aus Zucker?«

»Das nicht, aber …«

»Bitte …« Mit den Augen klimpernd machte sie einen Schmollmund und erntete die gewünschte Reaktion.

»Du hast echt Glück, dass ich dich gern habe.« Er drückte ihr einen kurzen Kuss auf die Lippen. »Wenn mir schlecht wird, gebe ich dir die Schuld.«

»Dir wird nicht schlecht. Warte ab, das wird großartig. Vom Wasser aus haben wir sicher noch einmal einen ganz anderen Blick auf den Fjord. Mit etwas Glück verleihen die sogar ein Tandem-Kajak. Dann kann ich auf dich aufpassen.«

Tatsächlich gab es beim Campingplatz einen Anbieter, der Tandem-Kajaks hatte. Ein junger Kerl mit Sonnenbrille, Surfer-Shorts und flachsblonden Haaren stellte sich ihnen als Kristofer vor, machte ihnen das Boot bereit und gab ihnen eine kurze Sicherheitsanweisung. Zum Einsteigen sollten sie das Kajak am besten mit dem Rücken zum Wasser platzieren. Im immer noch sehr flachen Bereich sollte der hintere Paddler das Boot festhalten, um dem vorderen das Einsteigen zu erleichtern.

»Willst du lieber hinten oder vorne sitzen?« Frida rieb sich die Hände. Ihr ganzer Körper sirrte vor Energie, so sehr freute sie sich auf diese gemeinsame Erfahrung mit Sander.

»Bevor ihr irgendwo Platz nehmen könnt, müsst ihr die Schwimmwesten anlegen.« Kristofer reichte Sander eines der leuchtend gelben Teile. Die für Frida hielt er persönlich auf. Frida schlüpfte in den schweren Stoff. Als sie nach den Riemen griff, die die Weste an der Brust verschlossen, traf sie auf Kristofers Hand. Er fummelte an den Verschlüssen und Schnüren herum, offenbar, um ihr zu helfen. Das war ja eigentlich ganz nett, trotzdem nagte plötzlich ein seltsames Unbehagen an ihren Nerven.

»Ich kann das allein. Danke.« Sie trat einen Schritt zurück.

Einige Meter von ihr entfernt hatte Sander eigenhändig seine Schwimmweste fachmännisch verschlossen. Er tippte sich auf die Brust. »Sitzt, wackelt und hat Luft. Machen wir das jetzt, oder wie?«

»Also …« Kristofer räusperte sich. Noch immer stand er zu nah für Fridas Geschmack. »Der schwerere und erfahrenere Paddler sollte hinten sitzen. Frida, ich gehe davon aus, das bist du?« Ganz leise und viel zu dicht an ihrem Ohr, fügte er hinzu. »Wenn du mit mir fahren würdest, würde ich dir sofort den Takt angeben. Was macht eine Powerfrau wie du mit so einem Kerl?«

»Sander ist mein Partner«, zischte sie. *Oh, dieses Arschloch!* Sie wusste gar nicht, was sie am meisten ärgerte. Der Stich hinter der Brust, den sie immer noch fühlte, wenn jemand sie auf ihr Gewicht ansprach, oder dass dieser Kerl es sich herausnahm, über sie zu urteilen, obwohl er weder sie noch Sander kannte? Wer flirtete denn bitte mit einer Frau, die in Begleitung unterwegs war? Lag es an ihren blauen Haaren? An dem V-Ausschnitt ihres T-Shirts? Dass Typen sie sahen und in eine ganz bestimmte Ecke steckten, kannte sie zur Genüge. Aber dass Kristofer auch Sander verurteilte, nur weil er auf den ersten Blick vielleicht nicht unbedingt aussah, als würde er zu ihr passen, das ging zu weit.

Wütend stemmte sie sich die Hände in die Hüfte. »Ich denke, du sagst uns jetzt – auf die professionellste Art und Weise, die du dir vorstellen kannst –, was du zu sagen hast, damit wir das Kajak sicher lenken können, und dann verziehst du dich. Du kannst froh sein, wenn ich später nicht noch ein Wörtchen mit deinem Chef zu reden habe.«

Kristofer verdrehte die Augen und nuschelte irgendwas Unverständliches in seinen Bart. Sie meinte es absolut ernst. Noch ein falsches Wort von ihm, und sie würde nach seinem Vorgesetzten fragen. Wenn es darauf ankam, konnte sie sehr wohl die Lunde-Erbin vom Stapel lassen. Darin, Ansprüche zu stellen, war ihre Familie gut.

»Ist was?« Nun kam auch Sander zu ihnen. Bisher hatte er skeptisch das Kajak beäugt, trotzdem war sich Frida nicht sicher, ob er nicht doch etwas von dem Austausch mit Kristofer mitbekommen hatte. Er legte eine Hand auf ihren unteren Rücken, sacht, kaum merklich und doch präsent. So war Sander. Er drängte sich nicht in den Vordergrund, war kein Höhlenmensch, der sich auf die Brust trommeln und lautstark proklamieren musste, dass sie zu ihm gehörte. Er vertraute darauf, dass sie wusste, was sie tat, signalisierte ihr aber gleichzeitig, dass er ihr den Rücken stärkte, sollte sie ihn brauchen, und in diesem Moment wurde ihr klar, warum sie ihn liebte. Warum ihr egal war, was andere Menschen über sie dachten und warum sie Himmel und Hölle in Bewegung setzen würde, um ihm zu zeigen, dass auch sie immer für ihn da sein und ihn bei all seinen Wünschen und Träumen unterstützen würde. Sander vertraute ihr. Er glaubte an sie. In der Regel dachten die Menschen das Schlechteste von ihr und wurden im besten Fall positiv überrascht, doch Sander war anders. Er machte keine Annahmen und akzeptierte sie so, wie sie war. Damit gab er ihr so viel mehr, als Geld jemals kaufen könnte.

»Nein, nein.« Sie schüttelte den Kopf, um die Gedanken zu klären. »Kristofer gibt uns jetzt noch ein paar Tipps zur Technik, dann können wir los.«

»Na gut.« Mit aufgesetzter Freundlichkeit rieb sich Kristofer die Hände. Wenigstens schien er zu begreifen, wann er verloren hatte. In Windeseile ratterte er den Rest seines Vortrags herunter. Synergie beim Paddeln. Aufpassen, dass die Paddel nicht aneinanderschlugen. Der Taktgeber gab nicht nur Tempo, sondern auch Richtung vor, blablabla.

Fünf Minuten später saßen sie im Tandem-Kajak, Frida hinten, Sander vorne. In ihrem Rücken, immer kleiner werdend, je weiter sie sich vom Strand fortbewegten, Kristofer, ein Typ, der offenbar meinte, er sei Gottes Geschenk an alle Frauen, und vor ihnen die Weite des Fjords.

Schon bald merkte Frida die Anstrengung in den Armen, doch die Aussicht entschädigte sie für alles. Als hätte der Fjord Sommersprossen, tupften in der Ferne Schäreninseln das Wasser. Kilometer über Kilometer breiteten sich zu beiden Seiten von ihnen am Ufer imposante Bergketten aus, die Gipfel selbst jetzt im Juni schneebedeckt. Über spiegelglattes Wasser glitten sie dahin. Ein knallgelbes Kajak auf klarblauer See. Kein Wölkchen am Himmel, kein weiteres Boot weit und breit, nur der Geruch von Salz und Algen in der Nase und ihre Paddel, die im Gleichtakt ins Wasser tauchten und sich wieder erhoben. Ein Brachvogel begrüßte sie mit seinem trällernden Lied. Vorbei an glatt geschliffenen Felsen und einer Weide, auf der träge Kühe in der Mittagssonne wiederkäuten, paddelten sie gemächlich an der Küste entlang. Sie scheuchten ein paar Graugänse auf, ihr Schnattern laut und aufgebracht in dieser perfekten Idylle.

Auf einer winzigen Insel machten sie Mittagspause, ehe es zum Campingplatz zurückging, die Arme schwer von der Arbeit, der Rücken steif, aber beide waren sie glücklich. Eine innere Ruhe erfüllte Frida, wie sie sie vielleicht noch nie zuvor erlebt hatte. Als wäre sie vollkommen eins mit sich und der Welt, mit dem Leben und ihrem Platz darin. Sie hätte Wanderfüße, behauptete Thea gern von ihr. Weil sie nie lange an einem Ort verweilen konnte, weil sie immer das nächste Abenteuer suchte, den nächsten Mann, an den sie ihr Herz verlieren konnte. An Sander hatte sie gar nichts verloren. Mit ihm an ihrer Seite gewann sie. Sie war bereit, entschied sie. Kein *bald* mehr. Kein irgendwann. Und sie wusste auch schon, wie sie es ihm sagen wollte. Wie sie ihm zeigen wollte, wie sehr sie ihn liebte und dass ihr Name oder ihre Familie nichts daran ändern würden. Dort draußen, in der Stille der Natur, hatte der Fjordwind ihr einen Plan zugeflüstert, und noch am selben Abend begann sie damit, ihn in die Tat umzusetzen.

Wochenlang hatten sie geplant, gebrainstormt und geschuftet. Nun war es beinah so weit: Morgen früh, pünktlich um halb neun, würde der Startschuss zu Kjerstis Spendenfest fallen. Einen ganzen Tag lang ging von jeder Krone, die die teilnehmenden Ladenbesitzer einnahmen, die Hälfte an Kjersti. Und damit nicht genug. Beinah jeder aus der Øvre Bakklandet hatte sich etwas Besonderes einfallen lassen, um möglichst viele Besucher anzulocken.

Sander wischte sich die Handflächen an seinem Stofftaschentuch ab und warf einen Blick in die Runde. Wie üblich hatten sie sich in Ingrids *Lille Kaffekompaniet* zusammengefunden. Nicht nur er selbst schien nervös, auch die anderen wirkten angespannter als sonst.

Er schluckte einmal trocken, dann räusperte er sich. Im Studium und während seiner Arbeit für das Auktionshaus von Linns Familie hatte er gelernt, öffentlich zu sprechen. Die Zeiten, in denen er vor Nervosität Magenkrämpfe bekam, wenn sich aufmerksame Blicke auf ihn richteten, waren zum Glück vorbei. Er wusste, was er konnte, und hatte sich angewöhnt, immer nur dann das Wort zu ergreifen, wenn er etwas zu sagen hatte. Das respektierten die Menschen. Sie hatten gelernt, die Ohren zu spitzen, sobald Sander sich einer Sache annahm. Die Gewissheit, gleich im Mittelpunkt zu stehen, zeigte sich aber auch nach Jahren der Übung immer noch als leichtes Flattern in seinem Bauch.

Anspannen, entspannen, atmen. Als er Frida von seiner Nervosität berichtet hatte, hatte sie ihm eine kinderleichte Entspannungsübung gezeigt. »Progressive Muskelrelaxation« nannte sie es. Als er jetzt die Hände zur Faust ballte, die Muskeln in seinen Armen anspannte, um sie dann mit dem nächsten Atemzug bewusst zu entspannen, war es nicht die Technik, die ihm die Nervosität nahm, sondern der Blick auf Frida.

Sie saß am vordersten Tisch, vor sich ein aufgeschlagenes Notizheft, und sah ihn warm lächelnd an. Ihre Augen waren blau, so blau wie der Fjord, auf dem sie gemeinsam Kajak gefahren waren, und aus ihrer gesamten Körperhaltung sprach der Stolz, den sie für ihn empfand.

Das nervöse Flattern in seinem Magen versiegte, machte vertrauensvoller Wärme Platz. Seit ihrer Aussprache verlebte er die schönste Zeit seines Lebens. Das Kajakfahren hatte ihm Spaß gemacht. Mehr als das – es hatte etwas in ihm geheilt. Seit er als Pimpf vom Kutter seines Vaters ins winterkalte Wasser gefallen war, hatten Schiffe und Boote ihm Angst gemacht, doch für Frida hatte er diese Angst überwunden. Er hatte sich in einer Nussschale auf den Fjord gewagt, mit nicht mehr als einer Schwimmweste zur Sicherheit, und er hatte Freude daran gefunden. Endlich hatte er aufgehört, den kleinen Jungen in ihm Entscheidungen für den erwachsenen Mann treffen zu lassen, und es war so augenöffnend gewesen. Er hatte die klare Fjordluft geatmet und sich frei gefühlt.

Seither schien ihm alles zu gelingen, was er anging. Allein die entfernten Türschwellen in Kjerstis Wohnung hatten seiner Freundin mehr Mobilität geschenkt. Mit den Einnahmen aus dem Spendenfest würden sie ganze Berge versetzen können, da war er sich sicher. Schließlich halfen alle mit: Ingrid und Marit, Cecilie, Julian, Iver und Guro. Die Leute vom Touristenverband hatten sich von ihrer Begeisterung anstecken lassen und die Veranstaltung auf sämtlichen Kanälen angekündigt. Auf den Versand der Pressemitteilung hin hatte Sander zahlreiche Rückmeldungen der Tagespresse bekommen. Für die meiste Publicity sorgte jedoch Frida auf Instagram und den anderen sozialen Netzwerken. Nun konnten sie nur noch hoffen, dass die Leute, die von ihrem Fest gelesen hatten, in Scharen nach Bakklandet strömten und ihre Geldbörsen für den guten Zweck öffneten.

Wenn er abends nach Hause kam, müde von arbeitsreichen Stunden, dann tat er das nicht allein, sondern mit Frida. Gemeinsam ließen sie den Tag ausklingen. Bei Kerzenschein, Nähe und manchmal einem Gläschen Wein. Aneinandergekuschelt guckten sie alberne Fernsehsendungen, lasen ein Buch oder redeten einfach nur miteinander. Was sie machten, spielte keine Rolle, die Routinen, die sie schufen, die vielen Selbstverständlichkeiten, die Halt gaben, Sicherheit und Geborgenheit, machten ihn zum womöglich glücklichsten Mann der Welt. Denn mit ihrem Enthusiasmus und ihrer nie enden wollenden Energie sorgte Frida dafür, dass aus Routine nicht Eintönigkeit wurde.

Er nickte Frida zu, dann begann er zu sprechen. »Meine Freunde.« Von einem zum anderen ließ er den Blick schweifen. In den Augen aller sah er dieselbe freudige Erwartung, die auch er empfand. »Ihr habt seit Wochen mit angepackt und geplant, um dafür zu sorgen, dass Kjersti ihr Zuhause behalten kann. Keiner von uns weiß, ob die Spenden, die wir morgen sammeln werden, wirklich ausreichen werden, um den gesamten Umbau zu finanzieren. Aber egal, wie das Ergebnis ausfallen wird, unser Spendenfest ist schon heute ein Erfolg. Wir alle ...« Er machte eine ausladende Geste in die Runde, »... kennen uns heute besser als noch vor zwei Monaten. Wir halten enger zusammen, haben uns miteinander vertraut gemacht und bewiesen, dass gemeinsam so vieles möglich ist, das wir uns einzeln nicht zugetraut hätten.« Er griff nach dem Wasserglas, das er sich auf dem Tisch bereitgestellt hatte, hob es an. »Auf Bakklandet!«, prostete er in die Runde. »Auf uns und auf Kjersti!«

»Auf Bakklandet!«

»Auf uns!«

»Auf Kjersti!«

Aus voller Kehle wiederholten die anderen den Toast. Sander wartete, bis sich der Raum wieder beruhigt hatte.

Von dem Tisch nahm er sich eine der vorbereiteten Präsentationsmappen. »Bei aller Vorfreude wäre ich ganz ohne Listen für morgen natürlich trotzdem nicht glücklich geworden.«

Wie erwartet, antwortete ihm vielstimmiges Lachen.

»Auf dem Tresen habe ich für jeden von euch eine Mappe zusammengestellt. Darin findet ihr alle wichtigen Angaben, Telefonnummern, Hintergrundtexte, etc. pp. Im Grunde sind das dieselben Informationen, die wir auch als Pressemitteilung verschickt haben. Ganz oben …« Er klappte seine Mappe auf und hielt sie so, dass alle Anwesenden einen Blick auf die erste Seite werfen konnten. »… ist der Zeitplan. Wir haben das mehrfach durchgesprochen. Damit alle Besucher etwas von dem Fest haben, haben wir uns bemüht, die Aktivitäten über den ganzen Tag zu verteilen. Die familienorientierten Aktionen wie der Bastelkurs bei Frida oder der Nähkurs bei Guro finden am Vormittag statt, Blumenstecken bei Marit, die Stilberatung bei Cecilie und die Info zum Köderbinden bei Iver am Nachmittag, und dann am Abend die Veranstaltungen, die sich eher an Erwachsene richten, wie das Bier-Tasting bei Julian oder die Modenschau in der Damenmodenboutique.« Mit dem Finger fuhr er die Tabelle entlang, die er erstellt hatte. »Ich habe jede Aktivität farblich anders hinterlegt. So seht ihr sofort, was einmalige Aktivitäten sind und was wir mehrmals am Tag planen – wie die Kostümführungen durchs Viertel zum Beispiel oder die Ausgabe von Luftballons. So weit alles klar?«

Zustimmendes Murmeln füllte den Raum.

»Für den Fall, dass Besucher Fragen haben, die nicht in euer Spezialgebiet fallen, gibt es dann die Detailseiten weiter hinten in der Mappe. Ich habe versucht mich kurz zu fassen und nicht mehr als drei Seiten pro Programmpunkt zusammengetragen.«

»Eine Frage?« Julian von der Brauerei hob die Hand. Er gab sich redlich Mühe, ernst auszusehen, aber seine Augen funkelten schelmisch.

»Ja?«

»Ich meine, es sind ja nicht alle so gut darin, Texte auswendig zu lernen, wie du.« Er zwinkerte. »Wenn jemand, also sagen wir ich zum Beispiel, es jetzt nicht schafft, sich den ganzen Stoff hier reinzuziehen.«

»Ja?« Sander ahnte, worauf das hinauslief, spielte aber Julian zuliebe mit.

»Ist es dann auch okay, wenn wir Besucher einfach in die betreffenden Läden schicken? Wir wollen uns ja nicht gegenseitig das Geschäft kaputt machen, oder? Sagen wir so, wie wenn zum Beispiel Marit von Frida Kerzen in Kommission nimmt.« Vielsagend wackelte er mit den Augenbrauen.

Sander verdrehte die Augen. War ja klar, dass Frida den anderen erzählt hatte, wie miesepetrig er sich anfangs ihr gegenüber verhalten hatte.

»Selbstverständlich.« Er hob die Hände in einer ergebenen Geste, lächelte dabei aber schief. »Mach dich nur über mich lustig, ich hab es ja verdient. Und um auf deine Frage zu antworten: Natürlich ist es auch in Ordnung, Kunden zu den jeweiligen Experten zu schicken.« Er klappte die Präsentationsmappe zu, hielt sie aber noch in der Hand. »Gibt es weitere Fragen? Oder möchte sich vielleicht sonst noch jemand ein bisschen auf meine Kosten amüsieren?«

»Ach, jetzt sei nicht so.« Ingrid ergriff das Wort. »Du weißt, dass wir nicht über dich lachen, oder? Sondern *mit* dir! Wirklich, Sander, wir sind alle unglaublich beeindruckt, wie du die ganze Organisation und Koordination des Festes gestemmt hast. Wenn wir dich ein wenig foppen, dann nur, weil wir dich bewundern.« Auf Ingrids Miene lag nichts als Ehrlichkeit, und auch auf den Gesichtern der anderen erkannte er aufrichtige Anerkennung.

»Ich glaube dir«, sagte er, deutlich bedeutungsschwangerer als beabsichtigt, doch irgendwie passte selbst das. Denn ein bisschen fühlte sich diese letzte Møte vor dem Spendenfest an wie ein Pakt, den er und die anderen miteinander schlossen. Gemeinsam versprachen sie sich *Wir schaffen das*. So war es in Bakklandet schon immer gewesen, und so sollte es bleiben.

20

Der Himmel leuchtete in der Farbe von Vanillepudding mit Streifen aus Himbeersoße. Das Leben an Mittsommer sollte süß sein wie ein Dessert, und doch grummelte Unsicherheit in Fridas Magen, während sie mit Sander Hand in Hand nach Hause schlenderte. Er schien auf diese ruhige, leicht distanzierte Art fröhlich, in der er sein ganzes Leben bestritt. Es war schon seltsam, irgendwie. Von allen Männern, die sie je kennengelernt hatte, war Sander der wahrscheinlich herzlichste. Bevor man ihn richtig kennenlernte, wirkte er oft steif und so, als würde er mit einem leichten Naserümpfen auf die Welt hinabschauen. Die Wahrheit könnte nicht weiter entfernt sein. Sander war nicht von anderen entrückt, sondern in sich selbst gekehrt. Er gehörte nicht zu den Menschen, die sich mit anderen beschäftigen mussten, um sich selbst besser zu fühlen. Wenn Sander etwas nicht gefiel, dann änderte er zuallererst etwas an sich selbst. Ohne großes Aufhebens, ohne Profilierungssucht nahm er die Dinge, die ihm wichtig waren, in Angriff. Statt zu diskutieren und zu schwadronieren, handelte er. Ohne Machtbestreben, ohne dabei an sich zu denken, entschied er sich stets für den Weg, den er für den richtigen hielt. Was, wenn nicht das, war wahre Herzlichkeit?

Sie schob ihre Finger tiefer zwischen seine, musste ihre Verbindung spüren. Ihr Herz klopfte bis in den Hals. Sie hatte sich solche Mühe gegeben, die Dinge in die Wege zu leiten. Natürlich hätte sie auch einfach mit der Wahrheit herausrücken können. Ungefähr so: *Ach übrigens, Sander, meine Eltern sind die, die daran schuld sind, dass dein Vater sein Lebenswerk und – noch viel schlimmer – seine Lebenslust verloren hat. Keine große Sache, oder? Ist doch alles schon so lange her, und schließlich sind wir nicht sie. Was geht es uns an, wer unsere Väter sind, richtig?*

Jede Zelle ihres Körpers hatte allein bei dem Gedanken rebelliert, alles, wofür ihre Familie stand, mit einem Schulterzucken abzutun. In Wahrheit war nichts lange her. Wer sie war, das war in so vielerlei Hinsicht mit dem verknüpft, woher sie kam. Sander würde das instinktiv begreifen. In die Vergangenheit zu blicken, um die Gegenwart zu verstehen, gehörte zu seinem täglichen Geschäft.

Also hatte sie einen Plan gebraucht, ein Symbol oder eine Geste, mit der sie ihm zeigen konnte, dass sie zwar Teil ihrer Familie war, aber auch sie selbst. Dass die Frida, die er kennengelernt hatte, die echte Frida war, auch wenn sie große Teile ihrer selbst noch immer verheimlicht hatte. Sie hatte überlegt und überlegt, und dann war ihr ein Gespräch eingefallen: ihre lustige Frage-und-Antwort-Runde auf Munkholmen! Ein Tag wie ein Zaubertraum. Freche Möwen und glucksende Wellen am Strand, spielende Kinder, Haut, die von der Sonne glühte, und Sanders Begeisterung für so etwas Banales wie ein Set Stühle.

Es war nicht leicht gewesen, ihren Plan in die Tat umzusetzen. An allzu viele Details hatte sie sich nicht mehr erinnern können, und Sander zu fragen, selbst unter einem Vorwand, kam nicht infrage. Am Ende hatte sie sich nicht mehr anders zu helfen gewusst und in Sanders Browser-Verlauf gestöbert. Nicht, dass sie darauf stolz war, aber manchmal heiligte der Zweck die Mittel. Und vóila, Sanders Eigenschaft, etwas, das er einmal ins Herz geschlossen hatte, nicht mehr aufzugeben, hatte sie ans Ziel geführt.

Jetzt gab es kein Zurück mehr. Am Ende der Straße tauchte Sanders Haus vor ihnen auf. Für einen Schlag setzte ihr Herz aus, nur um im nächsten Augenblick wieder davonzugaloppieren. Der Fahrer des Transporters war auf der letzten Etappe von Oslo im Stau gestanden, und so war ihr nicht viel Zeit geblieben, um ihre Überraschung in Empfang zu nehmen, ehe sie zur Møte in der *Lille Kaffekompaniet* hatte aufbrechen müssen. Je näher sie dem Haus kamen, desto bewusster wurde sie sich Sanders Nähe. Wie sein Arm bei jedem Schritt ihre Schulter streifte, wie seine Schritte auf dem Asphalt aufsetzten, sicher, aber nicht resolut. Wie er beim Laufen den Oberkörper ein wenig nach vorn beugte, sodass er den Blick ganz leicht heben musste, um geradeaus zu schauen, was ihm stets einen Ausdruck von Staunen ins Gesicht zauberte. Sie konnte nur hoffen, dass er ihr zuhören, ihr eine Chance geben würde, um alles zu erklären. Sich vorzustellen, ihn zu verlieren, ertrug sie nicht.

Sie begann zu zögern, verlangsamte ihr Tempo. Das war so ganz und gar nicht ihre Art. Sie war doch Frida, das verrückte Huhn, das sich kopfüber in jedes Abenteuer stürzte und immer erst handelte und dann nachdachte.

Nur noch wenige Meter von zu Hause entfernt, bemerkte Sander ihr Zaudern. Er blieb stehen, drehte sich so, dass er sie anschauen konnte.

»Willst du noch eine Runde spazieren gehen? Es ist so ein schöner Abend. Die Luft ist angenehm.«

»Nein, ich …« Jetzt gab es kein Zurück mehr. Sie atmete einmal tief durch, lächelte. »Ich habe eine Überraschung für dich. Ich will dir etwas zeigen.«

»Zu Hause?« Seine Augen weiteten sich, um die Lippen spielte ein erstauntes Lächeln.

Fridas Körper durchrieselte ein warmer Schauer. »Zu Hause« hatte er gesagt, und damit nicht sein Haus gemeint, sondern den Ort, den sie in den vergangenen Wochen zu ihrem gemacht hatten. Sie konnte nur hoffen, dass er das in ein paar Minuten immer noch so sehen würde.

»In der Werkstatt«, relativierte sie. »Ich hab mir den Schlüssel vom Schlüsselbrett genommen«, schob sie schnell eine Erklärung nach. »Ich hoffe, das war okay.«

»Natürlich war das okay. Du weißt, dass ich dir vertraue.« Zügiger setzten sie sich wieder in Gang. »Hast du ein neues Bastelprojekt begonnen, so kurz vor dem Spendenfest? Ich bewundere dich wirklich, wie du die Zeit und die Kreativität dafür findest. In meinem Kopf geht alles so durcheinander, dass es ein schieres Wunder wäre, wenn ich morgen nicht feststellen würde, dass ich doch etwas vergessen habe.«

Vor der Werkstatttür blieb er stehen. Er streckte sich, reckte den Hals beim Versuch, durchs Fenster zu sehen.

»He, nicht schummeln! Du verdirbst mir noch die Überraschung.« Aus der Rocktasche angelte sie den Schlüssel. Ihre Finger zitterten so sehr, dass sie mehrere Versuche benötigte, um das Schloss zu treffen. Dann, endlich, rutschte der Schlüssel ins Schloss. Sie drehte ihn. Das sanfte Klicken, mit dem der Schließmechanismus nachgab, schoss ihr wie ein elektrischer Schlag durch die Glieder. Sie musste sich zwingen, den Schlüssel wieder loszulassen, die Klinke hinunterzudrücken, mit der anderen Hand das Türblatt aufzuschieben. Dann trat sie zur Seite, gab den Weg für Sander frei und schaltete gleichzeitig das Licht an.

Flackernd erwachte die altmodische Glühbirne zum Leben, vertrieb das Dämmerlicht aus der Werkstatt. Gemeinsam mit dem Herrn von der Spedition hatte sie ein paar von Sanders Werkstücken zur Seite geräumt, um in der Mitte des Raums eine Bühne für seine Überraschung zu haben.

Hinter ihr betrat Sander die ehemalige Garage. Als hätte ihn jemand in die Brust geschossen, stockte er mitten in der Bewegung, schnappte geräuschvoll nach Luft. War das Erstaunen? Freude? Entsetzen?

Sein Rücken versteifte sich. Er näherte sich den beiden Stühlen, die Hand ausgestreckt.

Ehrfurchtsvoll strich er über den Bezug, fuhr die Rückenlehne entlang.

»Sind das …«

»Ja.« Sie schluckte, noch unsicherer als zuvor, so fremd klang seine Stimme plötzlich. Als wäre das nicht Sander, der da sprach, ihr Sander, sondern ein lebloser Apparat. »Ich hab sie gekauft. Ich …«

»Du hast sie gekauft?« Er betonte das Wort *du*, spuckte es aus wie ein fauliges Stück Apfel. »Einfach so? Ich weiß, was diese Stühle kosten. Sie sind ein Vermögen wert.«

»Tja, ich nehme an, das ist die Überraschung.«

»Ich verstehe nicht …«

»Ich heiße Frida Lunde, Sander.«

»Ich weiß, wie du heißt. Was soll das? Was willst du mir sagen, Frida?« Verwirrung mischte sich auf seiner Miene mit Ratlosigkeit. Er hob die Hand, rieb sich den Nacken, begann in der Werkstatt auf und ab zu laufen.

»Ich hab dir von meinen Eltern erzählt, von meinen Geschwistern. Das alles ist wahr, Sander. Ich habe nur … Also womöglich … Ich habe da vielleicht etwas ausgelassen. Weil ich nicht wusste, wie du es aufnehmen würdest …«

»Du hast mich belogen?« Er kniff sich in die Nasenwurzel. »Ich verstehe es immer noch nicht. Frida! Wir haben darüber gesprochen. Ehrlichkeit, erinnerst du dich? Wir waren uns einig, dass Ehrlichkeit das A und O …«

»Mein Vater heißt Magnus Lunde, meine Mutter Alfa Lunde. Sie sind die Inhaber der Fischerei Lunde. Mein Vater hat die Firma von seinem Vater geerbt. Im Grunde ist das gar nicht so anders als bei dir. Auch meine Vorfahren waren schon immer Fischer, nur dass Großvater Emil angefangen hat, die Fangflotte zu modernisieren und zu erweitern und … Na ja, du weißt ja, was daraus geworden ist. Ich kann mir diese Stühle leisten, weil ich ihre Tochter bin. Weil ich mit einem goldenen Löffel im Mund geboren wurde, wie man so schön sagt, und immer alle Möglichkeiten hatte. Aber ich bin trotzdem auch ich. Ich bin immer noch genau dieselbe Frida wie vor fünf Minuten. Zwischen uns muss das gar nichts ändern.«

»Dein. Vater. Ist. Magnus. Lunde?« Er sagte es abgehackt, als würde jedes Wort ihm in der Kehle kratzen.

Sie sog die Unterlippe zwischen die Zähne, nickte.

»Und du stehst hier und meinst, das würde nichts ändern?«

»Was soll es denn ändern?« wenn es nötig war, würde sie auch flehen. »Ich liebe dich, Sander. Alles andere ist nur Hintergrundrauschen.«

»Und was soll dann das?« Er deutete auf die Stühle. Ehe sie etwas erwidern konnte, fuhr er fort. »Oh, mach dir keine Mühe, zu antworten. Ich weiß es selbst. Diese Stühle? Diese Stühle, von denen ich dir haarklein gesagt habe, was sie mir bedeuten, sind der beste Beweis dafür, dass nichts so ist, wie es vor ein paar Minuten war. Vor ein paar Minuten habe ich geglaubt, du seist ehrlich und würdest die Dinge, die du tust, aus Liebe und Überzeugung tun. Diese Stühle zeigen, dass du nicht anders bist als deine verfluchte Familie, die sich am Meer bedienen, als wäre es ihr verdammtes Recht, koste es, was es wolle! Seit Jahren bewundere ich diese Stühle, suche nach Wegen, sie zu erwerben. Und was machst du? Du zückst dein hübsches Scheckheft und kaufst sie, als wäre es nichts. Und für dich ist es das wahrscheinlich auch nicht – ein paar Hunderttausend Kronen rauben einer Lunde nicht den Schlaf.« Er holte Luft. »Von diesen Stühlen zu träumen, war für mich genauso wichtig, wie sie zu haben. Ich wollte sie verdienen, Frida! Aber wie sollte das eine wie du nachvollziehen können? Für mich hätte es alles bedeutet, diese Stücke in meiner Sammlung zu haben, und du nimmst sie dir einfach. So selbstverständlich wie dein Vater und Großvater die Existenzen von Fischern zerstören, trampelst du auf meinen Träumen herum. Quasi im Vorbeigehen, ist ja nichts dabei. Was macht es schon für einen Unterschied?«

»So war es nicht gemeint.« Tränen stiegen ihr in die Augen. Gott, so hatte sie Sander noch nie erlebt. »Ich wollte …«

»Weißt du was?« Harsch unterbrach er sie. »Mir ist egal, was du wolltest. Mir ist egal, was du willst. Ich kenne dich nicht, und nach dem, was du mir heute Abend von dir gezeigt hast, will ich dich auch nicht mehr kennenlernen. Hol deine Sachen aus meinem Haus und verschwinde. Ich will dich nicht mehr sehen.«

»Aber der Laden? Kjersti? Das Fest?«

Er antwortete ihr nicht, stürmte stattdessen aus der Werkstatt. Dabei streifte sein Arm ihren, und er zuckte vor der Berührung zurück, als wäre sie giftig und schon der kleinste Kontakt zu ihr könnte ihn töten. Da begriff sie, dass es vorbei war. Sie hatte ihn verloren.

Was hatte er getan? Seine eigenen Worte hallten in Sanders Ohren. In seinem ganzen Leben hatte er sich nicht zu einem solchen Ausbruch verleiten lassen. Das also hatte sie aus ihm gemacht: einen cholerischen, wütenden, bösartigen Griesgram, der Gemeinheiten ausspuckte.

Über ihm im Haus hörte er ihre Schritte, das Knarzen der Treppe, dann das Klappen einer Tür. Wenig später erwachte ratternd der Motor des VW-Busses zum Leben, jaulte auf, als sie zu heftig Gas gab. Beim zweiten Versuch klappte es. Der Bullimotor verfiel in seinen tuckernden Rhythmus. Bald schon entfernte sich das Motorengeräusch.

Sander presste sich die Hände auf die Ohren, wollte nicht hören, wie sie ihn verließ. Sie. Frida. Nicht *seine* Frida. Nicht die Frau, die er geglaubt hatte, zu lieben, sondern eine Fremde. Frida Lunde, die Tochter von Magnus und Alfa

Lunde. Warum hatte er das nicht kommen sehen? Gut, die Käseblättchen der Regenbogenpresse gehörten nicht zu seiner bevorzugten Lektüre, aber hätte er nicht dennoch erkennen sollen, dass Frida zu einer der wohlhabendsten Familien aus Norwegen gehörte? Jeder kannte den Namen Lunde. Aus den Nachrichten. Aus der Zeitung. Von dem Logo der Fischerei, das auf zahlreichen Lkws zu sehen war, die den Fang täglich frisch von Norwegen aus nach ganz Europa verfrachteten.

Pass auf, uns holen die Lundes als Nächstes. Dann verlieren wir das Dach über dem Kopf und landen auf der Straße. Seit Jahren hatte Sander die Stimme seines Vaters nicht mehr so deutlich in seinen Ohren gehört. Jetzt klang die Drohung seines alten Herren so klar in seinem Kopf, als würde er neben ihm stehen. In fleckigem Wollpullover, mit alkoholbitterem Atem und weißgrauen Stoppeln auf Wangen und Kinn. Für Sander waren die Lundes das gewesen, was für andere Kinder der böse Wolf war – das Schreckgespenst seiner schlaflosen Nächte, die Angstfigur, mit der sein Vater ihm gedroht und zur Räson gebracht hatte.

Dir schmeckt der Eintopf nicht? Pass auf, wenn die Lundes so weitermachen, dann kriegen wir nicht mal mehr den auf den Tisch.

Du willst ein Spielzeug haben? Wovon meinst du, soll ich das bezahlen? Was ich mal hatte, haben die Lundes genommen. Die sind gierig und böse und reißen sich alles unter den Nagel, was nicht niet- und nagelfest ist.

»Nein.« Er stöhnte gegen die Stimme in seinem Kopf an, wollte sie nicht hören. Er wollte nicht begreifen, dass sein Vater recht gehabt hatte, von Anfang an. Früher oder später bekamen die Lundes immer, was sie wollten. Hatte er wirklich geglaubt, all dem entkommen zu können, indem er nach Oslo floh, dann nach Dresden und schließlich nach Stockholm? Indem er sich einen noblen Akzent antrainierte, maßgeschneiderte Hemden und piekfeine Lederschuhe trug und vor seinen Namen einen akademischen Grad setzte? Mit Frida – seiner Frida – hatte er sich auch in Sandalen und Shorts wohlgefühlt. Für sie hatte er seine Schutzmauern eingerissen. Himmel, er hatte ihr sogar von seinem Vater erzählt. Von seiner Wut auf die Großfischereien und den Abgrund, in den sie ihn gerissen hatten. Doch seine Frida gab es nicht. Sie war eine Schimäre, eine Fantasiegestalt, wenig mehr als die Monster seiner Kindheit, die sein Vater heraufbeschworen hatte, wenn er über die Lundes und ihre Gier auf Geld geschimpft hatte. Er hatte seinem Vater unrecht getan. Nicht er hatte sich in seinem Dunst aus Alkohol und Krankheit etwas vorgemacht, sondern Sander.

Wie ein eingesperrter Panther lief er in der Werkstatt auf und ab. Er konnte nicht zurück in sein Haus – auch das hatte Frida ihm genommen. In seinem Haus erinnerte ihn alles an sie. Vor den Fenstern der Werkstatt senkte die Nacht ihren Schleier auf die Welt. Im Inneren brannte noch immer die Deckenleuchte. Ihr Licht fiel auf die beiden Stühle in der Mitte des Raums. Jedes Mal, wenn Sander an ihnen vorbeikam, krampfte sich alles in ihm zusammen. Wie gerne er sie sich näher ansehen wollte! Wie sehr es ihn danach drängte, mit den Fingern über den Bezug zu streichen, sich die Maserung des Holzes unter der Lupe anzusehen und sich vorzustellen, wer vor ihm schon alles die Hände auf diesen Rückenlehnen gelegt hatte. Diese Stühle waren für Könige und

Prinzessinnen gefertigt worden, jetzt standen sie in seiner Werkstatt. Es hätte der Gipfel seines Triumphs sein sollen, der letzte Beweis, dass es tatsächlich möglich war: Dass es ein Langfinger aus der Gosse mit löchrigen Stiefeln und ohne Zukunft zu etwas bringen konnte. Ohne Hilfe, ohne Linn und ihre Verbindungen. Nur mithilfe des Wissens, das er sich in den vergangenen zwei Jahrzehnten angeeignet hatte. Sie waren so nah … Aber sie gehörten nicht ihm, sondern Frida Lunde. Sie hatte sie ihm vor der Nase weggeschnappt, so wie ihre Eltern und Großeltern den Kleinfischern die Fische wegschnappten. So war es wohl immer. Man konnte sich abrackern, so viel man wollte, am Ende blieb man, wer man war.

An dem Tisch, wo er sonst Furniere bearbeitete oder andere feingliedrige Sachen erledigte, brach er schließlich zusammen. Er ließ sich auf den Stuhl fallen, stützte die Unterarme auf die Tischplatte und vergrub den Kopf darauf. Die Tränen kamen mit heftigen Schluchzern, sie schüttelten seinen Körper und pressten sein Zwerchfell zusammen. Seit er ein Kind gewesen war, hatte er nicht mehr geweint, ganz sicher nicht wegen einer Frau. Dreieinhalb Jahre lang waren er und Linn ein Paar gewesen, und doch hatte er nicht eine einzige Träne vergossen, als sie sich von ihm getrennt hatte. Frida hatte er selbst aus seinem Leben verjagt. Sollte das nicht leichter sein? Aber es ging ja auch nicht nur um Frida, sondern um so viel mehr. Es ging um die Stühle und um das Vertrauen, das sie missbraucht hatte. Es ging um seinen Vater und das Zuhause, das er sich als Kind gewünscht, aber nie gehabt hatte. Es ging um die Träume, für die er so hart kämpfte, und die Enttäuschungen, die sie ihm immer wieder zu entreißen drohten. Es ging um ihn und um die Welt und um die Rolle, die er darin spielte.

Er weinte, und als er keine Tränen mehr hatte, schloss er für eine Weile die Augen. Er atmete ein und wieder aus. Sein Herz schlug, auch wenn es wehtat, und als die Sonne wieder aufging, begann ein neuer Tag.

21

Es begann ein neuer Tag. Wieder ging die Sonne auf. Wieder färbte sich der Himmel in den schönsten Farben, und die Menschen erwachten aus dem Schlaf, um das Leben zu genießen. Es hätte ein großartiger Tag werden sollen. Der Tag ihres und Sanders Triumphs. Der Tag des großen Spendenfestes, an dem sie Kjersti und der ganzen Welt beweisen konnten, wozu sie fähig waren, wenn sie zusammenhielten und an einem Strang zogen.

Frida rappelte sich auf. Ihre Kehle brannte vom vielen Dampfen. Früher hätte sie in so einer Situation eine Zigarette nach der anderen geraucht. Dass sie wenigstens so standhaft geblieben war, nur zum Vaporisator zu greifen, wertete sie als Erfolg. Schließlich gab es sonst nicht viel, auf das sie stolz sein konnte. Thea und ihre Eltern hatten mal wieder recht behalten: Was auch immer Frida anpackte, sie versaute es. Dabei hatte sie es diesmal wirklich richtig machen wollen. Seit ihrem Umzug nach Trondheim hatte sie sich so stark gefühlt. Tag für Tag war sie mehr gewachsen, bis sie geglaubt hatte, nach den Sternen greifen zu können. Ein Mann, den sie liebte und von dem sie geliebt wurde – einfach nur, weil sie sie war. Eine Gemeinschaft, die sie und ihre Arbeit schätzte. Ein Umfeld, in dem sie sich wohlfühlte. Es war zu viel gewesen. Wovon auch immer sie träumte, jedes Mal war es am Ende zu viel. Sie sollte endgültig aufgeben und das machen, was ihre Familie ihr seit Jahren riet: nach Hause zurückkehren, irgendeinen Job in der Firma annehmen, für den sie ihre Ideale verraten und ihre Träume begraben musste. Aber was sollte es schon? Einen Tod musste man sterben, hieß es doch, oder? Und wohin sie auch ging, wem auch immer sie vertraute, sie wurde enttäuscht. Sie wünschte, sie hätte wenigstens noch Tränen übrig und könnte weinen. Loslassen und sich mit den Tränen den Kummer von der Seele spülen, damit sie hinterher wieder aufstehen und neu anfangen konnte. Doch dafür müsste sie Trauer verspüren oder Wut oder zumindest … irgendwas. Frida spürte nichts. Ihr Körper war nur noch eine Hülle aus Glas, bis zum Bersten gefüllt mit Nichts.

Sie legte die E-Zigarette zur Seite, starrte aus der Windschutzscheibe des Bullis. Vor ihren Augen verschwammen auch die Umrisse der Umgebung zu nichts. Häuser, Straßen, Gassen, Bäume, Büsche, Blumen, Menschen: nichts. Eine Ansammlung von Orten, an die sie nicht gehörte, und sie saß im Bus und sah von außen zu. Nie ein Teil von etwas. Immer nur Besucherin. Armes reiches Mädchen, das so viel besaß und doch kaum etwas von dem, was zählte.

Ihr Handy piepte, riss sie aus der Trance. Mit tauben Fingern tastete sie nach dem Gerät. Der Alarm ermahnte sie, heute früher als sonst aufzustehen. Dass sie nicht lachte! Kein einziges Auge hatte sie zugetan. Wenigstens erinnerte sie der Alarm daran, dass sie Wichtigeres zu tun hatte, als in Selbstmitleid zu versinken. Den Besuchern des Spendenfestes würde es egal sein, ob sie schlecht geschlafen oder den Mann verloren hatte, den sie mehr als alle zuvor hatte behalten wollen. Sie freuten sich auf ein schönes Fest, und wenn es ihnen gefiel, würden sie spenden. Wie auch immer es mit Frida weiterging, Kjersti verdiente es, ihr Zuhause zu behalten, und Frida hatte versprochen, alles ihr Mögliche dazu beizutragen, damit das gelang. Sollte Sander von ihr denken, was er wollte. Sie war kein geld- und machtgieriges Scheusal. Sie war Frida. Und für ihre Freunde war sie bereit, durchs Feuer zu gehen. Dieses eine Mal noch zumindest. Wie es danach weiterging? Wer wusste das schon. Dass sie nach dem Debakel gestern Abend weiter mit Sander zusammen den *Laden der schillernden Schätze* führen sollte, konnte sie sich nicht vorstellen. Nun hieß es aber erst einmal: ein Schritt nach dem anderen.

Als sie in die Øvre Bakklandet kam, liefen die letzten Vorbereitungen auf Hochtouren. Das Viertel strahlte auf Hochglanz. Alle Schaufenster blitzten, alle Geschäfte waren mit Girlanden und Plakaten geschmückt, auf denen zum Spenden aufgerufen wurde. Von zahlreichen Flyern lächelte Kjerstis Gesicht. Die Leute sollten wissen, für wen sie spendeten. Ingrid winkte in ihre Richtung, Guro rief ihr einen aufgeregten Gruß zu. Frida klebte sich ein Lächeln aufs Gesicht und fühlte nichts.

Im *Laden der schillernden Schätze* bereitete sie alles für die ersten Besucher vor. Sie hatte sich vorgenommen, den Tag mit einem Reel auf ihrem Instagram-Profil zu starten, in dem sie noch einmal auf das Spendenfest hinwies und ein paar Infos zu den geplanten Veranstaltungen gab. Im Laufe des Tages plante sie, regelmäßige Updates zu posten. Es sollte Live-Übertragungen von ihren Bastelkursen geben und diverse Koops mit anderen Instagrammern. Sander und sie hatten alles so organisiert, dass immer einer im Laden die Stellung hielt, auch dann, wenn der andere mit einer Aktion im Rahmen des Spendenfestes beschäftigt war.

Das hatte den Vorteil, dass sie sich kaum sehen mussten. Selten war es ihr schwerer gefallen, für die Kamera eine fröhliche Miene aufzusetzen, aber sie schaffte es. Das Reel ging live und erntete massig positive Reaktionen. Die ersten Kunden kamen in den Laden, und wieder lächelte sie und lachte und tat, was sie tun musste, um den Tag zu einem Erfolg werden zu lassen. Je öfter sie lächelte, weil sie lächeln musste, desto natürlicher fühlte es sich an. Je öfter Kunden in den Laden kamen und begeistert davon sprachen, wie toll das Spendenfest war, desto leichter wurde ihr Herz. Ab und zu fiel ihr Blick auf Sander, und ihre Brust zog sich schmerzhaft zusammen. Aber dann musste sie nur an Kjersti denken und warum sie überhaupt hier war, und das Atmen fiel ihr wieder ein wenig leichter. Sie war nicht nach Trondheim gekommen, um sich neu zu verlieben, sondern weil Kjersti ihr diese Chance eröffnet hatte und weil sie endlich einmal etwas ganz für sich auf die Beine stellen wollte. In der Vergangenheit hatte sie sich immer von anderen mitreißen lassen, von deren Leidenschaften und Meinungen und Lebensentwürfen. Nicht, dass sie das ungern gemacht hatte. Sie ließ sich leicht begeistern. Man musste ihr nur mit genug Überzeugung von etwas vorschwärmen, und schon hatte man in Frida eine Verbündete. Nach Trondheim gekommen und ihre Hälfte des Ladens ganz nach ihrem Geschmack eingerichtet, das hatte sie jedoch nur für sich selbst getan. Wollte sie es wirklich zulassen, dass Sander sie vertrieb?

Je länger das Spendenfest voranschritt, desto klarer fiel ihre Antwort aus. Auf keinen Fall!

Ihr Bastelkurs begann. Mit Kindern im Grundschulalter gestaltete sie Feenlichter. Die Utensilien hatte sie bereits tags zuvor bereitgestellt. Jetzt reihten sich auf der Werkbank im Laden Schneideunterlagen aneinander. Sieben Kinder konnten mitmachen, und die Plätze füllten sich weit vor dem Termin. Frida hatte Scheren bereitgelegt, für jedes Kind ein Einmachglas, weiße Servietten, Pinsel, Kleber, Teelichter, Glitzer und Pappschablonen in Feenform.

Die Kids waren aufgedreht, und sie musste hier und da aushelfen, wenn ihre kleinen Finger zu ungeschickt für die Arbeit waren. Aber das machte nichts – sie alle hatten Spaß. Sie trennten die einzelnen Lagen der Servietten voneinander, klebten sie auf die Einmachgläser, schnitten die Vorlagen aus dem Karton und befestigten diese von innen am Glas. Zum krönenden Abschluss kam Glitzer auf die Gläser, und die Kinder konnten sie mit Bastgarn, Efeublättern und kleinen Kunstblümchen verzieren. Am Ende hielten sieben stolze Dreikäsehochs selbst gestaltete Feenlichter zum Mitnehmen in der Hand. Wirklich jedes Exemplar war wunderschön geworden. Die Eltern bedankten sich bei Frida und spendeten fleißig, die Kinder hüpften und sprangen durch den Laden.

Frida wollte sich gerade daran machen, den Werktisch aufzuräumen, als eines der Bastel-Mädchen am Saum ihrer Bluse zupfte.

»Du?«, sagte die Kleine. Sie drückte sich an ihre Mutter und hielt ihr Feenlicht in der Hand.

»Ja? Kann ich dir noch bei etwas helfen?« Frida beugte sich zu der Kleinen hinunter. Sie hasste es, über anderen aufzuragen.

Trotzdem schien das Mädchen schüchtern. Sie knabberte an ihrer Unterlippe, gab sich dann einen Ruck und streckte Frida das Feenlicht entgegen. »Hier!«, sagte sie.

»Du willst mir dein Feenlicht schenken?«

Die Kleine nickte eifrig.

»Für deine Freundin. Die ein neues Haus braucht.«

»Was?« Ihr blieb die Spucke weg. Frida, die um Worte nie verlegen war, wusste nicht, was sie sagen sollte. »Das ist so lieb von dir. Aber das ist doch nicht nötig. Du hast es gebastelt, es soll dir gehören.« Sie hätte besser den Mund gehalten. Noch während sie sprach, füllten sich die Augen des Mädchens mit Tränen. Sie drängte sich noch näher an die Mutter, versteckte das Gesicht halb hinter deren Arm. Das Feenlicht hielt sie weiterhin Frida hin.

»Es ist ihr wirklich wichtig«, sprang die Mutter für die Kleine ein. »Ilvy wollte extra bei der Bastelstunde mitmachen, um der armen Frau, die ihr Haus verlieren soll, etwas schenken zu können.«

»Ich hab doch kein Geld.« Leise wie ein frisch geschlüpftes Vögelchen piepte Ilvy ihre Erklärung.

»Sie möchte etwas beitragen«, führte die Mutter weiter aus. »Du würdest ihr eine große Freude machen, wenn du das Feenlicht an die Dame weiterreichst, für die heute Spenden gesammelt werden.«

Noch immer zögerte Frida. Es war gar nicht so leicht, ein

Geschenk anzunehmen, stellte sie fest. Sogar dann, wenn es nicht einmal für sie selbst war. Sie hatte gesehen, wie viel Mühe sich Ilvy beim Basteln gegeben hatte. Dieses Geschenk anzunehmen, würde sich anfühlen wie Verantwortung. So nichtig ein Bastelglas auch sein mochte, Ilvy bedeutete es etwas, und sie gab es Frida, damit sie darauf aufpasste und es Kjersti überreichte. Bisher war immer sie die Schenkende gewesen, und die, die wussten, dass sie ein Trust-Fond-Baby war, hatten ihre Zuwendungen allzu gerne angenommen. Warum war ihr zuvor nie in den Sinn gekommen, wie schwer es sein konnte, Geschenke auch anzunehmen? Dass es Kraft erforderte und Größe?

Sie ließ sich auf ein Knie fallen, nahm Ilvy das Feenlicht ab und drückte das Mädchen an sich. »Vielen, vielen Dank«, sagte sie in das Haar der Kleinen. Sie sprach nicht nur von dem Feenlicht. Das Mädchen hatte ihr noch etwas ganz anderes geschenkt.

»Auf Kjersti!«

»Auf uns!«

»Auf das Spendenfest!«

In einem lockeren Kreis standen sie im Innenhof der Hopfenmanufaktur zusammen. Julian gab eine Runde aus. Das Fest war ein voller Erfolg gewesen, jetzt taten Frida zwar der Rücken und die Beine weh, aber ihr Kopf sagte ihr, dass sie wirklich stolz auf sich sein konnten. Nicht sie allein, sondern sie alle: Julian und Ingrid, Guro, Iver, Cecilie, Marit und all die anderen, die eher im Hintergrund gewirkt hatten.

Noch hatten sie keinen Kassensturz gemacht, aber alle waren zuversichtlich, dass die Spendenbereitschaft der Besucher ihre Erwartungen weit übertroffen hatte. Bald schon würden sie Kjersti einen Scheck überreichen, der es in sich hatte, und dann könnten endlich die richtigen Umbauarbeiten an ihrem Haus beginnen.

»Wo ist eigentlich Sander?« Marit sah sich um, ehe ihr Blick fragend auf Frida liegen blieb. Die Floristin wartete. Eine Sekunde, zwei, als müsste ausgerechnet Frida ihr antworten können.

»Keine Ahnung, woher soll ausgerechnet ich das wissen?«

»Hey, jetzt reiß mir mal nicht den Kopf ab.« Marit lachte. »Ist doch kein Geheimnis, dass ihr beiden euch in den letzten Wochen nähergekommen seid.«

»Deutlich näher!« Cecilie wackelte mit den Augenbrauen. »Ich hätte wetten können, da klingeln früher oder später die Hochzeitsglocken.«

Frida schnaubte. »Wer will heutzutage noch heiraten, wenn fünfzig Prozent der Ehen sowieso geschieden werden?«

»Ist da etwa Ärger im Paradies angesagt?« Cecilie meinte es nicht böse, da war Frida sich sicher. Trotzdem traf sie das Necken der anderen. Wenn sie nicht aufpasste, würde sie etwas sagen oder tun, was ihre neuen Freunde kränkte. Ihr Hirn-zu-Mund-Filter war schon an guten Tagen nicht unbedingt der beste, und nach der kurzen Nacht, dem aufregenden Tag und der Enttäuschung, die sie immer noch über Sanders Reaktion empfand, fürchtete sie das schlimmste.

Sie atmete tief durch. Ein Schluck von Julians Craft-Bier half, doch die Hochstimmung, die sie eigentlich nach dem

Erfolg des heutigen Spendentags empfinden sollte, stellte sich trotzdem nicht ein.

»Wisst ihr was?« Den Rest der Bierflasche leerte sie auf Ex. »Ich bin fix und alle. Ich pack's lieber.«

»Du willst schon gehen?« Marit klang ehrlich entsetzt.

»Es ist so ein schöner Abend«, fügte Ingrid sachter hinzu. »Willst du es dir nicht noch einmal überlegen?«

Frida schüttelte den Kopf. »Im Juni ist jeder Abend schön. Aber wer eine echte Dekofee ist und hübsch für die Kamera sein will, braucht seinen Schönheitsschlaf. Also: Macht's gut. Bis morgen.«

Die anderen gaben nach und verabschiedeten sie mit freudigen Rufen in die Nacht.

Gott, sie liebte diese Menschen, liebte die Gemeinschaft, in die sie sie aufgenommen hatten. Sie waren so unterschiedliche Typen. Bevor sie nach Trondheim gekommen war, hätte sie im Leben nicht geglaubt, dass ein Hipster wie Julian mit einer nicht mehr ganz taufrischen Hippiebraut wie Marit befreundet sein könnte. Dass ein alter Seebär wie Iver der beste Freund einer jungen Ökoaktivistin wie Guro werden könnte. Doch Bakklandet machte das möglich. Es war ein magischer Ort, und sie hatten sogar sie in ihre Mitte aufgenommen. Sie würde bleiben. Den Entschluss hatte sie im Laufe des Tages gefasst. Mochte Sander noch so miesepetrig zu ihr sein und ihr niemals verzeihen, dass sie nicht den Mut besessen hatte, ihm von Anfang an reinen Wein ihre Familie betreffend einzuschenken. Der *Laden der schillernden Schätze* war auch ihr Laden! Zum ersten Mal in ihrem Leben fühlte sie sich an einem Ort, in einer Gruppe von Menschen wirklich zu Hause. Gleichgültig wie laut ihr Fluchtinstinkt verlangte, Fersengeld zu geben, diesmal würde sie bleiben. Gleich am Montag würde sie damit beginnen, endlich auf Wohnungssuche zu gehen. Kein Vagabundentum mehr! Ihr gebrochenes Herz hatte Sendepause, diesmal würde sie auf ihren Verstand hören. Ein paar letzte Nächte im Bulli würden sie nicht umbringen. Eine kurze Katzenwäsche im Bad des Ladens und voilá! Mehr brauchte sie für den Augenblick gar nicht, um zufrieden zu sein.

Sie drehte den Türknauf der Ladentür, erwartete, auf Widerstand zu treffen. Das Spendenfest war seit einigen Stunden zu Ende, der *Laden der schillernden Schätze* ebenso wie die anderen Geschäfte in der Straße längst geschlossen. Doch die Tür schwang auf.

Im Inneren war es dunkler als draußen. Dämmerlicht schliff die Kanten aller Verkaufsstücke weich. Trotzdem stellte sie Veränderungen fest. Winzige Variationen, auf die sie nicht sofort den Finger legen konnte, die ihr Herz aber erfasste. Da stand der blau lackierte Schreibtisch aus dem achtzehnten Jahrhundert, hübsch arrangiert mit dem passenden Stuhl und einer Standuhr direkt nebendran. Ein paar Bücher sowie ein alter Globus und silbernes Schreibbesteck lagen auf der Tischplatte. So hatte Sander die Ausstellungsstücke schon immer präsentiert, neu war die Etagere, die sie aus alten Tellern gebastelt hatte und die jetzt auch auf dem Schreibtisch stand.

Da war die Direktionskommode mit den glänzenden Intarsienarbeiten. Sander hatte sie selbst restauriert. Er hatte ihr erzählt, dass er wochenlang nach den optimalen Hölzern gesucht hatte, um das ursprüngliche Muster wiederherzustellen. Auf ihr arrangiert standen nun mehrere Vasen, die sie mithilfe von Modelliermasse und Kreidefarbe aus alten Trinkgläsern und Flaschen gestaltet hatte. Wie an jedem anderen Tag, an dem sie in den Laden gekommen war, hingen die Lampen und Leuchter von der Decke, aus zahlreichen Spiegeln blickte ihr ihr Gesicht entgegen. Aber heute sah sie einen Ausdruck puren Erstaunens auf ihrer Miene, denn in dem Verkaufsraum, den sie so gut kannte, war alles noch gleich und doch auch anders. Wo bisher ihre Verkaufsbereiche deutlich getrennt gewesen waren – auf der einen Seite Sanders antike Ausstellungsstücke, auf der anderen ihr Do-it-Yourself Dekokram – mischten sich nun Sanders und ihre Waren untereinander. Frida hatte keine Ahnung, wann er die Zeit gehabt hatte, das zu machen, aber der Effekt war umwerfend. Mit einem Mal brannten Tränen in ihren Augen. Schritt für Schritt wagte sie sich weiter in den veränderten Verkaufsraum vor. Ihr Herz blieb stehen. Sie schlug sich eine Hand vor den Mund, trotzdem entwich ihr ein überraschter Laut. Dort, mitten im Raum, direkt vor dem Verkaufstresen, standen die beiden Stühle, die sie mit so viel Mühe aus Lettland importiert und die ihr so viel Kummer bereitet hatten. Ein Feenlicht hing von der Rückenlehne des einen Stuhls, beide Möbelstücke waren mit Blumenkränzen aus ihrem Warensortiment dekoriert und schimmerten im Licht einer Lichterkette.

»Erkennst du das Feenlicht?« Sanders Stimme klang weich und samtig aus dem Dunkel zwischen zwei Regalen. Ledersohlen klackten auf dem Dielenboden. Ein Schritt. Zwei. »Das ist die Laterne, die das Mädchen dir heute geschenkt hat.«

»Das … Du hast … Du hast das mitbekommen?«

»Ja.« Er trat aus dem Schatten, stand nun direkt neben ihr. Aus dem Augenwinkel sah sie ihn nicken. »Und ich habe etwas begriffen.«

»Dass ich dir mit den Stühlen auch einfach nur ein Geschenk machen wollte?« Wahrscheinlich wäre es klüger gewesen, ihn ausreden zu lassen. Womöglich hatte er eine ganze Rede vorbereitet und sie ruinierte ihm die Überraschung, weil sie mal wieder nicht den Mund halten konnte. Aber Himmel noch mal, Geduld gehörte nicht zu ihren Kernkompetenzen. Sie fuhr fort: »Du hast mich gestern überhaupt nicht zu Wort kommen lassen, du sturer Esel. Ich wollte dir diese Stühle doch nie wegkaufen. Die waren immer für dich gedacht.«

»Ich weiß.« Geschlagen ließ er den Kopf hängen. »Auch das habe ich begriffen. Gestern, als du mir gesagt hast, wer du bist, sind in meinem Kopf so einige Dinge durcheinandergeraten. Erst als ich gesehen habe, welche Freude dieses Mädchen am Schenken hatte, hat es bei mir Klick gemacht. Du wolltest mich nicht demütigen mit diesem Kauf. Du wolltest helfen.«

»Ich wäre nie auf die Idee gekommen, dass du dich durch ein Geschenk gedemütigt fühlen könntest.« Sie schüttelte den Kopf. Wie konnte er überhaupt auf so eine Idee kommen? Aber … Hätte sie es nicht ahnen müssen? Nach all dem, was er ihr von sich erzählt hatte? »Alle anderen haben immer ohne Bedenken Hilfe von mir angenommen. Das ist das einzig Gute daran, dass ich schon bei meiner Geburt mehr Geld hatte, als ich jemals ausgeben könnte. Wenigstens kann ich anderen damit helfen oder ihnen eine Freude machen.«

»Ich bin nicht alle anderen.« Er hob den Blick, sah ihr direkt in die Augen. »Mein Stolz ist mir wichtig, Frida. Für eine lange Zeit in meinem Leben hatte ich nichts anderes.«

»Das verstehe ich.« Ein Meter, vielleicht eineinhalb trennten sie noch voneinander. Zu viel. Sie machte zwei schnelle Schritte auf ihn zu, hob die Arme, wollte ihn umarmen, doch zögerte im letzten Moment. Durfte sie das überhaupt wieder?

»Willst du die Stühle trotzdem behalten?«

Er schüttelte den Kopf. Ihr Herz sank, sie ließ die Arme fallen, ihr Fluchtinstinkt setzte ein. Schon wieder hatte sie den größten Fehler von allen gemacht. Schon wieder hatte sie gewagt zu hoffen.

Gerade wollte sie sich umdrehen und davonlaufen, da spürte sie seinen Finger unter ihrem Kinn. »*Wir* behalten die Stühle, Frida. Das wollte ich dir mit dieser ganzen Dekoaktion zeigen. Begreifst du das nicht?«

»Wir?«

»Ich bin nicht so begabt im Dekorieren wie du, aber ich hatte gehofft, dass du die Geste verstehst. Du und ich, wir sind so unterschiedlich. Wir dürften gar nicht zusammenpassen, genauso wenig wie deine Kitschsammlung und meine Antiquitäten. Doch wenn man es versucht ... so wie dort.« Er nickte zu den Stühlen, »dann sieht es gar nicht so übel aus. Im Gegenteil! Dein Schmuck rückt meine Antiquitäten erst ins rechte Licht.«

Sie nahm seinen Finger in ihre Hand, führte ihn zu ihrem Mund. Kopfschüttelnd drückte sie ihm einen Kuss auf die Fingerknöchel. »Wer hätte gedacht, dass so ein Romantiker in dir steckt?«

»Für dich will ich es sein. Verzeihst du mir, dass ich so ein Esel war?«

»Verzeihst du mir, dass ich dich belogen habe? Und dass ich eine Lunde bin?«

»Ich bin nicht alle anderen.«

»Das sagtest du bereits.«

»Und du bist nicht eine Lunde, sondern *meine* Lunde.« Er küsste ihre Nasenspitze, wurde dann jedoch sofort wieder ernst. »Ich liebe dich, Frida. Unsere Familien, unsere Vergangenheit haben uns mit zu denen gemacht, die wir heute sind. Aber entscheiden, wer wir in Zukunft sein wollen, müssen wir allein.«

»Ich möchte deine Partnerin sein«, gestand sie. »Im Geschäft und im Leben. Ich liebe dich doch.«

»Dann packen wir es an.«

Sie besiegelten ihr Versprechen mit einem Kuss, und in diesem Augenblick bezweifelte Frida kein bisschen, dass sie es schaffen würden. Im *Laden der schillernden Schätze* sollte ihre Liebe zueinander von nun an für immer der größte Schatz von allen sein.

Epilog

»Bist du bereit für den großen Moment?«

»Worauf du wetten kannst!« Von ihrer sitzenden Position im Rollstuhl aus fand Kjersti Fridas Blick. Die Katzenlady bot an jedem Tag eine Show, doch heute hatte sie sich ganz besonders ins Zeug gelegt: Ihr Haar schimmerte silbern, wie gesponnenes Mondlicht fiel es ihr über die Schultern bis zur Hüfte. Ihr Gesicht strahlte. Beinah wirkte es, als hätte ihre Haut die Sonne Spaniens absorbiert und für den kommenden Winter gespeichert. Die Auszeit in dem Senioren-Retreat auf Mallorca hatte Kjersti sichtlich gutgetan. Der Aufenthalt dort war Fridas Idee gewesen. Lange hatten sie überlegt, wie sie der alten Dame die Zeit des Hausumbaus so angenehm wie möglich gestalten könnten, dann war Frida auf Instagram eine Werbung für dieses Pilotprojekt auf der Baleraeninsel ins Auge gefallen. Das Hotel war speziell auf die Bedürfnisse von Senioren ausgerichtet. Die Appartements waren hundert Prozent barrierefrei und mit einer Notrufanlage ausgestattet, die Gästebetten extra hoch und hatten festere Matratzen. In allen Fluren gab es Handläufe, außerdem waren Rampen und breitere Türrahmen in allen Räumlichkeiten eine Selbstverständlichkeit. Doch das Beste war: Nicht nur menschliche Gäste waren in der Residenz willkommen. Kjerstis Stubentiger hatten sie begleiten dürfen, und wie es aussah, waren die zehn Wochen auf der Insel für alle ein Segen gewesen.

Vor zwei Stunden hatte Sander seine Nenntante vom Flughafen abgeholt. Seine Hände lagen auf den Griffen des Rollstuhls. Im Gegensatz zu Kjersti, die reine Vorfreude ausstrahlte, wirkte er nervös. Frida gesellte sich zu den beiden. Sie winkte dem Fahrer des Spezialtaxis zu, der Sander und Kjersti vom Flughafen nach Bakklandet gebracht hatte, und legte ihre rechte Hand auf die von Sander. Der Transfer vom und zum Flughafen war im Pauschalpreis des Reiseanbieters inbegriffen gewesen, über den sie Kjerstis Spanienaufenthalt gebucht hatten.

»Dann wollen wir mal.«

Sander schob den Rollstuhl vom Parkplatz die Straße hinunter bis zur Øvre Bakklandet. Nicht nur das Innenleben von Kjerstis Haus hatte ein Make-over erhalten. Die Folgen ihres Spendenfestes hatte alle Beteiligten vollkommen überwältigt. Durch die Berichterstattung über das Fest waren noch Wochen nach dem Event Spenden für Kjersti eingegangen, und Menschen, die helfen wollten, hatten Sander kontaktiert. Manche hatten Geld angeboten, doch immer wieder war es auch vorgekommen, dass die Leute mit anpacken wollten. Die Mitglieder einer Studentenverbindung hatten ihre Arbeitskraft zur Verfügung gestellt, ein Baumarkt hatte Farbe und andere Materialen gespendet. Einige der Handwerker, die Sander aufgrund ihrer Expertise im Umgang mit denkmalgeschützten Gebäuden eingestellt hatte, hatten zum Selbstkostenpreis gearbeitet, und so erstrahlte nun auch die Fassade des alten Hauses in neuem Glanz. Sie hatten sich für ein freundliches Artischocken-Grün entschieden. Das gab sowohl einen hübschen Kontrast zu den weißen Fensterrahmen und Dachgiebeln als auch zum Schieferbraun des Daches. Außerdem war diese Farbe bei den benachbarten Häusern noch nicht vergeben, und schließlich war es vor allem auch die Farbenfreude der Fassaden, die das Bild der Øvre Bakklandet prägte.

Kaum umrundeten sie die Straßenecke, brandete Applaus auf. Da standen sie: Ingrid und Marit, Julian, Cecilie und Iver. Alle, die an der Organisation des Spendenfests mitgewirkt hatten, und so einige mehr waren gekommen, um Kjersti in ihrem neuen alten Heim willkommen zu heißen. Mit langstieligen Rosen bildeten sie ein Spalier vom Bürgersteig bis zur Haustür.

Kjersti schlug sich eine Hand vor den Mund. Ein erstickter Laut entrang sich ihrer Kehle.

»Ihr …« Die alte Dame musste schlucken, ehe sie weitersprechen konnte. »Ihr seid ja verrückt.«

»So würde ich das nicht nennen.« Aus der Gruppe des Begrüßungskomitees trat Marit hervor. Sie hielt einen Strauß aus gelbem Frauenschuh in der Hand. Zwar standen die zarten Blumen mit den kunstvoll ausgebildeten Blüten unter Naturschutz, aber für besondere Anlässe war es erlaubt, die Nationalblume der Tønder zu pflücken. Frida schätzte, dass die Blumenhändlerin ihre Connections hatte. »Wir freuen uns einfach nur, dass du wieder da bist. Herzlich Willkommen zu Hause.«

Während Kjersti den Blumenstrauß entgegennahm und Marit für eine Umarmung zu sich nach unten zog, schloss Sander die Haustür auf.

»Lass mich das mal machen.« Julian gab seinen Platz im Spalier auf und schob Sander zur Seite. »Ich will Kjersti den Treppenlift zeigen.«

Leise in sich hineinschmunzelnd hob Sander die Hände und überließ Julian das Ruder. Der junge Brauer hatte ein Faible für allen möglichen Schnickschnack bewiesen. Nicht nur hatte er sich um die Anschaffung und den Einbau des Treppenlifts für Kjersti gekümmert, auch die Installation einer Notrufanlage in allen Zimmern der Wohnung sowie das elektrisch verstellbare Krankenbett gingen auf sein Konto. Noch immer konnte Frida nicht ganz glauben, welche Summe ihr Event eingespielt hatte. Als sie angefangen hatten, das Fest zu organisieren, hatte sie bestenfalls auf eine Startfinanzierung gehofft. In Wahrheit war aber so viel zusammengekommen, dass beim Umbau keinerlei Kompromisse nötig gewesen waren. Nur das Beste für Kjersti: ein neues Bett, breite Türen, ein barrierefreies Badezimmer mit bodengleicher Dusche, einer Badewanne mit Tür zum ein- und aussteigen und kniefreundlicher, hoher Toilettenschüssel. In diesem Zustand konnte Kjerstis Wohnung ihr und den Katzen noch viele, viele Jahre ein sicheres und komfortables Heim bieten. Die Deko hatten Sander und sie gemeinsam übernommen. Natürlich hatten sie sichergestellt, dass Kjerstis Schätze während des Umbaus in Sicherheit waren und nicht beschädigt wurden.

Während sie zusahen, wie nun auch die anderen Julian und Kjersti ins Innere des Hauses folgten, blieben sie und

Sander draußen stehen. Niemand würde sich daran stören, wenn sie erst in ein paar Minuten zu dem Umtrunk stießen.

Ein leichter Wind wehte vom Fluss durch die Straße. Spatzen hatten sich in den Krone der nahestehenden Linde niedergelassen und begleiteten Kjerstis Wiedereinzug mit einem munteren Konzert. Sander legte einen Arm um Frida, und sie drückte sich an ihn, legte den Kopf auf seine Schulter. Ein Hauch seines Aftershaves stieg ihr in die Nase, vermischt mit dem Geruch von Holzleim und einer leichten Note von dem Armoniaccarbonat, mit dem er Firnis und Schmutz von alten Ölgemälden entfernte. Eine Duftkomposition, die ihr mittlerweile unendlich vertraut war. Ein Geruch wie pure Liebe. Sie atmete tief ein, schloss kurz die Augen.

»Wir haben es wirklich geschafft.« Sanders Lippen kitzelten ihr Ohr, als er mit ihr sprach. Sie öffnete die Augen, wandte ihm das Gesicht zu, sodass sie ihn direkt ansehen konnte.

»Allerdings.« Ein zufriedenes Lächeln umspielte ihre Lippen. »Kjersti hat jetzt wieder ein tolles Zuhause.«

»Und wir einen großartigen Laden.«

»Hättest du daran geglaubt?« Spielerisch stupste sie ihm den Ellenbogen in die Seite. »Als wir uns im Frühling das erste Mal getroffen haben – dass alles so …« Sie wusste nicht weiter. Das, was sie empfand, war zu gewaltig, um es in ein Korsett aus Worten zu pressen.

»… großartig wird?«, beendete Sander den Satz für sie und schüttelte den Kopf. »Nein. Aber ich schätze, so ist das mit allen guten Überraschungen im Leben. Sie finden dann statt, wenn man es am wenigsten erwartet.«

Er sagte es so ernst, so voller Inbrunst, dass sie schon wieder lachen musste. »Mein Philosoph«, neckte sie.

»Dein Freund«, verbesserte er sie. »Dein Partner. Dein Komplize. Der Typ, der immer an dich glaubt und dich liebt, selbst wenn du mitten in der Nacht deine eiskalten Zehen zwischen seine Waden schiebst. Ich finde, dafür habe ich einen Orden verdient.«

»Das hast du.« Enthusiastisch nickte sie, während sich in ihrer Brust Wärme ausbreitete, das unglaubliche Gefühl, mit genau dem richtigen Menschen an genau dem richtigen Ort gelandet zu sein. Manchmal, wenn sie morgens aufwachte, musste sie sich kneifen, weil sie einfach nicht glauben konnte, was für ein unbeschreibliches Glück sie hatte.

»Aber ich weiß noch einen besseren Namen für dich.«

»So?« Fragend hob er eine Augenbraue.

»Mein Schatz, Sander. Das bist du nämlich: Mein Schatz.« Diesmal verbesserte er sie nicht. Sie beide wussten, dass es stimmte. Zwischen Kunst und Krempel, zwischen Kitsch und Antiquitäten hatten Sander und sie das Wertvollste gefunden, das es im Leben eines Menschen geben konnte: die Liebe.

ENDE

Zum Buch:

Nach vielen Jahren kehrt der Kunsthistoriker Sander in seine Heimatstadt Trondheim zurück, um sich endlich den Traum eines eigenen Antiquitätengeschäfts zu erfüllen – dachte er zumindest. Bis am Tag der Lieferung seiner Sammlung eine quirlige tätowierte Frau mit einem pinken VW-Bus vor der Tür parkt und verkündet, ebenfalls in den Laden einzuziehen. Ihre Kunstwerke zeichnen sich durch kreativen Einsatz von Farben und Heißkleber aus und könnten sich von Sanders ehrwürdigen Antiquitäten nicht stärker unterscheiden. Chaos ist also vorprogrammiert, doch als ihre Vermieterin und Freundin Kjersti dringend Hilfe bei der Renovierung ihrer Wohnung benötigt, zögern beide nicht und suchen gemeinsam nach einer Lösung. Nach und nach lernt Sander Fridas impulsive Art und ihre ansteckende Begeisterung schätzen, und sein Herz beginnt schneller zu schlagen ... Während die gesamte Nachbarschaft zusammen ein Spendenfest für Kjersti organisiert, kommen Sander und Frida sich näher – doch werden sie der Liebe auch dann eine Chance geben können, wenn ihre Vergangenheit droht, sie einzuholen?

Zur Autorin:

Julie Larsen, Jahrgang 1979, liebt ihre Familie, Hunde, Katzen, Vögel, Kinder und das Meer. Sie lebt und arbeitet in der Nähe von München, träumt sich mit ihren romantischen Geschichten aber in den hohen Norden nach Skandinavien, wo sich Himmel und Meer begegnen, die Sommertage lang und die Winternächte unendlich erscheinen.